进城不回头

毛贵民/著

陕西出版集团
陕西人民出版社

图书在版编目（CIP）数据

进城不回头／毛贵民著．—西安：陕西人民出版社，2012
ISBN 978－7－224－10036－5

Ⅰ．①进…　Ⅱ．①毛…　Ⅲ．①长篇小说－中国－当代
Ⅳ．①I247.5

中国版本图书馆 CIP 数据核字（2011）第 277509 号

进城不回头

作　　者	毛贵民
出版发行	陕西出版集团 陕西人民出版社（西安北大街 147 号　邮编：710003） 发货联系电话（传真）：（010）88203378
印　　刷	北京兴鹏印刷有限公司
开　　本	710mm×1000mm　16 开　14 印张　1 插页　187 千字
版　　次	2012 年 4 月第 1 版　2012 年 4 月第 1 次印刷
书　　号	ISBN 978－7－224－10036－5
定　　价	25.00 元

她迈着有些艰难的步履走上了一座过街天桥，有点儿累，就趴在桥栏杆上歇脚。她往下看，无数车辆在她的脚下往来穿梭，路上的行人是熙熙攘攘。她又环视了一下桥两边的高楼大厦。这时，她感到肚子里的小娃在拳打脚踢，那动静闹得她又疼又幸福。她笑了，用手轻轻地抚摩着肚子，心里暗暗地对孩子说："别闹了，宝宝，我会让你过上比所有人都好的日子，让你成为城里人，让你上大学，让你留洋，让你娶个好媳妇，让你的子子孙孙填表都填江城人！"

一

“咣”的一声，还真的撞上了！

张诗漪坐在驾驶室里，手握方向盘，脸上竟然出现一丝笑意。

张诗漪开的是一辆新买的“赛欧”，对方是一辆“别克”，也是崭新的。“赛欧”的车头撞到了“别克”的前身，“赛欧”的前盖掀了起来，“别克”的车门前边凹进去一大块。“赛欧”的前大灯还亮着，把“别克”凹进去的那块照得分外惨痛。

对方开车的是个大男孩，二十三四岁，穿着皮夹克，裤线笔直，皮鞋映着路灯的光，很帅的样子。他跳下车来，先鬼急慌忙地看自己的车，看了以后，脸上的表情极其痛苦，大声地嚷起来：“你怎么开的车?！你怎么开的车?！”

张诗漪下得车来，一眼就看穿了这小子，这就是江城人常说的那种“花杆儿”。这种人好脏摆，摆阔玩嘴，招引姑娘，没什么大本事。就说：“都是我的事，都是我的事。打 110 吧，我认赔。”

确实都是她的事，路口红绿灯正闪着黄灯，夜深人静，通过路口的车辆不多，红绿灯已经停止工作。她看到黄灯闪闪时想，应该让那辆车先过去，就减速。谁知那辆车的人太臭，到了路口也忽然减速。张诗漪想他也许是让自己先过去，就加了一下速，没想到他也加了速，这一下，张诗漪有些意外和慌乱，她应该立即刹车，但她反而想抢他的先，于是就撞上了那辆车的前身。

110 来了，又是拍照，又是拉尺，认定结果与张诗漪预想的完全一样，她负全责。车已经不能再开，被交警叫来的清障车拉到修理厂去了，她只好步行回家。

10月的江城，江风吹入城中十分凉爽，路灯幽幽地发着橙黄色的光，灯光穿过法国梧桐宽大的叶子洒落在地上，斑斑驳驳，花里胡哨。十公分高的像铅笔一样细的高跟鞋踩在街上新铺的彩砖上，发出清脆的声响，“笃、笃、笃”的，在夜空中传得很远。

张诗漪就这样走在江城10月的街上。

其实早就想给那个人一个恶作剧，也许从他给她买了这辆车的时候就有了吧。小的时候就常有这样的想法，把最要好的同学玉秀的钢笔藏起来一会儿让她着急；对家里人说去上学了，对老师却说家里有事，让家里学校谁都找不见她一小会儿，她就可以站在乡供销社门口看一小会儿吹糖人的吹“猴拉稀”、“鸡仰脖”；有一个大个儿男生老是欺负女同学，她就趁教室中没人的时候，用大蒜涂他的课桌，让他上课时往桌上一趴就被熏得头痛、嚷嚷……如此这般，小小的恶作剧没有少干，她从中得到一个农村少女少有的乐趣。

张诗漪从那里出来以后，没有回家。以前她不想回家，现在是不能回家。她的事家里都知道了，满城风雨，还是留在江城好。她找了间小巷里的平房住下来，到处找工作。现在还有什么比找工作更难的吗？容易的也有，但她说什么也不愿意再干过去那种事了。转了两个星期，劳务市场也去了，交了三十元，职业中介也找了，交了五十元，钱涨了，工作却仍没有着落。

有一天，张诗漪走到金融大厦门口，忽然内急，捡了一张破报纸就火烧火燎地冲了进去，保安也没拦住。她蹲在厕所里，痛痛快快地解了个大手，通体舒泰了，就翻那张报纸看。看到金鑫公司招聘售楼小姐若干名，她立马来了精神，小心翼翼把那则广告撕了下来，这才用它完事。

张诗漪找到金鑫公司，面试的就是那个人，当时她还不知道他叫肖方全。肖方全坐在宽大的老板台桌后面，四十多岁已经有了眼袋的黄眼盯着她看了好一会儿，点点头说：“没有工资，售楼提成，20%，怎么样？

干吗?”

张诗漪是有过历练的，经过风雨，见过世面，百战沙场人未死，听了他的话，当时把头一低，没回答。一则，商场规则，价码满意也不要急于表态，再说，这个老板看人的那个样子，她也是大雪天吃了萤火虫儿，眼睛里光亮肚子里明，心想耗上一耗，也许待遇会更好一点儿。

“20%都不愿意干？真牛！好，想好了再来。下一个！”

在以后的日子里，肖方全身上有两处最不让张诗漪满意，一是他的那双黄眼，像猫似的，圆圆的，能见到不时缩放的瞳人，二就是他的粗鲁，常常是嘴骂十臊，“粗”口成“脏”，不带脏字不说话。

“别，别！”张诗漪有点绷不住，连忙说，“我想问问，出门办事的交通费给不给报?”

“报！”肖方全很爽气地说，“还给报手机费两百元！干不干?”

“好。我干。”

肖方全拉长了声调“哎”了一声：“早说呀！外边找刘秘书登记。下一个！”

就这样，张诗漪进了金鑫房地产公司，认识了公司老总肖方全。在以后相处的日子里，她不止一次地感到，肖方全就是这样一个人，别看外表挺粗鲁，可从不让别人占去便宜，又豪气，出手大方；又吝啬，斤斤计较；又会装孙子，又能当大爷，全看对谁，最会看人下菜。

有一次，她与他躺在床上，折腾完事以后，两人都静了下来，汗渍渍地青眼向天。她就把对他的这些印象跟他说了。肖方全听了没说话，好像有无穷的心事。半天才说：“咱穷过。”过了一会儿，忽然又笑了。

张诗漪掉了一下身子，翻过来，问：“想到什么了，这么开心?”肖方全欠起身，光裸着上身，点了一支烟，吞云吐雾，说：“我想起一些朋友送给我的外号。商场上的朋友，你猜他们管我叫什么？哈！避孕片！”

“什么意思?”“吃了就生不出孩子来！哈！哈！哈！”他更大声地笑起来，囊囊的胸肉都抖动起来。张诗漪觉得这个外号起得太好了，真是他整个为人真实而生动的写照！她也在被窝里“哈，哈”地笑起来。

1999 年春天，张诗漪终于找到了工作，在金鑫房地产公司做了一名售楼小姐。这一年离她初到江城已经八年多快九年了。从那以后，她就东颠西跑地售开了楼。有时一大早就跑到城西，这边机关多，大专院校多，人均收入高，撞上客户的概率也高。有时又从城西跑到城东，这里出了城门是风景区，二十几年前这里盖过住宅楼，分配给了一些艺术团体，现在已经不许再盖商品房，住在这里的人要想搬入新居，也有可能买他们的房子。有时候她又要坐公共汽车颠到城北，这边有火车站和长途汽车站，终日里人山人海，熙熙攘攘。她到这里是要看看他们公司竖在火车站对面的那个高高的广告牌是否安好，又要去长途汽车站，找那位著名的劳动模范站长，因为听说她今年要重奖员工，奖品是成套的商品房。但是，她一次也没有去过城南，那是她的伤心之地，兵败之地，死穴，或是乌江。

直到这时，张诗漪才明白，这样跑，交通费根本不够，手机费也大大超支，这些都要自己贴补。可是，已经上了贼船，待要不干，跑了这么长时间，多少跑出点眉目，不干就会前功尽弃，硬着头皮上，她是麻袋上绣花，底子不好，也不知道能坚持到何年何月。再有就是，她跑的这些单位，大都是门口有大牌子的，进门登记就不说了，门卫都像是足球守门员，整个一个“钢（肛）门”，总是想把她留在门外。办公室的人更不好对付，有人直言“并无买房的打算”，爱答不理，还有的黏黏糊糊，闲得没事“逗你玩”。

总之，吃了不少苦，受了不少屈，终于有一天，鼓楼区法院从张诗漪手上买下了第一批房，她算有了第一次成功。那边把购房款交来，这边，肖方全二话没说就真的兑现了提成。

二

张小菊到江城是公元1991年5月中旬的一天。斜挎着一只小包，站在一个有红绿灯的街口，让过身边的这几位老太，左右张望着来往的行人车辆，正打算趁车辆往来的空当蹿过街去，神情就像一只猫，犹豫而机警。

张小菊十八岁了，长得还像个孩子，瘦骨嶙峋的，眉眼虽然周正，但皮肤有点黑。她上身穿一件式样陈旧的蓝外套，因为天热，两只袖子卷着，下身穿一条洗得发白的牛仔裤，脚穿一双家做的布鞋。

“呼”的一声，一辆汽车在她面前呼啸而过，带起的风掀起了她的衣角，她吓得后退了一步。不料这又使身后的一辆疾驶而过的自行车拐到了她的小包，拐得她身子直向前倾，好不容易才站稳了脚跟。张小菊忙把屁股上的小包往身前转了转。小包有些分量，里边装着一个胸罩、一件汗衫、两条内裤和她读过的初三各科的课本。

多少年后，张小菊都为挎着这么个小包走进江城而骄傲。无论何时无论何地也无论和谁，只要一说起这一天，她都会很牛气地说：“那时候我有什么？我是挟着这么大的一只小包来的！”

张小菊只能背着这只小包来。她还能从家里带什么出来呢？她的父母都是农民。农民就像蚂蚁、蜜蜂和鸟类一样，什么东西都往家搬，而不作兴把家里的东西搬出去。张小菊就是背着这只小包从农村来到省城，开始了她的新生活。

此刻，她终于急匆匆地穿过马路。站在十字路口的这一边，她望着地上被高楼大厦切成奇形怪状的几何图案似的阳光，一脸的茫然，不知该向何处去。

张小菊初中毕业，没考取高中，回到家里。她家的地，现在由爹娘和大哥忙着。小弟在读中学。将来，大哥、小弟成家以后，这块地就归他们俩平分，他们要在这片土地上，生存繁衍，还要靠从那里而来的收获赡养老人。张小菊像所有的农村女孩子一样，对娘家的土地没有承租权，长成了就出嫁，就到婆家去生活。没有出嫁的时候，她们没有归属，更多的时候是在家里做饭洗衣，喂猪喂鸡，像她妈妈说的一样，“做女人的事”。

张小菊没考取高中，就在家里做这些“女人的事”。

早晨，天刚麻麻亮，张小菊就被那只红袍公鸡高亢而顽强的啼鸣叫起。全家都听到了它的叫声，但她得先起，懵懂着穿好衣服，跑到灶间点燃灶火，烫上父母兄弟的早饭。

然后一溜小跑着去打开鸡窝鸭圈，放出饿得乱喊乱叫的鸡鸭，顺便拾回几个鸡蛋鸭蛋，像娘一样用衣襟兜着，把它们轻轻地分别放入灶台上的两个瓷盆里。这些鸡蛋鸭蛋，家里人没病没灾是不吃的，等攒够了一定的数量拿到供销社换针头线脑。

忙完了鸡鸭，就要忙猪。张小菊在它们一阵比一阵急的叫嚷比赛声中拼命地剁猪菜，就在那只像小船一样的大木盆里剁，剁得哐啷山响。剁好后，把猪菜盛入那半人多高的大木桶，和上大哥用自行车从县城里载回来的泔水搅成猪食，一步一挪地把桶提到猪圈墙外，很高地举起，越过圈墙，“哗哗”地把猪食倒入猪槽。猪们兴奋地尖叫着，奔了过来，争先恐后，低头拱嘴，“呼噜呼噜”地抢食。

张小菊拎着大桶回到灶间，父母兄弟必然已经起身，他们把灶火撤了，就着咸菜，吃着烫好的饭。她草草地洗漱一下，也盛来一碗，坐下来吃。家人们放下饭碗走了，她往往才吃到半碗。吃完早饭，她就要刷锅洗碗，有时候洗洗全家人的衣服。没有衣服洗的时候，她就挑起两个比喂猪的那个木桶稍小一点的水桶，去给自家的菜地浇水。有时还要下力气从猪圈里起点猪粪，给菜地施肥。父母大哥忙的是大田，不是这片菜地，这片菜地就在家门左边的院墙外，它归张小菊忙。

一晌过得飞快，忙完了这些事，就要忙中饭。张小菊喜欢做中饭，这时有空看灶里红红的火焰飘飘地燃烧，听锅里的水被烧得怕痛似的“嗞嗞”地响。她拉过一条小板凳坐在灶眼前，歪着头往灶里添柴，听着看着添着，火光就映红了她汗渍渍的脸。

一家人吃过午饭后，就有了一天中最清闲的时光。张小菊把锅碗洗净，就坐在院子里看鸡觅食。它们“叽叽”地叫着，脚不停地往后刨，头连点十点，尖尖的嘴一下一下地在地上啄。它们吃什么呢？院子里没有虫儿，也没有叶，菜叶、树叶都没有，难道真的像老辈人说的，黄土地里能刨食？又想起自家的鸭鹅们还在村边的池塘里，就带着这个老也想不通的问题，走出家来。

村里静悄悄的，到处弥漫着柴草燃烧的气息，有时会突然有谁家的娘们高声叫自己家孩子来家吃饭的喊声，喊声打破了村子的宁静，在柴草燃烧的香气中萦绕，一声未了，一声复起，切切嘈嘈，焦躁而恓惶。很多年以后，张小菊曾为此而哭泣，但在当时并不觉得这有什么稀罕。有时会遇到同村的二狗或家勤，就悄悄地低下头去，看着他们的脚，匆匆走过。他们都与她同龄，没考取高中，现在在家种地。

张小菊来到池塘边，看到自家的鸭鹅们在水里悠闲地游，调皮的还不停地把身子扎进水里，轻佻地露出屁股晃来晃去。她看了就会笑，就会捋一把柳叶放在嘴里，轻轻地嚼，嚼出苦苦的味道，一边嚼，一边用眼和心把它们默点一遍。

回到家里，有些困乏，张小菊会仰坐在爹那把据说是爷爷的父亲传下来的竹躺椅上，抚摩着红光闪亮的把手，眯上一会儿。不过，这一会儿时间不长，往往会想起家里的很多杂事，比如，天快冷了，要赶紧给哥织一副手套，不然，他光着手怎么到城里去拖泔水；小弟那条破秋裤要是不补，就再也不能在人前穿着打球了；爹冬天用的那个狗皮护腰这两天也该拿出来晒晒了，不然一变天，再想晒就晚了。唉！哥也真是，这么好的一个人，真是勤劳勇敢的中国人，硬是说不上媳妇。哥要有了媳妇，何需我来烦这些事。有时没有想什么事，只是睡着，迷迷糊糊之中，身子猛地一抖，醒了。一醒就再也睡不实了，就起身来做事。手里忙着杂七杂八的事，看看暮色渐升，麻雀在树上越聚越多，越吵越响，就知道该做晚饭了。

忙完了晚饭，一家人都吃过了，张小菊刷洗完锅碗后，会拿出初三的课本，她喜欢语文，那上边的课文都会背了，熟得不能再熟了，可还愿意看。不看这个干吗去呢？村里几家大户人家家里有电视，“别干那热脸蹭冷屁股的事！”有一天，小弟到别人家去看电视时被人找借口哄了出来，她就这么跟小弟说过，可他全不当一回事，第二天照去不误。她不像小弟那么没志气，晚上没地方去，就只有看自己的课本。不过，还有一层，似乎这课本还能证明什么，也许证明上过学，或是证明另一种生活也过过。

看着课本，想着闺女们那些不能说明白的心事，眼在书上，心骛八方，往往看不了几页，娘就催了。娘说：“点灯耗油的干什么？早这么用功，王家早出大状元女驸马了！”娘不是心疼她的身体，而是怕多花电钱。张小菊就只有洗脚洗脸，关灯上床，躺下想自己的心事。天南地北，海阔天空，她想得很多。有时想到一些陈年旧事，比如爷爷死的时候，说什么也不让火葬，最后连乡长都到家里来了。有时想到眼前，玉秀说着人家了，她比自己还小半岁吧？也不知找了个什么样的。由此，她会想到自己，我会娶一个什么样的人呢？她忽然想到，找男人不叫娶叫嫁，娶媳妇才叫娶，于是，就偷偷地在被窝里笑，笑自己。想着这些杂七杂八的事，蒙眬地睡去，直到那只红袍大雄鸡“喔喔”地乱啼。

张小菊初中毕业后就这样在家里生活了两年。她知道除了农村以外，另有一个世界，那叫城市。那里灯红酒绿，大厦高楼，车如流水马如龙，男人衣冠楚楚，像刚压过母鸡的公鸡，女人干干净净，像刚出水的大白鹅。每念至此，她就想起自己曾经写过的一篇作文，那篇作文中写道：“从东方升起，向西方落下，太阳划出的轨道，我们叫做岁月。我要用自己手中的油漆，让岁月变成彩霞！”这句话，老师给她改了一点儿，把“手中的油漆”改成了“青春的光彩”，把“彩霞”改成了“长虹”，重重地画了圈，还在班上宣读。因此，同学们都称她为“小秀才”。现在呢？有时她看着刷锅的炊帚，会把它想象成大号的毛笔，发一会儿呆，叹一口气。

张小菊每天都盼着发生一点儿什么事。可是，生活就像山坳里的一潭死水，风刮不到，水波不兴，日出而作，日落而息，今天就是无数个昨天的翻版，生活像磨道似的周而复始。只有梦里才能重温做学生时的快乐。有一回她竟做了一场春梦，看不清认不明，既像是和一个远房表哥，也像是和中学一个同学。怎么梦起他来了？事后，她自己也想不清楚，反正在梦中是被人抱住了，还亲了，缠缠绵绵的。醒后，心底有几分甜美，几分羞涩，几分懊恼，几分惆怅和亢奋，几分说不清说不得说不好不好说的情绪，像有一支毛笔轻轻地刷着心尖，痒痒的。不知是怎么一回事，那天她蒙着被子，大哭了一场，哭得两眼通红。

打那以后，张小菊就觉得生活更加无聊，想起她在那篇作文中写得那句话和因此受到的赞誉，恍如隔世。就在她度日如年，企望着生活发生一点儿变化的时候，忽然收到表姐陈蓉的一封信，叫她到省城来帮她卖服装。陈蓉在信中说："老话说，家里堆金积银，不如日进分文。你反正没考上高中，在家务农不如早出来打工挣钱好。"

张小菊原本想再复习复习，考个技校什么的，可有次她无意中说了，爹娘却用一种异样的眼光看着她，没有搭腔。不久，舅妈从八里外的方家庙来了一趟，隐约之中，她听见他们在说一个什么小伙儿，半晌才明白过来，这是在给她提亲。提亲，无论是提给谁，嫁给谁，都意味着最终嫁给农村，过上和娘一样的生活。该翻地了，就去求有拖拉机的人帮助翻地，该除草了，就要顶着大太阳下地，收了玉米就得忙着种上麦子，回到家里，喂鸡喂猪，洗衣浆衫，生养一群孩子。然后，渐渐地老去。盯着墙上镜框里娘年轻时的照片，张小菊真是瞻念前途，不寒而栗。

到省城就到省城！闯荡三年五载，再回来嫁人不迟，"此处不留爷，自有留爷处，到处不留爷，爷干个体户！"忽又想到不嫁人才是真正的"个体户"，她为自己这个奇妙的联想暗暗地笑了。

爹娘也看了陈蓉的信，晚上就跟大哥商量。大哥看了递给爹："去就去吧，反正闲着也是闲着，那头亲也没说好，小菊还年轻，也不用急，出去自己给自己挣点儿，出门的时候多两件衣服也是好的。"

就这么着，第二天早晨，天还没大亮，张小菊就像冲出笼子的鸟，背上那只小包，一蹿就出了家门。还不到六点，她已经坐在了小镇开往省城的长途汽车上了。

张小菊下了长途车，在省城的街上问了半天，才找到表姐陈蓉待的地方。她见了表姐，一下子愣住了。

三

这年“十一”，肖方全带着全公司的人喝酒过节。张诗漪喝多了，她忽而高歌，忽而低诉，又哭又闹，脏吵脏搞，鼻涕成把，乱发遮面，全然没有了一点淑女模样。肖方全就把她从希尔顿大酒店架了出来，想想也不知她住在哪儿，就喊出租车开到了白云饭店，把她架进了自己的长包房里。

张诗漪手脚不听使唤，可心里明白，想想自己已经二十六岁，一个人闪得有家难回，在江城形只影单，苦撑苦熬，不知何时才能阳光灿烂。肖方全虽然已经四十五岁，人也老相，但只要是真情实意，也算是有个依靠。虽也听说过这话：别与大款交朋友，别与朋友做生意。可是事到临头，又想也许朝秦暮楚的事不会发生在自己的身上。不说自己是沉鱼落雁，可也算是有几分长相，凭这，还不能笼住这个四十多岁的半大老头子?！人，就是这么奇怪的动物，每每事到临头都把自己想成例外。其实例外之所以成为例外，正因其为例外，如果大家都例外，那便也没了例外。

张诗漪想着自己不会像传说中的那些女人那样遭到始乱终弃，加上无依无靠的日子也确实过得太难，心下就有了同意的想法，脸上佯醉，手也就越发不动，任凭他怎么折腾。肖方全像是把她放在床上必须这样做似的，先轻轻地从后边抱住她，两手环到前胸，把她连拖带拽往床上挪。张诗漪就感到他的手不老实，两手都在轻轻揉她的乳房，不过她没动。这鼓励了他，从后边伸过头来用脸蹭她的脸。她还是不动。肖方全胆子更大了，他把她扔在床上，开始解她的衣服。

张诗漪心里明白，觉得都到这时了再不说一句太不成话，就醉眼蒙眬地说：“你，你干，干，要干什么?”肖方全早有准备，一边继续解着，一边说："让你好好舒口气，让你好好舒口气。"他说了好几遍，最后，这句话让他囔囔成了："让你好好舒服。"就这样，肖方全把她扒光，抱着她再不愿松手，抚摸着她白白的屁股，连声说："我他妈的以前是白活了！"

他在她身上把自己折腾成了一条离水的鱼，干渴地张着嘴，喘着气，还直翻白眼。后首，张诗漪酒醒了大半，也兴了起来，感受比他还强烈，不停地揉搓，还总要在他上边来，在他身上像是石碴路上开着的手扶拖拉机，"咚、咚、咚"地拼命颠簸，几次出现了医学上称之为痉挛的现象。

两人就这么折腾了一夜。从那儿以后，肖方全把张诗漪提成了秘书，每月一千元工资，不让她再去跑售楼，上班就坐在他那间大办公室的外间，接接电话，送送报表，接待客人，端茶倒水。下班，有时也让她跟着去应酬，有时不让，张诗漪就自己先回白云饭店，等着他酒气冲天地进来。

他们就这样生活了一年多。

近来，张诗漪凭着女性的直觉，感到肖方全有点不正常。忽然间，他给她买了一辆车，虽说不是太好，可也是十几万元，依他的性格，绝不会没见庙门乱烧香。先是回来越来越晚，接着就出现了夜不归宿，一周总有那么几天，到底去干了什么，一直守口如瓶，就是醉了也休想从他的嘴里掏出实话来。问他，就理直气壮地说，替某房产局长包了房，替人家找了小姐，总得陪着，万一出了事，那不全玩完了？再有，在床上，他也不大行了，十年前有一个词叫"疲软"，当时几个女孩子在一起说了就偷偷地笑，张诗漪还不大懂它的意思，现在懂了，知道那几个女孩子为什么说起这个词来就偷偷地笑了，这都是从肖方全床上的实践得来的真知。如此等等，不一而足，令人怀疑。可每一盘问，他不是红口白牙，坚定无比，就是不屑一顾或乱发脾气，张诗漪更不信了。

怀疑归怀疑，但张诗漪没动他。她觉得现在有一些女人，根本不会利用直觉，刚发现一点事故苗头就跟踪追击，甚至寻死觅活闹个满城风雨。最终，自己捅破了天不知如何补，雷声大雨点小，虎头蛇尾，反叫男人脱钩而去，成就了人家一段美事。这叫什么？俗话说是人家想睡觉你就递枕头，在书上这叫为渊驱鱼！聪明的女人当然不是这样，大局为重嘛。什么是大局？好多女人都不明白，以为是两人共同的利益，男人说到大局时的确指这个，有时其实就是他自己的利益，可女人千万别信，女人的大局就是你自己的最大利益！

不过张诗漪还是不喜欢这辆车，觉得它就像是一个分手的信号。她不想与他分手。一年多的这种生活，虽说自己非妻非妾，不是那么名正言顺，但张诗漪感到自己终于得到了一个窝。她觉得自己目前的生活状态，只有用一个“静”字来形容。也许以前她的生活太过于折腾，太多坎坷，现在她觉得生活中最重要的就是这个“静”字，好比她在家里时，打来一桶塘水，放入明矾，那水静了以后，才能澄清，才能干净。没有“静”，生活心急火燎，毛毛躁躁，晃晃荡荡，最终就只剩下心急毛躁，哪儿还有生活？生活就在这毛躁晃荡中溜走了！再说这人对她还算不错，有时她发个小脾气也还真能镇住他。比如，有一次，他当着她的面打电话，叫手下人到皇宫歌舞厅预约小姐，她一生气，砸了俩杯子，他就吓得没敢再当她的面提这件事。后来，她发现他是在卫生间里用手机指挥下边的人完成这事的。当然，穷寇勿追，不了了之。人家怕你了，还能没完没了？虽不能说有多么恩爱，可感情还不错。肖方全也说了好几次，等他一离婚就与她办事。他说，他们没有感情，那个女人是一个农村妇女，不解风情，呆×日猴，操她都像是办公事，顶没意思！其实这话张诗漪不爱听，她觉得这么一说，自己就像个第三者。我们俩的事，就是我们俩的事，你爱我就是你爱我，不要扯上别人，不要因为别人的原因来爱我。

张诗漪的心事，肖方全不懂。

为了开动这份厚礼，她学了三个月的驾驶，考了本子。当她第一次坐在它的驾驶室里时就想，早晚有一天我会撞了它。这不，还没出一个月，就在这一天的夜里，在她和刘文蔚泡过“炊烟缕缕”茶馆回家的路上，经过江城草门桥下时，真的撞了。

撞了好，他有的是钱，再说还上了保险。想以此来和我分手吗？没那么容易！张诗漪听刘文蔚讲过那个故事。说有一天上帝遇到一个穷人，就用手把一块大石头点成金子送给他，可那穷人还是不满意。上帝问：“你还想得到什么？”那人说：“我想要你的手指。”听的时候只顾了笑了，现在想想，此中有深意呀！我不要车，我也要那个手指，乖乖！那根手指就是你！

张诗漪迈着富于弹性的步子走在通往白云饭店的路上，猛然想起该给刘文蔚打个电话。她掏出手机，已经拨了号了，想了想却没按发出键，又把手机合上了。为什么要给他打电话？他是什么人？一个朋友？对，只能是一个朋友。人家是江城大学的老师，又文雅，又有知识，很多事经他一说，如水澄明，你听了就像是自己也成了明白人似的。张诗漪当然也感觉到他对自己有好感，但他却从没有说过一句追求的话，连这个意思都没表示过。不错，他们是隔长不短地见上一面，有时是到茶馆坐坐，有时是随意到哪儿逛逛，但他们之间却没有发生什么事。他会很认真地听她诉说自己生活中的种种事情，会给她讲很多的生活道理。说实在的，张诗漪有点喜欢他，一个姑娘，不喜欢的人是不会与他约会常见的。

有一回，他们看了一部美国大片，出来时说到了情人，张诗漪问他有没有，他说没有，张诗漪就开玩笑地劝他快找一个，他说哪儿那么好找，张诗漪就调皮地告诉他："如果一个姑娘你一叫就出来，陪你喝茶、逛街什么的，那就是说姑娘愿意了，你对她做什么都行。"谁知他听了如闻天方夜谭，盯着她看了半天，问："你怎么什么都懂？"见他这种神态，张诗漪怕他怀疑自己也是这样的姑娘，连忙用一句别的话把它遮过去了。

说起来可能别人都不信，他们就是那种一清如水，两袖清风的朋友。现在给他打电话，深更半夜的他会来吗？对老婆怎么说？再说刚送他生日礼物，一个男式钱夹，这会儿又打这样的电话，会让他感到现时现报的。还是应该给肖方全打个电话吧？想到这儿，她就打了，电话接通后，她挺高兴地说："喂，老公，我撞车了！"

四

陈蓉卖服装的地方是江城的城南，地名叫孔庙前街。她在这里开了一家服装店，店面很小，上下两层，上边堆货，下边开张，小得连个名也没得。

大凡一座城市，如果它还堪称一座城市的话，总少不了三样东西：城墙、鼓楼和孔庙。没得了城墙，闹市就会与农田连成一片，哪儿还有什么城？鼓楼是官家打更的地方，没得了它，城里人就会不辨昏晓，无法作息。孔庙那可是供奉孔圣人的殿堂，是一座城市的教化所系。如果一座城市中没得了孔庙，那它还凭什么维系世道人心，又凭什么证明其文明程度呢？三个必不可少的城市标志，城墙围在四周，界定着城市的区域；鼓楼往往耸立于城市中央，因为在那里弄出声响来，可传遍全城每一个角落；而孔庙一般都在城市中人烟稠密的地方，人人敬奉才能起到教化人心的效果。

江城这座孔庙，建筑上颇具规模。庙的正中大殿，高大巍峨，内奉一座孔子塑像，据说大小仅次于杭州灵隐寺大雄宝殿中的如来塑像。两厢陪祀七十二贤人，不过他们的塑像较之孔子的略嫌矮小。因为孔子历来被封为“大成至圣文宣王”，所以这座大殿名为“大成殿”。大成殿前边是一片广场，广场由北向南渐次倾斜，形成南低北高的坡度。广场的南端，与大成殿隔着广场遥相对应的地方，高高地竖着一座钩心斗角的牌楼，上书“天下文枢”四个镏金大字。

大成殿、广场和牌楼，不知何朝何代何人设计，又不知何朝何代何人建造，简约又不失庄严。站在牌楼下，向北望去，由于广场微微地上斜，会令人感到大成殿更加高大雄伟。漫步于此，人们会肃然起敬。上了岁数读过私塾的，不禁会在心底诵起“巍巍乎舜禹之有天下也……大哉尧之为君也……天不生仲尼万古长如夜也……”相传祖上规矩，祭祀孔子，文武百官一里之外即须下马，步入广场，上至京师辅弼，下至知府县令，一律从大成殿侧门而入。唯有当年发榜，有本地士子高中榜首，大成殿的正门方才开启，允许新科状元由正门入殿祭拜。

隋代实行科举制度以来，各朝各代网收天下英才。不知从哪个朝代开始，孔庙左侧不远处的贡院成了江南地区的考场。从这里考出去的状元，不计其数。仅清朝，自顺治爷开科至清末废除科举，265 年间，全国共有 114 位考生高中状元，其中就有本地士子 49 名。也就是说在 265 年间江城孔庙的正门开启过 49 次，平均五年半就开启一次。这在全国各省实为罕见。冯骥才先生在一篇小说中写过，某城的孔庙自打建庙直至废除科举，正门从来没有开启过。相比之下，可见江城自古人杰地灵，文运昌盛。

孔庙一带是江城的发祥之地，早在春秋时代这里就有人居住繁衍。东晋时期，这里已具行市规模。先人们沿孔庙两侧放射状地建起了五行八作居住的街巷。比如，纸街，全是纸作工匠居住，临街开的都是糊棚——糊灯、糊屋内诸件、糊窗、糊陪葬等的纸作坊；桶巷，全是桶作工匠居住，临街开的全是桶作坊，专做各种型号的木桶、木盆、马桶、婴儿桶等；铁巷，一律为铁匠居住，一条小街布满专打各种剪刀、门闩、铁链，兼为骡马钉蹄挂掌的铁匠铺……历代兴衰，这里的街巷屡经改建，面貌早已非复旧观，但仍是依据五行八作的格局，只是各街巷所居之民不再那么纯粹而专业。江城也由此向北扩张，城市逐年扩大，这里就成了城南。不过，江城方言仍以此地最为正宗，江城小吃也以此地最为地道。古往今来，这里一直是酒楼林立，商贾云集，车马往来，游人如织，是江城第一等风流繁华之处。“文革”中，这里首当其冲，遭到红卫兵和造反派的毁灭性破坏。改革开放初，江城市、区两级人民政府批款修复、扩建孔庙，使这里不仅重现了当年的景观，而且更加繁华，成了市民和游客休闲消费的主要场所。在这里觅食找饭的人也越来越多，堪称鱼龙混杂，良莠莫辨。

表姐陈蓉，二十五六岁，长着一张狐形脸，身材优美，用现在流行的话说是“魔鬼身材”，该凸的挺着，该凹的瘪着，两道眉修成弯弯的线，脸上化着妆，搞得白白的，嘴上涂着红红的口红，一副骚眉狐眼的样子，一点儿也不像原来的她了。

张小菊愣愣地看了半天，差点儿没认出来。

“看什么看？我脸上又没字！”表姐嗔怪道，“倒是你噢，还是这么黑瘦，吓了我一大跳！”

表姐叫她进来，就忙着招呼顾客去了。

张小菊进了这家小店，站也不是，坐也不是，心想表姐怎么就这样待人？有点儿拘束也有点儿不满。她环视四周，小店不大，迎门两边是齐肚的柜台，柜台后面和迎门的墙上挂着各式各样的服装，迎门的墙边还有一架直而且窄的小木梯通往二楼。小店的顶棚上，有一盏灯很大，亮而且烤人，一架本白发灰的吊扇，“嗡嗡”地在离灯一尺以下打着旋，扇出的风一点儿也不凉爽，发出的声音却让人心躁神烦。

这就是表姐的服装店？

陈蓉忙了半天，才有空跟她说了一些家长里短，问起了爹娘，还说：“你不知道，我差点儿和你大哥成家，都登记了——不是登记，是去登记了，人家说近亲不能结婚，这才了戏。嘻！嘻！”这事张小菊没听说过。她觉得自己没听说这件事十分奇怪。不过，表姐这番亲热的话和她那亲切的口吻，打消了她刚才为受到怠慢而产生的不快。“了戏”？什么话？虽然也能懂，可在家都说“了了”。“人家说近亲不能结婚，这才了了。”张小菊想，在家时都是这么说的。唉！表姐来了五六年，连人话也不会说了。

1991年5月，张小菊在这里开始帮表姐陈蓉卖服装。

这时的孔庙已经重新修建了六七年，大街上，人来人往，热闹异常。主要的一条街上，两边都是卖服装的小门面，间或也有几家卖别的东西的小店。陈蓉的小店左边就是一间卖盒带的，烟鬼似的店主总是把那对旧喇叭的音量调到最大，嘶嘶啦啦、断断续续，反复播放一首歌曲，最近他播的是《渴望》，直播得人五心烦躁，六神不安。

“卖了！卖了！便宜卖了！经过！走过！不要错过！”

“……仿佛还在眼前，有过许多朋友……”

“看一看啦啊，瞧一瞧！海关罚没的啊！便宜又新潮啊！”

家家门口，卖服装的就在这样的音乐背景中大声吆喝。表姐叫张小菊也这么吆喝，张小菊不会。说心里话，她是不好意思，看着来来往往的人，硬是叫不出口。只等有人来问，才低眉垂首地回答，好像不是别人要买她的东西，而是她该别人的钱一样。有时候还把价报错，老是把表姐的底价脱口报给人家，反倒使顾客有了杀价的先机和余地。

“你这样可不行!”表姐不高兴了。她生起气来，两眼圆瞪，线眉高挑，数落起人来，秋风扫落叶一般，利落而无情。“你这样怎么能卖出去?你这样憨头犟脑的样子，城里人连看都不会看你，还买你的东西?一脑子糨糊，一锥子扎不出一个屁来，戳一刀子也不知哎哟一声，脸皮薄得像张卫生纸，嘴巴笨得像只旺鸡蛋！你要摆正关系哟，你又不是市长家的太太小姐，也不是个体户的老婆。人闲得住，嘴可是无底洞！咱们还得吃饭呢！像这样卖货，不是想叫我喝西北风吗?!”但凡遇上不满意，她就会这样数落人，常常把张小菊数落得羞愧难言，不知哭过多少回。

哭归哭，张小菊却不打算走。她来了以后，陈蓉让她睡在原本堆衣服兼办公用的小二楼上。白天，这里归陈蓉用，她在衣服堆里接电话、算账，晚上就归了张小菊。有了这么一个栖身的地方，虽然成天闻着衣服堆发出的化学残留物的酸味，有时被呛得泪水直流，生活上也有许多不便，上厕所要穿过两条小巷，但她还是很知足。她觉着现在毕竟有了一块属于自己的小天地。工作虽然辛苦，每天要站十几个小时，嘴里还要不停地向顾客介绍，手上还要为他们试衣，爬高上低，拿了这件换那件，可最后他们也不一定买，一天下来累得只想纳头便睡，但晚上这里十分安静，再也听不到爹娘的吵闹，也不用为多看一会儿书向娘要求多点灯。当然，也就听不到娘为此而发出的奚落、嘲讽和由此而发出的幽怨。爹的脾气不好，动不动就发火打人，有了一点钱就出去喝酒，不是火着就是醉着。在这样的家庭环境中长到了十八岁，张小菊对家中的气氛厌烦透顶，幻想自己是爹娘捡来的孩子，早晚有一天，亲生的爹娘会把自己接回真正的家去……

现在有了独立的栖身之地，有了全新的生活。店里每天发生的事，都十分新鲜。张小菊觉着世界上最好的事就是卖衣服。因为卖衣服，每天都会遇到新的人和新的事。以至于每天早上起来，她都希望早早地开门，希望早有人来。对早上第一个踏进店里的顾客，她必报以灿烂的一笑，朵朵葵花向太阳似的。因此，虽然屡遭表姐的责骂，但她还是毅然决定：不回家！就是不回家！也不能到这座城市的其他任何地方去，因为她才来不久，人生地不熟，离开这里不知该到哪儿去，正是初来乍到，举目无亲，只得端人家饭碗受人家管，万事都得忍着。表姐要是不出来，嫁给了大哥，她能有今天？她想忍到像表姐一样，总比嫁给家乡小村强，说不定忍到最后还能杀表姐一个回马枪！

张小菊就这么忍着，替表姐守着小店。白天，她在小店的楼下卖衣服，表姐在楼上办公，写呀算的。张小菊要有事出去，就向楼上喊一声，“陈总！”表姐要她这样喊的，“我去上厕所啊！”

“大夏天的，哪儿来的这么多尿？快去快回，不要一个屁放三年，一泡尿比长江还长，半天人影子不见帽顶子！”陈蓉在楼梯口向下露出半个头说。等张小菊明白了这是准许的意思，尿也差点撒在裤子里，她夹着两腿，急吼吼夺门而去。

转眼过了半个多月，有一天，等她从厕所回来，一进店门，忽然听到小楼上有一种奇怪的响动，好像表姐被人捂住了嘴，“吱吱呜呜”地在挣扎。她吃了一惊，不知怎么就想到表姐一定是被坏人绑了。该死！一泡尿尿出坏人来了！表姐是要救的，不然对不起亲娘舅！她想也没有想，立即抄起一把拖把，举在手上，蹑手蹑脚地走上楼来。当她的视线高过二楼的地板时，她看见了她一生中见过的最为新鲜的事。

五

据说陆相出生的时候，他爸——贴烧饼的陆家良正在和隔壁邻居剃头匠篓子下象棋。这时有人跑过来说："家良！快回家看看去吧！你老婆要生了！"

下棋的地方就在小院门口的槐树下，陆家良拔腿就往院里跑，从槐树下到陆家窗下，满打满算也就三十秒。可就这一眨么眼的工夫，等陆家良跑到自己家窗下，猛可间就听到了刚落地婴儿的哭声。接生婆马奶奶从屋子里走出来，喜气洋洋地对陆家良说："恭喜！恭喜！是个带把的！"陆家良高兴得只顾傻笑。

这时满院子的人都闻讯赶来，于是，篓子提议，请凌老师给小把戏起个名字。陆家良一听，忙说："这哪块行呢，要请凌老师，也得明儿个专门请，请到奇香阁，不作兴这样马虎哎！"

人群中的凌老师一听，连连摆手，说："哎，不敢当，不敢当！"这是1964年9月，"三年自然灾害"才将过去，老百姓的日子仍旧十分艰苦。平头百姓家里即使是有什么大事，也就是剁盘鸭子来家，再多拌个黄瓜，炒盘花生米，凑上几个菜，热闹一下，少有到店里去吃的。为了怕反给陆家添麻烦，凌老师一听这话就推辞起来。

"这个院里还有谁呀？你就帮这个忙吧。"篓子劝道。看着一院人的目光，特别是陆家良那恳切的眼神，凌老师不好再推辞了："好吧，我就试试。家良，你不喜欢再改，行吗？今天，我就讨个口彩！家良，请你把那只手张开。"

大家都不知是怎么一回事，都凑过头来往陆家良手上看。陆家良也不知是怎么一回事，他张开右手，低头一看这才发现，自己刚才还攥着一颗棋子。只是这颗棋子反面朝上，不知它是个什么子。凌老师指着它说："就是这个，以它为名。翻过来看看哎！"此言一出，大家心里都打鼓。你看着我，我看着你，都有点面面相觑的样子，不知说什么。

篓子是直肠子，烦不了那么多，就直通通地说："凌老师也太冒失了，给小把戏起名，这高头讲究多了。""哎，人家是老师，还能不如你？"有人反劝篓子说话悠着点。篓子偏不信邪，脖子硬硬地瞎嗓："你知道他手里拿个什么子？他手里拿的是个车、是个马、是个炮，将来小把戏喊个陆车、陆马、陆炮，不好听，还凑合。万一他手里拿的是个仕，那就……"

用江城方言喊陆仕，仕就喊成了死！凌老师好像并不在乎，不顾大家的眼色，也不听篓子的废话，反又催他说："家良，没得事，翻呀！"陆家良不好推辞，就用左手小心地把右手上的那颗棋翻了过来。只听众人"哎哟喂！"一声惊叫，原来陆家良手上的棋子是个"相"！陆家良这才想起，报信的人来的时候，他正好手执一相要飞篓子的炮。刚才慌得棋都忘了扔下就来了。

"好！"满院子人见了他手中翻过的棋子，一齐喊了一声！这名字取得太好了！取将，取帅，太张狂，取兵，取卒，太没志向，相，好！国家之栋梁，朝廷之辅弼。好！好！

一转眼过了二十多年，这个当年的小把戏不但没当上什么相，连个兵也没当上，高中混了两年多就在家待业。

1985年的一天，邻居樊大妈找上门来，她是老船板巷的居委会主任。人一进门就高喉咙大嗓门地说："孔庙才将重修好，孔庙管委会通知叫我们居委会组织待业青年去那里开店。叫你家小相也去。"

陆相听了没吭声。其实他不想去。毕业后一心想搞个国营单位干干，可左等右等老是分不下来。后来听说一个同学分到公交车上卖票。那时的江城，公交车票只有三种价格，五分、一毛、一毛五，干这活儿又简单又轻松，免费坐着汽车满城转，还有奖金拿。没半年，这小子就插上了"潘西"。"潘西"是江城方言，意即姑娘。陆相很羡慕这个工作。但是他也不好跟樊大妈说，只是不吭声。

陆家良拙嘴笨舌，只是连声问："去还是不去呀？去还是不去呀？"樊大妈炉子上坐着水，没得时间耗，一边说："你再想想。"一边回家灌水去了。这倒勾起了陆相的心事，老想见见老同学打听出个所以然来。

有一天，陆相找到8路公交车，等过了好几辆才遇上他那辆。陆相上得车来就向他讨教，如何分了这么个好工作。没想到这小子口封得很紧，什么也不说，尽扯淡，海地胡天，不着边际。陆相要下车，他却又不让，"坐坐，玩玩。"陆相只得陪他卖票。直到到了总站，找了个没人的地方才说："我分到公交公司是他妈的有人情在上面。那个管事的还暗示我呢。那天我好不容易才见到他，这个鸟人一脸冰天雪地。我连忙说，等事情忙完了，我一定请你。这个鸟人，下眼皮发肿，眯着眼往上看，说，我也是见过世面的人，什么酒没喝过？只有一种，五粮液，不怕你笑话，还没碰过。听听，这不是暗示吗？什么他妈的五粮液？我听都没听说过。就为这瓶酒，我家人发动了所有的亲戚朋友。最后，人托人，人找人，一直麻烦到一个八竿子都打不着的表哥，人家在罗马尼亚驻中国大使馆当厨师，真搞到一瓶。搞也不是白搞，老爸把他最爱的那盆米兰送给他了。我家那盆米兰好啊，江城植物园来了三回，三百块！我家老头硬是没卖，给他了。酒一到手，我立马给那鸟人送去。路上我还想不通，酒在包里，怎么就闻到阵阵酒香？别是打碎了吧？我进了那个鸟人的办公室，拿出来一看，完好无损。这鸟人懂行，一接手就说，你真有本事，这叫'透瓶香'！我他妈的算长了见识！没两天，报到通知下来了。我家人兴得不得了，我妈连声说，苍天保佑！苍天保佑！我爸说，干吗事啊？还是迷信啊？这是火到猪头烂，钱到公事办！"

陆相听得百感交集。陆相不记得妈的模样，老头说，你妈死掉了。可陆相却隐隐约约地听说，他妈和他爸离了婚跟什么人跑了。陆相是由他家老头带大的。陆相的老头陆家良，长得瘦瘦的像根竹篾子，稍微弯把弯把能糊灯笼或风筝，是个三棍子也打不出个闷屁的老实人，在老船板巷口卖了大半辈子的烧饼，总是在灶前和面、擀饼，一颠一颠地往灶里贴，搞得腰都佝偻了，走起路来也总是一撞一撞地往前倾，手也总是红红的，五指关节都变了形，又粗又大。陆相一想到他家老头这双手，立刻就泄了气。

他这一辈子根本就没有半个有权有势的亲戚，老船板巷四号院住着的左邻右舍有剃头匠篓子一家，有中学教师凌老师一家，有居委会主任樊大妈一家，有工商所的老言一家。这里就属言家官大，人也热情。老头和老言闲聊天的时候也提过这件事。老言也没拖，第一码给找的饮食服务公司，陆相一打听可能被分到天虹园小吃部，不是炸油条就是下馄饨，成了子承父业，说什么也不愿去。第二码，给找了一个服务公司的活儿。陆相拿着通知去了，人家让他到“一乐也”浴室报到。这小子二话没说，出了公司的门把那张通知一撕，掉头走路，一直就回家了。从此，他家老头也不好意思当着老言的面再提这件事，老言见陆相左右不合适，也不再上心，日子就这么一天一天过着。

陆相没得事干，整天不是闷坐在屋里就是到处闲逛。没得事干就没钱，闷坐和闲逛都费烟。有一天找老头要钱买烟，钱是给了，可也给了一顿脸色看。

于是，陆相心一横，管他国营不国营，能挣一口就行，事到这步，烦不了那么多了！第二天，他就跟樊大妈一起，到孔庙找到管委会李主任要签那个租赁小门面的协议。这时，一个中年女人带着一个姑娘也来租门面房。

偏巧，门面房只剩了一间了，按地段分，该是陆相租，可是李主任却说，截止日期到了，人家先订了，非要租给那个姑娘不可。陆相本不想干这事，老头这一辈子在老船板巷口贴烧饼还是个集体呢！只不过为几个烟钱和老头闹了点儿别扭，又听同学说上国营那么难，一时兴起，来凑个热闹，租不租这间小门面原本就在两可之间。再说，第一眼看见那姑娘，眉清目秀，身材单薄，穿着一身月白的裤褂，飘飘凌凌的，掩在那个中年女人身后，头也不敢抬。陆相就生出无限的柔情，更不想争这个鸡窝店面了。

可是这个李主任开口就说：“上茅厕还得先来后到。”

“那要等到哪一天?”陆相忍不住问。

“再回家恶个两年不。”他轻描淡写地说。

陆相听了很恶心。江城人很文化的，这个恶心的“恶”他们读作“WU”。“恶心”意即“窝心”，不痛快，像武大郎吃了西门庆的“窝心脚”。他恶心，就又问了一句：“那要等到什么时候?”

“我也不是算命的，烦不了这么多?!”李主任也不耐烦了。

他这样一说，陆相吃不消了，牛×什么样呀?!不就是一个破主任吗?鸡飞蛋打，老子今天非租不可。

“你烦不了，我还不烦了！这店本来就该我！”

“该你?你叫它一声能应你?噢是的!”李主任口吻和神态都很是不屑。

樊大妈是个老家庭妇女，别看是家庭妇女，却是调解纠纷、化解矛盾的高手。她见两人各不相让就悄悄地拉了陆相一把。这些基层干部，低头不见抬头见，打断了骨头连着筋，你求我，我找你的，互相总有个照应，私下里热络极了。她既怕陆相租不到，居委会还得管他重新就业，硬生出很多事来，又怕李主任事后埋怨她不替他说两句。于是，她说说这边：“小相，凡事都有个期限，李主任也不是难为你。没有规矩不成方圆嘛。”那边说说：“不过李主任，安排待业的事上边也催了好几回了，你也不能忍心看着我完不成任务吧?再说这个门面按规定是分给我们居委会的，你要是被焐子里放屁——独吃，我可有办法搞你。”

外人听着是玩笑，骨头里可有撒手锏，江城居委会老太太大都会这一手。这才是说话的艺术。也许是占着这样做有点儿理，也许是那个鸟主任真有什么事在樊老太太手里攥着，经樊老太太这么一调解，硬是把陆相和那个姑娘说合到了一起，两人合租了这个门面。

六

与陆相合租这个门面房的姑娘正是陈蓉。

第二天，樊大妈叫来几个帮手，把门面房里粉了一遍，后来，又找管委会赁了四节柜台，两人一人两节，一左一右，就在这螺蛳壳里做起道场来。

渐渐地两人各自显出了优势。陆相路子野，敢下广州、深圳、福州、石狮，进的衣服式样时髦，价格便宜。陈蓉嘴巧，人前比人还像人，人后尽做鬼事，整个一黄鳝篓子，进得去，出不来！

一日，陆相隔着柜台诉说南下的辛苦，扛着大号编织带，在广州火车站买高价票，差点儿让警察当盲流给收容。跑出去的辛苦就不说了，家里的货还误了。说着说着，话赶话，说："咱俩合起来保证赚大钱！"

说者无心，听者有意，陈蓉一想是这么一个理，陆相的货要是放在我手里，灯芯草都能当金条卖，不赚钱有鬼！于是就真的答应了。陆相没想到她当了真，转念一想，也好，自己去进货，门面有人守着，东西有人卖着，反正亲兄弟明算账，怎么分钱谈好了，自己也不会吃什么亏，也就同意了。

过了几天，两人把存货盘点了一下，都是内行，谁也蒙不了谁，把点清的账向对方一报，就把货合到了一起。从此，男主外，女主内，渐渐地打开了一片天下。

就这么过了几年。人都说江南水土好，江南出美女，到了1991年的时候，陈蓉像吃了催化剂似的，一天一个样，渐渐长成了狐狸精，怎么看怎么让人馋。陆相心里也没少打小九九，可这一年，陆相二十七岁了，凌家姑娘凌菲也二十六岁了，两家人就商量“十一”把他们的事给办了。他俩青梅竹马，自小在一个院长大，谈朋友也不是一天两天，左邻右舍都知道。因此，陆相对陈蓉再有什么想法也是干着急，只好和凌菲进进出出，整天张罗着买家具什么的。

忽一日，陆相说，想到南方再去进一趟货，顺便给凌菲买几件结婚的衣服，回来就结婚，凌菲也没什么意见，他就去了广州、福建。临走的时候，凌菲问他什么时间回来，好去接站。不知为什么陆相支支吾吾地没说清。不到一个月，他往店里发了一个电报说哪次哪次车到江城。他事后说，本想发到家里，或者发给凌菲，可一想这次进的一大包衣服也有陈蓉一份，我天南地北地这么跑，你也不能闲着，就发给她了。

陈蓉接到了电报果然就到车站来接他。他扛着个大蛇皮袋下了车，正好江城下大暴雨。江城的男孩子从小就不习惯打伞，陈蓉出门时还没有下雨的征兆，所以两人都没伞。那时，江城又没有“的”打，他们只得坐着公共汽车回来，没到家就叫大雨给淋了异污精糟。陈蓉租住在锁巷，这里比老船板巷离孔庙前街近，为了照顾陈蓉，也为了先安顿那一大蛇皮袋新进来的衣服，陆相就没直接回家，一身泥水，连拖带拽地把那个大蛇皮袋拽到了锁巷陈蓉的出租房。到了陈蓉那儿，陈蓉先洗了澡，换了衣服，又伺候他洗澡。没有男人的衣服，就叫他披了一条大浴巾坐在桌前，还烫了壶酒，陪他小饮祛寒。谁知这一下出了事。月过女儿墙，酒壮英雄胆，月朦胧鸟朦胧，心里镜子似的，眼上假嘛日鬼的都看着地，不知是谁先碰了谁的手，两人终于越过了雷池。陆相抱着陈蓉连啃带咬，一阵比一阵风狂雨骤，陈蓉在下边痒痒地笑，不停用手胡噜他的平头。陆相停住手，问她为什么老是摸头？陈蓉说，自己最喜欢这样，像摸毛刷子，从手上传到心里，痒痒的。陆相听了欢喜得没有插手处，在她身上肉多的地方乱捏，捏得陈蓉“噢噢”地乱颤胡叫。两人闹着，还差点没闹出不愉快来。陈蓉按住了陆相捏她奶子的手，骚眉狐眼地问他：“我和她谁好?”陆相听了明白她这是跟凌菲比，心里不大高兴，一翻从她身上翻下来了，斜躺在她身边，半天也没说话。陈蓉这才明白，有些事是不能问的，哄了他半天，才把他哄到她的身上去。

两人折腾了一夜，第二天早晨才有机会说一说生意上的事。陈蓉就告诉他说，现在，孔庙有几家在悄悄地做旧服装生意，很来钱。然后，一五一十地说谁家谁家卖得好。他听她说完了，有些犹豫，这行吗？陈蓉马上说，这事肯定能来钱，人家卖得不蛮好？然后又亲了他一下说："我先到店里去了，你太累了，多歇一会儿再去。"说完就走了。

陆相起来以后，又在门口小摊上吃了一碗豆腐脑，两根油条，这才满心欢喜地到小店里来。不想，半路上偏偏碰上了凌菲，她戴着大盖帽，穿着工商制服，正在一家小店里检查一把玩具枪，她说，这枪杀伤力太大，要人家不要经销。看见了他迎面走来，她有些奇怪，就问："你回来了？什么时候回来的？我怎么不知道？"

陆相支支吾吾，说："我，我，一夜没睡，坐夜车回来的。我要进货去了。听说旧服装卖得不错。咱们晚上再讲。"

"你不要搞那个，我告诉你！那事不能搞！"

"什么事啊？"

"就是旧服装。"

他答应着走了。

她望着他的背影，目光中充满疑惑和担忧，又大声追了一句："别听那个人的！"

陆相知道她说的"那个人"是指陈蓉，这句叮嘱也引起他一阵反感。他不喜欢女人在他的耳边说另一个女人，陈蓉说她，他不愿意听，她说陈蓉，他也不愿意听。他觉得女人在他耳边说另一个女人是把他当傻×待，是非好坏我还用你说吗？操！他心里骂着，头也不回地走了。

陆相走进小店时，张小菊正好去上厕所，他到南方去了半个多月，也不知道店里新添了人手，所以看楼下没人就"噔、噔、噔"兴冲冲地上了小二楼。他上了楼，见陈蓉正撅着屁股在衣服堆里挑拣样子。他一看到她那浑圆的屁股，立马忘了刚才的不快，十分冲动，十分兴奋，一冲动一兴奋，抱过她来就啃了起来。陈蓉被他啃得直哼哼，可还斜着眼睛推着他说："别这样，别这样。"她这半推半就的娇羞样儿，大大地刺激了他的欲望，他就要做大动作，正要解衣探怀，张小菊举着拖把蹑手蹑脚地摸了上来。

张小菊平生第一回看到这样的新鲜事，羞红了脸，忘了救表姐，扔下拖把，才将要蹿，却被表姐看到了。她狠狠地推开身上的陆相，责骂了一句："叫你不要这样偏这样！"

陆相也被这件事搞得很不好意思，喃喃地说了一声："我操。"

陆相只有高兴的时候才能显出他的口才，一高兴他会口若悬河，妙语连珠。可是他生气时就不行了，拙嘴笨舌，许多意思不知如何表达，就说："我操！"这句"我操"在他，其实有很多意思，有时表示他的轻蔑，有时发泄他的愤慨，有时竟然是赞许，有时还象征亲密……不一而足。今天他这一句国骂，表示真没想到的惊诧，也表示自己对这事有点羞臊。

陈蓉却一点儿也没有不好意思，她推开陆相，一转过脸来就把张小菊一顿臭骂："你他妈的属鬼的?！走路一点儿个声音都没有？看三级片来了？真是屁眼儿上贴伤湿膏，你他妈的这么大个人少一窍啊，你？这回看到了？满意了？大白天撞见鬼了！真是瞎子拍皮球，让不长眼的玩出一肚子气来！"

张小菊跑下楼，跑出老远，还听见身后表姐这尖酸刻薄的骂声。

七

“人没伤着就好。车盖撞掀了怕什么？铁嘛，又不是金子，又没镶钻儿。我还真怕你伤着呢！”肖方全接到张诗漪的电话，立马跑了回来，进了长包房的门，一看她好好的，这才松了一口气，坐进沙发，点上烟，一边摸索着茶几上的电视机遥控器，一边有些心不在焉地说。

他的这种口吻使张诗漪感到既安慰，又有点失望。“都几点了？还看电视？”张诗漪嗔怪道，“还不洗洗弄弄早点睡觉？”肖方全听了，有点儿不甘地关上了电视，放下了遥控器，站起来进了盥洗室。

他出来的时候，她已经躺在床上了，她那一侧的壁灯关上了，他头顶上的壁灯也拧小了，发出橙色柔光。张诗漪替他掀开毛巾被角，有点撒娇地问：“你不心疼？”

“什么？”他坐上床来刚要躺倒，被她问得有点儿莫名其妙，就顿在那里，盯住她问。

“车呗！那可是新的。” “车重要还是人重要？”他一边躺倒，一边反问。

“当然是车重要。”张诗漪正话反说，“那可是十几万元呀！人嘛，随时再找。”

“你把老子当成什么鸟人了？我买鸟车干吗？还不是为了你吗？”他搂住她道。

“今天没喝酒吧？”

“怎么？”

“我看是抹了蜜了。”

“哎？我看你这小骚骚今天有点邪嘛！”

“什么邪？什么邪？我撞死了你也不管！噢！你就是为了我早日撞死好去另找一个才买的车吧？”

“让你早日撞死，这个我没想过。另找一个嘛，也许，说不定。我倒想有一天来个一马双跨！‘带着你的妹妹，赶着马车来……’”

“好啊！你个没良心的！人家对你这么好，你还不满足！是不是已经有了？”张诗漪假戏真唱，翻起身来，拉住他一只耳朵，盯住他那双黄黄的眼仁，非让他说明白不可。

“哎哟，哎哟！轻点，轻点！”

“说，今天你非明说不可，是不是为了让我早日撞死？!”

“我哪儿会那样想呢？我要是与你分手，我会明说的。我早就看出来了，这辆车买得你很不顺心，可事没搞定，我也就没法告你说。不过今天事终于搞定了。”

“怪不得这么开心，要是平常早发火了。你那狗脾气我还不知道?”

肖方全笑了，一只手伸进了张诗漪的胸罩，揉她的乳房：“江北那条路，拿下！”他兴奋地使劲捏了一下说。

“真的?”张诗漪惊喜地问。

她知道，这条路是地处江北的联合化工的一个工程，二级路，三十公里。工程量虽说不大，但联合化工是特大型国企，造价开得高，付款及时，好多建筑单位都投了标，摆出拼死一搏，志在必得的架势。前些日子，她也照他的安排传过去好些报表什么的，还和那个管事的处长一块儿吃过一顿饭。没想到，成了！

“我早就料到会到手！要不我买那辆×车干吗？那个卖车的傻×还向我卖风骚呢，以为我看上她就会买她的车，我操！其实，我买车是有目的的。一个大男人，别人都追着你喊‘肖总’，办事还能没数？日×还要有个套呢，阿是啊？告诉你，我想让你管这个工程，你想想，你每天跑江北，没有车行吗?”

“让我管？嘿，嘿，别蒙我了！我不信！”

于是，肖方全收回了在她胸罩里的手，翻身用双手支着身子，很认真地说："哪个脏讲，哪个出门丢了卵子！这条路就你管！我叫你当项目经理。"接着，还说了一大套她的优点，什么各种报表挺烦的，她一次也没嫌过，也没错过，这叫做事心细；有一次冲打扫厕所的发火，那叫敢于管理，那个家伙确实打扫得不干净；人长相好，招人喜欢，相信联合化工的人会喜欢她，这叫有亲和力，这样的人管工程才会顺，等等。把她夸成了一朵花！

张诗漪盯着他的黄眼看了半天，看来他不像是开玩笑。"真的?!"她禁不住又问了一声。

"你个鸟人还要我说几遍？鸟嘴冒火！"

张诗漪信了，她一个鹞子翻身，趴到他上边，使劲地亲起他来。这一次，张诗漪很主动，她先脱去了他的内衣，又把自己扒光，像一条鱼一样，在他身上蹭，激得肖方全雄性勃发，狮子叼光鸡似的，玩了个痛快。

事后，肖方全仰望天花板，想，幸亏没撞坏人，还是人重要。搞建筑这行的，人要一伤那得花进去多少钱去？那就鸟得了！建筑这行最怕这个！搞不好就是小姐的×，无底洞！能搞得你倾家荡产！谢天谢地，她没事。车好修。明天修好车就带她到江北去。那条路的工程，让她管好多了，她是个新手，还不会作假。外人不知道，这一行上上下下没有不会作假的。有人做了手脚，就像冻炸了水管，钱就像那水，"哗、哗"地就流走了，没得数。新手还有一个好处，便于控制。她会处处汇报，所有的漏洞都能及时发现、堵上。没有漏洞的工程赚得就多了。再有一个是节约成本，请她也比请一个真的项目经理要省多了，再给她加五百，顶多一千，她就比兔子跑得还快！请她做还有一个理由。那个管事的处长整个一个色鬼，为了拿下这个工程，光洗桑拿就花了多少？那哪是桑拿呀？"脏拿"！这一句是江城方言，在江城话里，"脏"，不仅是指卫生程度，还有"乱"的意思，比如，一个人做事没规矩，江城人就说他"脏搞"。"脏拿"！一点儿规矩都不懂。按规矩，风流账该自己付，可那小子一次也没付过，反正有些鸟官总是与人相反，有人是不懂装懂，他他妈是懂装不懂！

他扭头看看已经入睡的张诗漪。她睡得非常安详，呼兰吐麝，两腮渐起红晕，脸颊与发际过渡的地方，长着茸茸的毛，壁灯余光之下，亮亮的，幽幽的，无比柔和，令人怜爱。又想，这可不怨我。都是这个鸟世道！人家想要什么，我们就得送什么，喜欢什么，就献上什么，谁让管工程钱的这个鸟人好色呢？他好色，你就得给他，起码给他一个花来“养眼”！他不知自己会想出这样一个词来，“养眼”！也许是广告看多了。但这个词是太好了，很准，很实用。其实女人就是男人用来“养眼”的，或者说，大多数的时间是用来“养眼”的。不信你试试，就是再好看的女人，你也是看的时候多，干的时候毕竟有限。他笑了一下，不知谁他妈的发明了这个词。由此，他又想到一个词，“包装”。他想，老子买车干吗呀？就是为了“包装”你，让那个鸟处长看看，“这个女人啊……不寻常！”他就会眼雾心迷，就会下工夫，就会多给钱！又想，这个女人，真的不寻常。从心底说，自己是非常喜欢她的。搞这一行搞了十多年，挣了那么多钱，也应该有一个这样的女人，我他妈这样做，确实有点缺大德！不过女人只是女人，这个女人再好，还不是女人吗？一高兴了就给你操，不高兴了还得哄着，哄着也不一定让你操！想着，不由得长长地叹了一口气，扭灭了头顶上的壁灯，躺下睡了。

其实张诗漪入睡前也想了一会儿心事。她侧着，背对着他，想，当了项目经理，那就是王总！人们都会这样喊她。在上半年，公司在长桥那边的那个楼盘还没动工时，她卖过楼花，有一次陪一个客户到过工地，她听见工人就这样喊过一个工头模样的人。工人们都簇拥着他，连喊十喊，把他喊得可牛了！一个伟大的男人背后都有一个伟大的女人，也许是，也许不是，但一个想干出名堂的女人背后必须有个已经干出名堂的男人，这是定律！女人与事业的定律！她又想起了刘文蔚，他就是没钱，其他样样都好。他写了好几年，写了一本书，可是这种书是专业上的，得自费印，要好多钱，印不起。但是，如果自己在大学连一本专著都没有，那今后评职称、分房子都会成问题。说着，他还重重地叹气呢！想到这儿，她忽然明白了，一个想干出名堂的女人，背后一定有一个有钱的男人，这才是那个铁定的定律！不是吗？刘文蔚并不穷，说起来比一般人还富呢，但他只拿教师的工资，有限，不像肖方全，一个工程做完了少说也能拿六位数，到如今，理想也没钱去实现。一个男人，不能实现自己的理想，那就是个残废！想到这儿，她不禁有些遗憾，轻轻地叹了一口气，心里竟有了点儿不快。想，下次再见面的时候，应该给他上一课，陆相说得好，以前是爹亲娘亲不如毛主席亲，现在毛主席死了，爹亲娘亲就不如钱亲了，让他多挣钱。肖方全才是一个搂钱的耙子，除了眼黄嘴臊，搂钱是一把好手。刘文蔚会说，可会说也不能当饭吃，肖方全会做，可会做又不能安慰你的心事。唉！他们俩要合成一个那就好了，可天底下哪有这种好事？

想到这儿，她忽然电光石火一般地生出一个大胆的念头，要是用肖方全的钱成就刘文蔚的事呢？这不是两全其美了吗？拿肖方全的钱？她被自己的想法吓得一惊，偷瞄了一眼躺在身边的肖方全，好像怕被他看穿似的。见他没动静，又想，肖方全对自己也算不错了，也许人应该知足吧？以后会怎么样？肖方全连个房子也不置，成天在宾馆里混，这哪像个家？他像是有家的人吗？船到桥头自然直吧！随他去！她给自己一个警告，要想高兴的事，不然连觉也睡不着了。想想眼前的事还不坏，他让自己当了项目经理，还买了一辆车。男人就是这样，不让他尝到甜头不行，把甜头都给他也不行。女人身子是本钱，有钱就要用在刀刃上！她想着工地上的人围着她转，百鸟朝凤，葵花向阳，不停地朝着她“张总，张总”地喊，脸上就露出了笑意。这一夜，她睡得很踏实，连个梦都没做。肖方全看她的时候，她早就进入了梦乡。

可是，在以后的日子里，她想为刘文蔚搞钱出书的那个念头，却因为刘文蔚夫人的一个错误举动而又一次在她的头脑中闪现出来，甚至于又一次改变了她的生活轨迹。

第二天，肖方全没等那辆“赛欧”修好就开上自己的那辆“宝马”，带张诗漪去工地。

肖方全开着车，快到长江大桥时，忽然想起了老班长索超。

索超是渔民的儿子，据说就住在这一带。他是1968年的老兵，肖方全

1974 年入伍的时候，他是班长。他立过功。1970 年的时候，林彪到过他们部队，部队团以上的干部给他站岗，每天从北京派专机给他运饭菜。据说他特别爱吃麻雀，肖方全他们连接到命令负责为他掏。索超在掏麻雀的时候，掏出来一条毒蛇，手臂被咬伤，送往卫生队的路上就昏迷了。团里给他记了三等功，他出院不久还入了党。其实他入党是迟早的事，因为他确实是个工作积极认真、对同志春风般温暖的好同志。一个好人，却让部队处理了。因为，在安全自查时，他说了一句话："常在河边走，哪能不湿鞋?"意思是安全事故不小心就会出现。可有人给他上纲上线，说他的话反辩证法，是机械论，最后，一直说到反毛主席。他不尿这一壶，结果被遣送回家了!

肖方全立了好几次宏愿大誓，一定要找到老班长，或许能帮他干点儿什么。但这个愿望却没有实现，也不知整天忙什么，有时想起来，却也没下工夫去找。"慌什么，一个土八路就把你们吓成这个样子?"凡是想到不着急去做的事，他就会想起老鬼子松田的这句台词。

由这段故事，他想到了老班长的那句惹是生非的话，是呀!常在河边走，哪有不湿鞋的?还没有常在河边走呢，鞋就湿透了!他侧过脸来望望坐在副驾位置上的张诗漪，她正像个孩子似的东张西望。他忽然觉得自己还是很心疼那辆"赛欧"的，这么好的一辆车，开上没几天就他妈撞了!这车怎么开的?操!

他猛地打了一下方向盘，把车开上了大桥。

联合化工是一个特大型国营企业，方圆好几十里，又高又大的烟囱十好几座，空中满是管线，纵横交错，在烟囱与烟囱之间，坐落着一幢幢高楼，金鑫公司揽的活儿，就是在这几座楼之间先修一条沥青路，然后再修由沥青路上通往各个大楼的水泥路。

肖方全在一座大楼前停了车。

见他们的车到了，从大楼里走出三个民工。

肖方全左脚才落地，头刚钻出车门，民工就围了上来，嘴里"肖总，肖总"地喊着，很亲切的样子。

肖方全下了车，又弯腰向车内叫了一下张诗漪：“到了，到了，下来，快。”

肖方全叫完她，直起身来对一个工头模样的人打了个招呼：“来了?”

这时，张诗漪下了车，右脚一落地，直起腰，一眼就看见了他，心里就顿了一下。

八

旧服装全是从海外走私而来，以日本货为最。

“二战”以后，日本陷入一片废墟之中。按照吉田茂在《激荡百年史》一书中的说法，当时站在首相邸能够望见东京湾，中间地带是一片瓦砾，人民生活非常艰苦，说是处在水深火热之中也一点不过分。经过十几二十年的奋斗，大约在60年代中期，日本的经济取得根本性的好转，商品供应充裕，人民的生活水平有了大幅度提高，普通的日本人开始丢弃废旧物品。当时他们穿过的旧衣服如果不要了，都洗得干干净净的，打个小包，放在自己家门口，待清洁工收走，当垃圾处理。几十年来已经形成了习惯。近年来，日本有许多人人心不古，除了六七十岁的老太太扔衣服前还洗一洗以外，大多数年轻人就不这么做了。而且，日本人忌讳很多，死人的衣服一律不要，特别是非正常死亡的，像出车祸而死的，生重病而逝的，暴力争斗而亡的，这些人生前用过的物品，大到汽车，小到电子手杖，一概不留。

其实，不管洗干净也好，不洗干净也好，夭折暴逝的也罢，正常死亡的也罢，这些旧衣服全都沾染有大量的细菌，况且，卖别人的旧衣服，那不是往国人脸上抹黑吗？

陆相虽然没想这么深，但他懂这个。可是他经不住人家劝，在商言商，什么赚钱卖什么，谁给钱就卖给谁，反正毛主席死了，爹亲娘亲不如钱亲，就是亲爹，你要包烟钱试试？一提钱，那脸就像一卷卫生纸，要拉多长就拉多长。于是，这小子不管三七二十一，从石狮那边向熟人进了一批。

过了十几天，旧衣服还真来了。式样没的说，但其中有的确实不干净，肉眼就能看见殷红的血痕。

陆相就让张小菊去洗，他自己在楼上烫，洗干净，烫平整，陈蓉管出样。

陈蓉挑了一些又新潮又干净的，挂满了三面墙，就叫陆相下楼来写价格标签。

陆相听到陈蓉的招呼声，放下手里的电熨斗，一边下楼一边说："工商让咱们明码标价，是不是写上就骗不了人了？噢是的！"

他下得楼来却不急着写标签，踢踢踏踏地走到墙角，把他来时顺路买来的那个大西瓜抱了起来说："来，来，来，先把它干了，这么热，累死了！"说着就找来一把刀，把西瓜按在柜台上，"咔嚓"一声就把瓜开了。

几个人笑闹着吃瓜，陆相忽然发现陈蓉净拣大的好的吃，心里有点儿来气，就故意挑了一块又大又好的递给张小菊说："吃这块，这块好。"

陈蓉见了，狠狠地剜了他一眼。陆相假装没看见，又拿过刀来，把他递给张小菊的那块瓜切成了几个小块，像是对她示威似的说："小菊，这样吃，顺口。"把陈蓉气得一愣一愣的。

张小菊不明就里，心里十分感谢这位小老板陆相。

吃完了瓜，陆相才开始写那些标签，他每写好一个就用别针别在新上墙的旧衣服下摆上。

张小菊过来一看，连连大声说："不对了！不对了！"她忽然发现他们两人都在惊异地盯着她，连忙压低了一些声音，指着一条黑吊带裙说："这儿是不是多了一个零？要不成了一千六百四了。"

"有什么大惊小怪？这年头标少了谁买？"陈蓉白了她一眼说。

"这就有人买了？一千六百多块钱，还是旧的，谁要是买呀，肯定脑子有毛病！"张小菊不大服气，小声嘟囔着。

"我看你脑子才有毛病！尽说些不吉利的话，异污精糟！我看你这舌头不叫舌头叫口条，该说的时候，跟熟了似的，不该说的时候，嘴里'哼哼'个没完！"陈蓉有些生气。

张小菊被骂怕了。这位表姐，嘴就像是刮胡子刀，要多快有多快，牛皮厚的脸，她也只当是鐾鐾刀，张小菊可不敢和她顶。再说，张小菊还听陆相说过，这位是“法人代表”，她从没听说过，陆相就告诉她说，“比总经理还大，要不我这么个大男人也夹着耳朵归她管?”张小菊这才明白，原来这个店里以她为尊，怪不得她那么一本正经地告诉说，上班时间喊陈总，不许喊表姐！因此，当下，张小菊没敢接茬儿，可心里还是不服，想这么高的价，还是条旧的，谁要?

陆相倒不以为然，说：“小菊刚来，这也是好心……”

陈蓉自从和他有了事以后就总是看不惯他和别的女人套近乎，刚刚吃瓜，他又故意气她，心里早就窝着一团火，冷言冷语地说：“好心？就怕有人没安好心。”

陆相见她生了气，越发得意，竟摇头晃脑地哼起歌来，一副气死活人不偿命的样子。

陈蓉更加气了，她忽然拿起剪刀，“刷”的一声，把那件黑色吊带裙的后背划开了一个大口子，嘴里还气哼哼地数落着：“我叫你唱！我叫你唱!”

张小菊不知她为什么生这么大的气，直看得目瞪口呆。

陆相也不敢再接茬儿了，只是心里想：这个鸟人脾气真硬，我操！

6月初到7月初，整整一个多月，是江城的梅雨季节。这个季节中，江城镇日阴雨绵绵，湿热熏蒸，衣服贴在身上黏黏糊糊，十分难受。一般不是特别所需，人们都不会在这种时候来买衣服。7月一过，一般到不了中旬，天气就会出梅，江城的气温一天高似一天。街头的男娃都打了赤膊，穿上了短裤，趿拉上了靸板儿。女娃们比上海，学广州，赶香港、台湾、美利坚，这些年胆子越穿越大，身上的布越留越少，冬天里也敢穿裙子，一出梅，保守的敢穿西装短裤超短裙，前卫的就穿上了吊带太阳裙，袒胸露背，招摇过市。

那个年代，装有空调的店很少，因此，江城人那时候的夏天中午都不大逛街，中午十二点一过，街上的人逐渐稀少。江城人这时都在家里，吹着摇头电扇，就着咸鸭蛋、芦蒿臭干、菊花脑汤或是冬瓜海带咸肉汤或是西红柿蛋汤，吃完一两碗“上大米”饭，就倒在竹床上午睡。这时的街上，行人敛迹，白花花的太阳照着街面，就像美国科幻片中，全城人都被外星人劫走后留下的那座空荡荡的很不真实的城市。可是下午四点左右，这时孔庙的服装店就成了百花丛，一个个少女小媳妇，环佩叮当，吵得你心猿意马，香雾阵阵，熏得你鼻炎发作，裙裾飞扬，搞得你眼花缭乱。她们像花蝴蝶一样在百花丛中飞来飞去，花上大半天，仔细地寻觅比别的地方便宜几毛钱的口红、丝袜、小裤衩……

因此，这个月是卖服装的淡季，7 月以后才会有生意做。可是，什么事都有例外，就在那些旧服装挂上墙没三天的一个中午，生意来了。

随着一阵乱七八糟的脚步声，小店里走进来一男一女。男的四十岁模样，方头大脸。大热天，穿着一身西服，憋得满脸是汗，搞得那颗脑袋像紫砂盆小火锅，红红的冒着热气。那个女的二十来岁，瘦弱身材，细眉细眼，一副楚楚动人的可怜模样。

张小菊一看，觉得那个男的就像一只昂首阔步的雄鸡，总是向下看人，一见他，她立即就想起近来各家饭店、菜馆玻璃窗或是墙上写的那几个大字：生猛海鲜！那个女的怪可怜的，像个小媳妇，轻手轻脚，细声慢语的。脸上虽然白，但白得有点怪，没水色，像朵纸花。

“纸花”和“公鸡”——张小菊在心里这么叫他们，左挑右选，最后还真的选中了那条一千六百四的吊带裙。昨天，表姐把她划开的那道口子装上了一条拉链，这一下这条裙子反倒更加别致了。

张小菊忙把她让进柜台，用一块包装布吊起来当了更衣室，和她一起钻进去，热烘烘地伺候她换上这条裙子。张小菊一看，她穿上这条裙子并不好看。她太瘦了，胸部干瘪，撑不起来，穿上它，道袍似的拖天扫地。可人家自我感觉非常良好，钻出帷帐，对着张小菊托在手里的半块镜子，左照右照，自恋了半天，嗲声嗲气地说：“你看好不好吗？你看好不好吗？”

“公鸡”扫了一眼，并没有特别的惊喜，只是应酬地点了点头。

“纸花”见了，撒娇道：“不行！不行！你光点头不行。人家要你说嘛，非要你说嘛！”

“不错。”“公鸡”终于开口说道，很浓的南方口音，不是广东人就是福建人，“不错”说得像“不醋”。

“纸花”就又趴在“公鸡”的耳边悄声说了一句什么。张小菊隐隐约约地听到“……伺候你，让你看……”什么的。“公鸡”听了就笑了，露出很结实的牙。

“纸花”偷偷地瞟了张小菊一眼，对陈蓉说：“能不能便宜点儿?”

“可以。”陆相搭话了，很爽快的样子，“第一笔生意，算你一千五，怎么样?”

公鸡连摇十摇那颗“紫砂盆”：“哎，不绳（行），不绳（行）。太鬼（贵）了。”

陆相还想说什么，陈蓉却接过话茬儿：“是贵了一点儿咯，”那语气和她平时吵架骂人判若两人，极具耐心，不愠不火，像顾客的贴心人似的，“可你得看货色。这是才从香港进来的，今年最流行的款。这位小姐，皮肤这么白，穿上它很衬肤色的。再说多合身，像定做的。人高马大的人不能穿啊，一穿到这儿了。”她在自己膝盖上方比画了一下，“成了超短裙了。现在谁还穿它呀？买一条裙子穿四季的穷人都不穿它了。吊带超短裙？戴草帽穿西服，农民啊！”

“你再便宜点。”那女的看着那男的脸色说。

“小姐，你总不能不给我们赚点吧？从香港到江城，运费就不说了，我们还得上税，交房租，雇个人，也得给工资。”她指着张小菊说。

“啦（那）里（你）几（这）郭（个）料几（子）也不系（是）西磨（什么）好料几（子）……”“公鸡”说。

“先生，你是好眼力。你这是考我。时装卖款式，不是卖料子，全世界都知道这个理。料子好坏虽在其次，但其次也不是不好。这是国外刚研究出来的，在香港也是才上市，叫‘西羽华冰丝绒’，国内还没有呢。”

两人各逞雄辩，侃来侃去，都不肯轻易让步。

陈蓉就对张小菊说：“把电扇头转过来，给小姐多吹点儿，天热。”

那女的傻×似的连声说：“谢谢，谢谢！”

陈蓉说：“也别这么客气，我这也是为我们自己，衣服老这么穿着，时间长了会沾汗，你要是不买，我还得挂上去。”

这话说得够阴损，那女的听了，脸上有些挂不住，口气变得气呼呼的，问那个男的："到底买不买？要不算了！"

"买！买！""公鸡"连忙伸手掏钱，忍不住又问："可不可以……"

陈蓉一副吃了大亏的模样，"好吧，"她有气无力地说，"我真跟你们不能急了。我认亏，一千四百五，就别还价了。"

那男的说："还要零头干吗？去掉五十，去掉五十！"

陈蓉苦笑笑，没说话，算是答应了。

那男的连声称谢，付了款。那女的穿着这件吊带裙就不往下换了，让张小菊把她换下来的衣服包好。她就这么拎着包好的衣服，穿着拖天扫地的吊带裙和那个男人走了。张小菊看着他们的背影，感到那个男的有点瘟，倒是那个女的活像一朵浇透了水的向日葵，仰着脸朝瘟鸡笑。

店里的三个人也不由自主地笑了起来。张小菊说："我看那个男的跟个公鸡似的，眼光在那个妹子头上二尺，真怕他一转眼找不着她了。"

陆相说："我一见那女的就心疼，她怎么能禁得住这么个大家伙？真难为她了。"

陈蓉扬手要打他，说："真是狗嘴里吐不出象牙！"

张小菊不懂他们在说什么，问了一句，却让陈蓉打断了："别听他胡噪！"一边说着，一边真的挥过手去。

陆相连闪十闪，闪开陈蓉扬过来的手，说："你嘴好，你嘴好！胡诌出一个什么什么绒。"

陈蓉有几分得意，说："这叫吃芦苇拉席子——现编的。"

张小菊忽然联想起自己的身世，幽幽地说："我十六岁那年过生日，要一点儿钱想到县城里玩一趟，爹娘都没给。你看人家的爹！"

"爹?!"陈蓉和陆相瞪大眼睛看着她，忽然大笑起来。

陈蓉笑得直抹眼泪，说："我的傻妹妹，这是干爹！"

陆相笑得直咳嗽，好半天才捯过气来："我告诉你吧，这叫'傍大款'！"

于是，两人你一言，我一语，连讥讽带显摆地向张小菊介绍了一通江城"傍大款"的事。张小菊这才知道，城里有一种专门迷惑有钱男人的小姐，她们先前大都和自己一样，从农村进城，因为种种原因干上了这一行，用自己的青春和肉体，换吃，换穿，换钱，换玩。

张小菊觉得世界上竟有这样的女人，简直不可思议。她听着听着，眼睛瞪得多老大，嘴都张开了。

很快，这批旧衣服陆续脱手，陈蓉和陆相大大地赚了一笔。两人高兴得合不拢嘴，给张小菊发了五十块奖金，随后一商量，决定大进一批。陆相还趁着高兴对张小菊说："下回，你穿上样子卖。"陈蓉刚想说什么，陆相就拦住了她的话头说："这样卖得快，是不是啊?"陈蓉今天赚了钱，分外高兴，一改往日的脾气，很爽快地连说十说："对！对！对！"等她背过脸去，陆相才对张小菊说："穿样子可以省你自己的衣服。"说这话时陆相的声音小小的，好像他俩已经有了多少秘密，说得张小菊心里一阵温暖。

这一批二十包，加上陆相一去一回的路费，花了八九万元。石狮那边的人一不兴代销，二不许赊欠，全是现金交易，这八九万元在当时也不算个小数，两人把老本都押在这上边了。

谁知这批衣服的样子没挂上两天，江城电视台的记者暗访，把孔庙有人卖旧服装的事给曝光了。这一下惊动了市里的头头脑脑。市政府一声令下，工商、公安、市容、市管等有关部门一齐出动，对旧服装市场来了一个大扫荡！陈蓉的小店也没能幸免，这价值八九万元的旧衣服，全部被检查组查获，只给打了一张条，写明是异地封存，等候检验处理。

"八九万呐！八九万呀！"陈蓉心疼得像吞了一把针，"听说这些衣服都要拿去烧，这不是烧票子吗？跟钱有仇啊？有人愿意买，有人愿意卖，管得着吗?!"

陆相更是觉得逮了老鼠打翻了油瓶，这一下怎么办？只是埋头抽烟，一言不发。

张小菊得了五十块钱，想法与才来的时候就不大一样。刚来的时候，她总感到这里的事理与老家不一样。以前，爹妈告诉她错的，在这里全对，告诉她对的东西，在这里似乎又行不通。在故乡，说瞎话是不允许的，父亲冒雨为邻居捎回来救命的药，药费也绝不敢加码。这一切，都是天经地义，有谁不这么做，那他一定是一个"撞魂"。"撞魂"那是家乡的一句骂人的话，意思是游手好闲，流里流气！可在江城就不一样了。为了揽住一个顾客，可以编出世界上根本就没有的什么“绒”，可以说出令你心里暖洋洋的掏心换肺的话骗你。值五十元的衣服，要标二百元，值二百元的衣服，敢标一千元。“这不是说谎吗?”她问表姐。表姐先用一种嘲笑的目光看着她，继而理直气壮地说：“傻波依！这叫挣钱！什么叫就着脑袋做帽子？你得把他当大头！我跟你讲了多少次了？真是春风不入驴耳！你要是再提这种傻波依问题，就干脆回家地里刨去吧！”还有那个“纸花”一样傍大款的，别看她在江城活得自在，要是到了老家，这样的姑娘得让唾沫星子淹死！还有表姐贬低农民的口吻和神态，要是叫舅舅看见了，保证立马给她一个大嘴巴子！

想来想去，这里和家乡不一样！不一样就是不一样，亲兄弟都要明算账。要不是卖了那件吊带裙，上哪儿去挣这五十块钱去！想着想着，她就有了一点儿开窍，有了一点儿收获。忽然，她发现他们都不说话，就对他们冒了一句：“要是有个当官的亲戚就好了，置办点东西，上上礼……”

陈蓉一听又心疼又气愤，虎着脸一连堵了她三个大问号：“送礼？给谁送？拿什么送？咱们的钱都砸在这批货上了！”

陆相听了，却把烟头狠狠地扔到地上，又伸过一只脚，狠狠地说：“有道理，她说得有道理！火到猪头烂，钱到公事办，送！”

陈蓉盯住他，目光很是怀疑：“想把钱给人家你就直说。”

陆相知道她是指凌菲。他想起刚从南方回来的那天，凌菲对他发出的警告，能找她吗？于是他就说了一声：“我操！”

过了没几天，陆相还真打听出了门道，决心把这一宝押在自己家门口的邻居、孔庙工商所所长言志平身上。

九

张诗漪下了车，第一眼看见的就是叫李顺利的那个施工队长。这小子，五短身材，长得圆头圆脑，一脸憨厚，不笑不说话，每说话之前，必说一句“咱们说着玩玩啊”，好像生怕说错了，别人当了真，把人得罪了。

让张诗漪人不像人鬼不像鬼地大闹了庆功宴的却正是此人。

去年“十一”全公司中层在希尔顿大酒店聚会，酒席办了两大桌。二十几个人都是公司的头头脑脑，有头有脸的人物，这些平日里穿着工作服、戴着安全帽，俗话说“远看像喝醉的，近看像拾废的，仔细一看是建筑队的”民工头们，今天一律的西服革履，昂首阔步走进餐厅，大有雄视天下的神态与气度。进来以后，按年龄、论亲疏，稀里哗啦地很快就落了座。

酒宴开始，肖方全致祝酒词。肖方全的祝酒别开生面，不时引起哄堂大笑。他举起酒杯说：“今天，我真高兴！为什么要在今天聚一聚？一是今天是祖国的生日，祖国是母亲，谁也不应该忘了娘；二也是我们公司的生日，我们公司已经成立十年了，没有在座的各位，公司不可能发展起来。有人说，这是你肖总领导得好。话不能这样说。男女不睡到一块就能生儿子啦？寡妇生儿子——大家帮衬！”

大家都笑了起来。他示意大家不要笑，继续说道：“我只是一个方面，一个很小的方面。我有什么呀？我连个名字也没有。真的。现在我叫肖方全，可是，我报名当兵的那会儿，真的没名字，在村里我叫肖水筲子，听说我妈去挑水把我生在了水筲子里，就叫了这么个名字。幸亏她没把我生在马桶里！看来我还得感谢她老人家。哈，哈！”

大家又都笑了。“上了学也没改，叫肖水筲子。当兵时，觉得不好听了，要改，改什么？正好县人武部楼道里有一个窗户，那上边贴着用红纸剪成的字，这三个字原本是‘消防栓’，可不知让谁把水字旁、耳刀旁、木字旁都去掉了，‘消防栓’都去掉了偏旁，那不就成了我的名字？”

大家听了又笑。“我想这个名字好，就改这个。一不要水，脏水，谁要往我头上泼脏水，我就让他喝下去；二不要耳，听信小人言的耳，各方面话都要听；三不要木头，给别人打棍子，大家全都有事做，有饭吃，而且争取吃得好一点儿！”

大家笑声如雷，掌声如潮！“谢谢弟兄们！干！”大家都举起了酒杯。

这时，他还不忘了说一句：“这个字读干（干杯的“干”）不读干（干什么事的“干”）啊！”

大家哄堂大笑！“宽衣解带。来！像我一样。”他与大家喝完了第一杯酒，又说了一句，教大家似的脱去了上衣，解下了领带。

大家又都被他逗笑了。于是，开吃！这一吃，民工头们就真相毕露了，再没刚进来时的斯文，也不见了刚才的气宇轩昂，那气氛顿时就像村上搭长棚喝喜酒似的，闹闹哄哄，大家都像肖总一样脱去了外衣，有的还挽起了袖子，人人都在说，可谁都不大能听清别人在说什么，人人都在吃，好像他们的嘴能同时既吃又说，有四五个忽地站起来，端着杯一饮而尽，互亮杯底，也有两人捉对的不依不饶，难解难分。

张诗漪是第一次参加这种聚会，原本这聚会也没她什么事，她那时还是一个售楼员，不够格。那天跑完城北，刚回到公司，正好肖方全要领公司各路诸侯过“十一”，正打电话安排，临走不知怎么想的，看见她就把她也叫上了。她来了一看，除了肖方全，一个也不认识，落座时，她甚至都不知道自己该坐在哪儿。不过她还算机灵，觉得与肖方全坐在一起不合适，就坐在了另一桌。

这一桌上的几个建筑队长，个个会脏哄，劝酒词花样百出，不断翻新，威逼、利诱、套近乎，什么法儿都有，谁也抵挡不了。一开始，他们对她还算客气，只是不时与她说上几句，好像是怕冷落了她似的。转眼一瓶五粮液见了底，这些家伙就开始张狂起来。有人说：“早进门一天就是师父，一日为师，终身为父。我这可不是占你的便宜，这是规矩，虽然现在不作兴了，可我们公司还有个新规矩，没有规矩不成方圆嘛，新人要敬老人。你看着办。”于是，她不好意思地与那人喝了一点儿。可旁边的人不愿意了，说是喝酒没有这样喝的，要喝就干，抿一点儿算什么？没听人说吗？感情深，一口闷，感情浅才舔一点儿呢嘛！再说，领导品，情人抿嘛，你这样不对呀，身份错了，让他老婆不高兴呀！来，来，来，干！干！干！桌上更多的人都来起哄，七嘴八舌，脏讲脏说。于是，她只好与那个人喝了一杯。谁知，喝酒就是这样，只要开了头，就刹不住车。这些家伙看她老实，一个个柿子专拣软的捏，一连灌了她五大杯。这时，有人又有了新花招，开始猜火柴棍。全桌一共十人，那人弄了十根火柴，分藏于两手，让大家猜，猜中的喝。她又被抓住了两回，这就是七杯。这时，又有人出了新套子，这次出套子的人就是李顺利。

他笑眯眯地说：“我说着玩玩，我说着玩玩，都差不多了，下边猜中的，能喝的照喝，不能喝的学个什么叫。”

正这么闹着，肖方全前来敬酒，大家又都举杯与肖总喝了。肖方全一走，这桌接着闹。

有人不幸又猜中了火柴棍，说了一声“操！自摸了一个”，一仰脖自己干了一杯。有人也不幸猜中了，说自己不能喝了，学了声狗叫，引得一片笑声。这时，李顺利猜中了，他学了几声村上媳妇喊孩子来家吃饭的叫声。有人不满，说要学动物叫。李顺利却说，自己一开始说的是“不能喝的学个什么叫，并没有说一定要学动物叫”。大家仔细一想，他确实是这么说的，只好认可。他一得意，就又叫了两句：“二子——来家吃饭啊——喂！”

这几句叫勾起了张诗漪的无限心事！多么遥远，又多么亲切，多么熟悉，又多么陌生啊！

以前在家乡的时候，这是一种再平常不过的声音，有谁没有听过村上的娘儿们叫孩子来家吃饭的喊声吗？这声音平常得就像风吹过树梢，张诗漪在家时几乎没有注意过。可是，听了李顺利这么一学舌，却像点燃了炮捻，引爆了她心中与日俱积的思乡之情！一霎间，通向村里的泥路和掩映在树木中的村庄，熟悉的老屋和院落，院子中的鸡舍和猪圈，暮色苍茫中如伞的冠上总是有无数麻雀噪叫的院中老树和竖靠在树干上扬场用的木锨；屋里，自幼睡惯、用惯、坐惯、看惯的床桌凳柜一如没离开之前，闪着母亲的手泽；北墙上也还挂着那个有着全家各人杂乱照片的镜框，那张曾促使她下决心离家进城的娘年轻时的照片也还在其中；屋外，鸡鸣犬吠，鸭叫猪欢，牛的低吟，驴的长嘶，哥进门时自行车的声响，小货郎进村的吆喝声……这一切，一起涌上了心头，MTV似的晃过了眼前，播响在耳际，张诗漪心如苦酒！

她不能自控了，一杯接一杯，喝了一个烂醉如泥！她完全不能自主了，哭，闹，笑，跳，像一条被关了多天刚出门撒欢的狗，可还是要喝。同桌的那些汉子见之都生出惧色，一个个软劝硬夺，都不让她再喝。后来，她就上了肖方全长包房的床。再后来，那就到了今天。

一年多没见，李顺利还是那个样，好斜着眼看人，总是小心翼翼地说话，一副树叶掉下来也怕砸破头的样子。他先与肖方全握了一下手，指着身边的那两个人说：“肖总，这是我的副队长，他叫王富泉，这个叫李顺焕，是我家堂弟。”肖方全仔细看了他俩一眼，遂跟他们握了手：“谢谢帮忙，谢谢帮忙！”

“还靠肖总多照顾。”两人异口同声地说，都挺会说话的。肖方全指着张诗漪对他们说：“这位张小姐，是我聘来做公司代表的，张代表，张工。今后，这里的一切活儿都由她安排，你们需要的开支由她审核支出。来，你们认识认识。这是队长李顺利。”

李顺利斜了她一眼，见她伸过手来，这才小心翼翼地把手伸过去，两人握了握。

张诗漪握手时说：“我们见过。”肖方全听了，不知他们在哪儿见过，神态有些好奇。

李顺利连声说：“见过，见过。”说完，又掉过脸对肖方全解释说：“去年庆‘十一’，我们在一桌。”

张诗漪与他握过了手，看了看他的副手，见他们挺拘谨的，就只朝他们点了点头。

几个人鱼贯走进大楼，这里有一间他们租下的办公室。肖方全和张诗漪坐在同一边，队上的三个人都坐在了另一边。肖方全打量了一圈，说："怎么像是谈判似的？不要像谈判，要像谈恋爱！操，都坐过来一点儿。"大家都被他说笑了，都挪了挪座位。

于是，肖方全就向大家交代了一些注意事项，又收了李顺利递来的施工资格证书。肖方全很亲切地说："老李，这里就靠你了。你下星期就叫民工来进场吧。"李顺利看了张诗漪一眼，有些讨好地说："有张工来，我们就有底了。下周没有问题，肖总你放心！"

接着大家又说了一会儿闲话，其实主要是听肖方全说。他讲起了自己如何过五关斩六将的故事，讲到得意之处，眉飞色舞，嘴骂十臊。不过他讲得也确实生动，逗得大家哈哈大笑。他讲自己原先特别喜欢汽车，当兵回来后，最大的理想就是开汽车。"可是一个农村兵，想开汽车没那么容易，没钱买，别人的车，你摸一下都不行，有一天忽发奇想，我他妈造车！于是，我不吃不喝，每天到县城马路牙子上坐着，看各种各样的车。其实是想看看哪种车好造。看着看着，有一天，给公安局逮了，说我是流氓，专看女人的脚！原来，城关镇书记的老婆天天在那儿过，她非说我天天坐在那儿等着看她的脚。他妈的，那个鸟女人！我对公安局说，我是看汽车，我想造。公安听了哈哈大笑，还把我狠狠地熊了一顿。从公安局出来，我就不敢再坐马路牙子，可是有一天遇上了那个鸟女人，我还是特意看了一眼她的脚，操，整个一个妈的白薯脚！"

说着闲话，就到了中午，李顺利就请他们吃了饭。饭后，大家约好，张诗漪下周一再来，到时候肖方全就不来了。

在这一周里，肖方全换了一个人似的，天天在白云饭店里，教给张诗漪各种施工业务知识，什么投料的预算啦，水泥、沥青的价格啦，材料规格啦，等等。通过一周的强化训练，她学到不少建筑上的知识。比如，什么牌的水泥最好，这一点千万不能打马虎眼，因为水泥不好，工程质量肯定不行；混凝土中，水泥、黄沙、石子各占多少比例，这个比例就是铁定的，不按这个比例搅拌，路一定会出现质量问题，到那时再返工就麻烦了。比如，水泥占多了，路会起皮，还浪费；黄沙多了，路面就不硬实，像土路，老有沙子，扫都扫不净，造出这样的路不仅让人骂，与甲方产生纠纷，还得重新来过；再说石子吧，也有各种规格，什么瓜子片呀，中料石呀，种类繁多，讲究着呢，不干这一行的人也许根本想都想不到。

过了这一周的强化训练期，张诗漪的车也修好了。她到修车厂去提车，厂长问："你保险了没有？"

"保了。"那人二话没说，给开了一张八千元的票。

"怎么这么贵？""小姐，你是大款，再说这也是保险公司付，你就照顾照顾我们吧。下次，车坏了尽管找我，质量保你！"

张诗漪心想，如今这个社会都是这样，谁都想着占别人的便宜。有心跟他使点儿小坏，玩把笑话，但她又等着用车，没那份闲情逸致。厂长见她不说话了，就打电话叫来了保险公司的理赔员，那小子走到车跟前，听着厂长的介绍，什么水箱漏了，车盖坏了，大灯瘪了一只，还有一个什么塞也要换了等，厂长介绍到哪儿，他就朝那儿看两眼，看了一遍，就把单子签了。

后来张诗漪才知道，一些理赔员是在修理厂拿回扣的。不过这车修得还行，张诗漪挺满意的。里边怎么样虽不知道，但从外表上看，只有车最前边那个徽标上有点擦痕，不仔细看还看不出来。其他地方光洁如新。

张诗漪驾着自己的车来到江北的工地，边开边在想，按合同规定，昨天他们进场，今天也许干起来了吧？谁知到了工地，却大大地出乎意料。工地上冷冷清清，没有一点儿干活的迹象。她停下车来，仔细看了看，确认这里就是他们的工地，心里有点儿沉不住气，立马上车，直开到他们办公室的那座大楼。

她在大楼前停了车，"噔、噔、噔"地走了进去，一看，办公室紧锁，门都打不开。心里这才后悔起来，妈的，忘了管那个队长要一把钥匙了。

她走出大楼，在周围走了一圈，正是上班时间，大楼周围一个闲人也没有，静悄悄的。她一时也不知该怎么办才好，想了想就发动了汽车想回去。她坐在驾驶室里，等着车子预热，这时，她才想起应该给肖方全打个电话。她打通了电话，把这里的情况说了，肖方全让她等着，别动。她就只好又把汽车的火熄了，坐在车里等。

大约过了半个小时，李顺利的圆头像是从地下冒出来的蘑菇出现在车窗玻璃上。他小心翼翼地弹了弹小车的车窗。张诗漪此时正胡思乱想着，见他来了，就下来了。李顺利以一副非常老实的样子向她解释，说什么载着民工的长途车因超载让交警扣在路上了，压路机开得慢，现在到了邻省地界，不过也快到了。反正该来的都还没来，他心里也急得滚油似的。

张诗漪听了有点儿不耐烦，就直截了当地问他："什么时候开工?""三五天吧。张工你不知道……"他挠挠头皮说，可不知道什么，他又不说了。他吞吞吐吐的，让张诗漪没了脾气，她以为农民工就是这样，文化浅，见识低，什么也说不明白，只好开着车打道回府了。

第三天，她去了一趟，李顺利告诉她人还没来齐，第五天她又去了一趟，李顺利告诉她压路机还没到。

"你不是说三五天吗?""是呀。"

"今天不是第五天了吗?""是呀。"

"那怎么还不能开工?""这……张工，你不知道……"他说到这儿又不说了。上次就是这样把话折开的，张诗漪在回去的路上想了半天才想清楚，今天无论如何不能让他就这样把事给折了。

"我不知道什么呀，我不知道?""咱们说着玩玩啊，农民就是这样，俗话说心急吃不了热豆腐，慢工出细活儿。张工。"

"还细活儿呢！我这合同上可是按人按天给钱，你们这样是不出活儿还白拿钱!""可不是，可不是?"那口气，仿佛是他也吃了大亏，一脸的不平，像是与张诗漪同仇敌忾似的。张诗漪知道再和他说下去也是闲磨牙。

又过了一周，还是肖方全亲自打了电话来，李顺利才带着民工开了工。

开工后一周，李顺利一身泥水，到办公室找张诗漪支钱。"张头儿，该给我们算算账了吧?"他喊她"张头儿"，在他那是透着亲切的意思，是他狡黠的性格使然。表面上，他察言观色，逆来顺受，谁的话都听，而他的话又每一句都那么让你入耳，实际上，他有自己的主见，只不过，他的主见却总是出自你的口里。

他的这种非凡的本领还得益于他的长相。他长得就像一个地道的老农，脸圆而色紫，上边满是岁月镂刻下的梁沟。这样一张朴实如农的紫色圆脸，总是要比一张如学似商的白尖脸更令人放心与同情。生活告诉我们，提防一个面善的人要比提防一个奸相的人更为重要。一张奸相的脸，会立即激起你提防的本能，本能会引领你绕过一些陷阱，而一张面善的脸却总会使你见而悦之，狎而不备，最终让你吃亏上当。

张诗漪听到他喊她“张头儿”的时候，还太年轻，还不懂识人的道理。其实这也难怪，因为，所谓识人的道理正是世上一种最深的学问，不经过多年的历练是不懂得其中的三昧的。

“什么账?”她被他喊得有些愉快。“大家要吃饭，你多少给点儿工钱，还有料费我们也垫了不少，多少给结点儿。”说着，他笑眯眯地递过来一张表。

张诗漪一看，“扑哧”一声笑了：“李队长，工地上有这么多人吗?”“我还会造假吗？整五十人！一个也不能少。”他还学说了一句电影中的台词。“不会吧？我看也就三十多人。”“是呀，不错。你那天在工地上确实是这个数，还有十几个拉料去了，你没见着。”张诗漪没再说话，给他签了，连工带料，三万多元。

晚上，回到白云饭店长包房，正好那天肖方全也回来得早，临睡前，她就把这事对肖方全说了。肖方全嘴一咧，说道：“任你精似鬼，喝了老娘的洗脚水！”“你这是什么意思?”张诗漪听了这话，有点儿不高兴，心想，我这么大个人还当真让人耍了?“这些鸟人，鬼精！他就是说袖子里有条胳膊，你也要亲手摸摸。”

第二天到了工地，张诗漪就多长了个心眼，眼看心数，工地上，满打满算也就三十来人。

张诗漪心里就有了一种被骗的感觉。张诗漪没有动他，中午吃饭时，她来到他们中间，跟这些民工聊起了家常，“出来做了几年了?”“家里起了新房了吧?”“女人、孩子在家还是一起来啦?”等等。渐渐地把话题往伙食上引。

果然，说到伙食，没有一个满意的。于是，话赶着话，张诗漪许愿说：“明天我请客，大家辛苦了，明天改善。”民工们听了都有点喜出望外。临离开工地，张诗漪还不忘叮嘱李顺利一声：“李队，明天你可把人全叫上啊，我要一网打尽，没吃上的就是你的事了！”李顺利焉有不应允之理？那头点得跟鸡啄米一般。

第二天中午，张诗漪把民工带到了离工地不远的一家小饭店，闹哄哄地坐了一屋。张诗漪点了十大盆酸菜鱼，问李顺利说：“够不够?”李顺利感恩戴德地巴结说：“足够了！足够了！”

张诗漪就不露声色地问：“你到底有多少人？我看这儿连三十都不到。”听了这话，李顺利连话茬儿都不敢接，低下头吃，不过脸上的色彩渐变，像一只火鸡，从胸口红起，到脖子，再到脸，全红透了，整个一个大红灯笼高高挂！

再过了一个星期，李顺利又来结账。他眼巴巴地看着张诗漪，那神色就像是有无限心事欲说还休。张诗漪低着头装没看见，手下却一点儿也没客气，当时画掉了他十五个人，少结了他五千多块。李顺利连屁也没敢放一个。

这一仗大获全胜，张诗漪那高兴劲就别提了，她开着车回江城，一边开一边竟哼起歌来。我能受骗吗？跟我玩这一手？你以为我是谁呀？一周五千，整个工程下来，那得是多少？谁说民工老实，他们精着呢！都是家里吃肉，外边拣漏，家里有金银，外边装穷人的！你看李顺利，长得那是多老实？呆头鹅似的，谁会想到他会跟你玩这一手？再狡猾的狐狸也斗不过好猎手！从今往后，他们就老实了，再也不敢脏搞瞎哄。她就这么轻松地开着车，满怀喜悦地回到了江城。这天晚上，她接到了一个奇怪的电话。

十

言志平，五十多岁，是个胖子，还谢顶，常常自嘲是“四周铁丝网，中间溜冰场”，说完哈哈大笑，两眼眯成一条线，活像巴勒斯坦的那位阿拉法特。

言所长年轻时起就特别喜爱文学，幻想当个作家，读了不少中国的郭鲁茅巴老曹和俄国的托尔斯泰、屠格涅夫、陀思妥耶夫斯基、法捷耶夫……甚至杜勃罗留波夫和斯坦尼斯拉夫斯基，是个热血青年。高中毕业，家中没钱让他上大学，就参加分配，到了市财政局。后来七调八调，等调到孔庙工商所，人也“绝顶聪明”了。不过痴心未改，仍然好个舞文弄墨。给陆相找工作那阵，还是工商所的一名普通工作人员，这五六年来忽然官运亨通，当上了所长。

江城有一批老文人，现在退休在家没事，这里边有好几个七八岁就参加新四军说快板的，根子硬，泉眼深，一年以前，他们出面拉上省委管意识形态的副书记，成立了“夕阳红”诗社，还办起了一个诗刊。新四军老战士郑坚说：“我们现在老了，可在党的面前永远是孩子。再说老了也得越活越壮实，我看这诗刊就叫《茁壮》。”其他老人齐声叫好，像一群十五六岁的中学生给自己办的墙报起了个好名，很兴奋。《茁壮》出了三期，上面登的诗尽是一些顺口溜，文似大报告之类的东西。不管东西好坏，经济危机了。孔庙文化馆的老祝就带他们来找老言。到底老言管工商，认识的企业负责人多，为他们拉了个企业赞助。接触中，老言给人家讲，其实他也爱好文学，给人家说起郭鲁茅巴老曹来如数家珍，一套一套的。老文人绿野，以前是省里一本文学刊物的主编，就跟他客气，“欢迎你为本刊赐稿。”老言于是技痒难耐，这几天嘴里边新出现的词就是“重作冯妇”。回到家里，他忍不住还这么“勺”，他老婆是纱厂女工，文化不高，不懂这个成语，他就给解释，说古时候有个叫冯妇的好打虎，后来多年不打，以后有人又请他去打虎，他就重操了旧业。他老婆听了，疑疑惑惑地问：“你说的是武松吧?”

老言顾不得和她纠缠，反正胸中荡漾着重作冯妇的气概。大凡搞文学的人，提笔之前胸中总有一种气概，这叫气在笔先。他白天浅吟低唱，晚上点灯熬油，口中“平平仄仄仄平平”，“一三五不论，二四六分明”，像是中了魔怔。一个星期以后，还真写好了，题曰《与友人登塔》，诗曰：

文峰塔千寻，何人喜登临。
眼前野如毯，山间岚似云。
一望荡胸臆，再伫起长吟。
与君同一醉，共尔卓不群。

此诗一出，老新四军、老文人们极力赞扬，一时间，好评如潮。老文人绿野击掌玩味了半晌，说：“状物好，颈联看似平常，其实能把平常的景写清楚、写明白是最不容易的。况且，对仗工整，韵脚平实。”

老新四军郑坚只看了一遍，就说：“志向高！志向高！最后两句紧扣主题，又表达高蹈之志，好！”

于是，他们就把它登在了他拉来赞助的第五期《茁壮》上。追求了大半生文学事业的老言，忽然有诗发表了，兴奋得半夜睡不着，白天拿着这本《茁壮》到处给人看。可惜现在懂古体诗的人不多了。凌菲这时候已经大学毕业分配到了孔庙工商所。老言是看着她长大的，见她大学毕了业，人也出落得这么漂亮，也喜欢她，就拿给她看。她看过后，连说十说：“不好玩，不好玩。没有席慕蓉的好。”她看见老言听到了这话连“铁丝网”里都红了，就用宁林不分的江城话朗诵道：

如果从开始就是一种

错误

那么

为什么错得

那样

美丽

她朗诵完就对老言说："言所长，你看看人家写的！"

这回轮到老言不懂了，回了一句："我还是喜欢'错！错！错！'。"

他说的是陆游《钗头凤》结尾的三句，凌菲以为是说喜欢她朗诵的这首，连连点头说："言所长，你不简单哎，你有一颗年轻的心。这首诗里就是'错'写得好。'那么/为什么错得/那样/美丽'。"

老言落荒而逃。

老言这人爱面子，遇到熟人，他就说："有本杂志送你看看。"大家都以为他在替谁推销杂志。

正好在陈蓉小店门口遇上了陆相，他就把杂志递给他。陆相疑疑惑惑不敢接，说："言所长，我们买得够多的了。公安局的《警民》、工商局的《今日工商》，还有钓鱼协会的《垂钓》，要是成立个油条协会什么的，你肯定拿一本《油锅》来让我们买。"老言歉意地笑笑，说："这回不是，这回不是。拙作在这本杂志上。"

陆相一时没听懂"拙作"，心想老言真他妈的，为了一本破杂志，连话也不会好好说了，"琢磨"嘛，硬说"琢做"。见老言执意要把书给自己，只好接过来看。老言怕他找不着，就指点给他看："在47页，在47页。"

陆相按他的指点，翻到第47页，一看原来是老言的诗。"言所长，真行啊！玩起诗来了。"老言说："多批评，多批评。你留着看吧。"说完，就一晃一晃地往估街那边一家一户地送去了。

老言的诗发表了，他就以文人自况，渐渐开始涉足诗书琴画，没事总喜欢到孔庙的估街去转悠。估街在孔庙的西边，一条街全是卖字画古玩的。

这里没有大声吆喝，店内，一律古色古香，墙上一律名人字画，窗明几净，透着文化气息。特别是柳慕韩的店，店内还备有客座，好客的柳老爷子还给顾客端茶倒水。店外，全是地摊，满目是古瓷古币、秦砖汉瓦、慈禧太后的照片、瞎子阿炳的眼镜、黄宾虹的手卷、张宗昌的烟枪……应有尽有，无奇不有，鱼龙混杂，真假难辨。到这里“淘”的人，有时也偶尔得个真玩意儿。最近，市面上就有传说，有人在这里淘到一件“西汉白玉龙形玦”，主家不识货色，以五十元出手，买家找人一估，最少值两万多元。

老言常上这儿来，一来二去，店家都认识他是工商所长，对他十分客气，巴结着与他结交，他也就在这里有了几个朋友，尤其和柳慕韩最有交情，平时手里有了几个私房钱也都抛在了这里。不过，这里泉眼极深，老言半路出家，眼力不济，有时也吃点闷亏。因为这一行，走眼了也不好明说，说白了招人笑话，只得自认倒霉。

就在前几天，老言还被人闷过一次。那天，他从地摊上随手捡起一枚铜钱，卖家就开口了，说：“这位真是好眼力，一眼就相中了它。”这话说得让人纳闷，刚想放下铜钱的老言听了便住了手，仔细端详起来，可半天也看不出好在哪里，就疑疑惑惑地看了卖家一眼。卖家让他拿放大镜看，他照了半天，还是不得要领。

卖家嘴巧，也不说破，反夸他，说：“你老板不说话，定是看出名堂来了。宝剑赠英雄，脂粉赠美女。你拿去，看着给！”外行被尊为内行，上得去就下不来了，这叫“盖脸”，为奸猾乖巧之徒所惯用。老言被人盖了脸，但规矩还是懂的，就说：“哪块儿有看着给的道理？你开个价。”

两人讨价还价说了半天。卖家说的都是行话，老言说的全是外行话，眼看这讨价还价让老言理屈词穷，没法张嘴。可卖家绝口不说他外行，反而总是用一种十分尊敬他的口吻介绍这枚铜钱，仿佛不说他也懂似的。听了他介绍，老言才搞明白，原来这枚铜钱是一枚“宽永通宝”，是日本钱。据日本史料记载，宽永二年，水户田町富商佐藤新助请铸宽永新钱，遂于水户铸宽永通宝。此是日本开铸新钱之始。其后累朝鼓铸，品类繁多，不下千种。因此这种古币是否有价值，完全看你手里的货色是“之始”，还是“千种”。“之始”占了开铸之始这一条，有文物价值，自然珍贵，以后的都是“千种”，品种和数量都多，至今到处都是。

此事言志平听说过，不过记不清是哪一种钱了，经卖家这么一介绍，他才想起来。原来，这“之始”与“千种”之间，有着细微的差别，钱上的“宽”字，最后一笔竖折钩长于宝盖头的，古币市场上称为“长宽”，是为“之始”，最后一笔短于宝盖头的就是“千种”了。老言想起这回事，才仔细看起竖折钩来，这一下才看明白，这枚钱果然是“长宽”，心中暗喜，为了掩饰自己的高兴，他又强争了一会儿，才让了步，一百元成交。

老言喜滋滋地请柳慕韩鉴定。这位柳慕韩可是一辈子都在古泉堆里滚的人，说话做事全都留有余地，人家第一眼就看出来是假的，可不但不说，还看得更仔细了。看了半天，才说：“这‘长宽’在古泉行中是一个妇幼皆知的常识。妇幼皆知，贩子焉能不晓？他晓得这个干什么？给古泉市增加点热闹，考考古泉行内的学问。这事常有，这事常有。我也给人考过，考过！”

柳老爷子一句慢语也没有，别说对他，就是对那个骗子也大有回护之意。老言却听明白了，为这事闷气了好几天。不过，这事很快就过去了。没几天，他们工商就和公安、市容、市管一道去扫荡旧服装市场，忙了个不亦乐乎，也就把这件事淡忘了。

这事后来不知怎么传了出来，闹得市场上人人皆知。陆相也听说了，就决定投其所好，找一件什么古玩字画之类的东西送个人情，好叫他在处理自己那堆旧衣服时高抬贵手。

千寻不如一遇。陆相这天在估街一转悠，立马遇上有人招揽。招揽他的是两个农民。两人一高一矮，高的稍瘦，矮的略胖。他们长相相当朴实、憨厚，可此时的神态却十分焦虑。他们拦住陆相，其中稍瘦一点儿的那个压低了声音问：“要壶吗？”问得挺神秘。

陆相近年来除了打麻将，很少用“壶”字，乍一听还没懂。于是那人又贼似的说了一遍。这一回听清了，有些好奇，就问了一句：“什么壶？”这两人不说话，把他往没人的地方引。

陆相犹豫着，不去。这两人一见，就左右看了看，说：“我们又不害你，这是……”

陆相说："有什么话就在这儿说。"那两人扫了周围一眼，那个稍瘦一点儿的才小心翼翼地从怀中掏出一个油纸包来，一层一层打开，原来是一把紫砂茶壶。

这把壶做得精巧，扁如南瓜，大小盈握，刻痕之中，隐有黄土，壶体之上，满是灰尘，一看就知道，这是刚从土里挖出来的。陆相要接过来看。那人却十分小心，把壶递给他，双手还在底下接着，生怕他不小心把壶掉到地上摔坏了。陆相拿在手上仔细看了看，不由得勾起了那件心事：看来是件古物，说不定言所长喜欢。在他妈的孔庙经商就是倒霉，摊上这么一位工商所长，油盐不进，不贪不拿，逼着老子玩夜猫子！

陆相到底经商五六年，他沉住气，先不问价，只是装成内行，贬他们的货色。这两个农民听了急得直跺脚，齐声说："我们也不懂这个玩意儿，只为家里有病人，心一急做了缺德事，修祖坟的时候顺出来这么一个东西。听说是文物，偷来的锣也不敢敲，你多少给点儿，算是做善事，救穷人吧。"

陆相看他们说得蛮可怜。其实陆相经商五六年来，跟人谈生意，总是戗人。买东西的时候，人家说货值相当的理由，他必反驳回去，卖东西的时候，他也不允许别人对他的货说三道四。今天，他还是第一次遇到这样两位，一味开下水船，扯顺风帆。忍不住就问了价："多少钱？"

"五千！"瘦农民说。陆相吓得差点儿没仰天而倒，手一抖，壶也差点儿摔了。

胖一点儿的农民连忙用手接。陆相瞪着他们说："这么一把破壶，孔庙到处都是，金子啊？！"

于是，双方开始你来我往地谈价。眼看日已偏西，陆相就要走，两农民才松口，最后以六百元成交。

陆相当即掏了六百元给了他俩，接过壶就走，走了两步，一转身又叫住了他们。两人一愣，露出要蹿的神态。陆相竟没在意，只说："把那油纸给我。"他接过油纸，把壶照原样包了，揣在怀里，大踏着步走了回来。

回到小店，他小心翼翼地打开油纸，把壶放在桌上，一五一十地向陈蓉说出了自己的计划。陈蓉一听立刻眉开眼笑，连张小菊也感到眼前一片光明，前途不可限量。谢天谢地，老天爷开眼，这下全好了！

陈蓉一高兴，哼起了《三百六十五里路》。哼了两句，打住，连声说："走，走！今天中午我请客，奇香阁！大家好好吃一顿。"三人出了门，陆相又匆忙跑了回去，从桌上拿起那壶，用油纸包好，揣在怀中，这才反身拉下铁网门，锁好，追上她们俩，一起往奇香阁去了。多日的阴霾一扫而空，三个人吃得十分尽兴。饭后仨人又去陈蓉的出租屋打了一会儿牌，这才回到小店开门待客。

第二天，陆相找到了工商所所长言志平。两人在街上扯了一会儿闲篇后，陆相才说："我有一件事求你。"言所长本是和善人，喜欢急人所难，除了违反工商管理条例的事概不留情外，其他百般杂事都愿帮忙，何况他们还是邻居，就问他是什么事。陆相长叹一声，说："唉！你也知道，我在学校没好好读书，老师教的都让我就着饭吃了。这不，遇上一件挺文化的事，你可要帮忙。下午你有没有时间，请你到文昌阁聊聊?"

言所长古道热肠，催他说："你先说什么事。""这事非你不可。"

"你说，你说！""是这么回事，有一把旧壶，想请你给估估价。"

"这你可走眼了，我能估什么价?"老言自知眼力不行，连忙推辞。陆相哪儿能让他就这么脱钩跑了？连忙说："都说你言叔没架子，没得想到门槛还蛮高。上次听说你收了一张王农晨的画，一百多块，值几万元。不帮忙就是了，说这鸟话。没的意思！"

王农晨是江城有名的画家，前些日子，老言确实收了他一张画，让人一鉴定，还是真迹。一百二十块买进不假，可那是卖家连卖带送，里边有着很大的人情。值几万元那是陆相的夸大。不过，使唤丫头当家，钥匙不响乱拨拉，他这得意的一回正生怕别人不知道，听陆相说起这事，心里是冒着高温吃冰棒，爽得不得了。这又一次被盖了脸，就含含糊糊地答应了。

下午三点，老言工作时间偷着跑了出来，说怕在孔庙附近的文昌阁里见面遇上熟人不好，陆相就改约他到白门那边的一个新开的叫"海地胡天"的茶社见了面。

老言到的时候，陆相已经点好了一壶茶。老言真高兴假埋怨地说："小相，你蛮跩的嘛！什么事不能在家里说，还真到茶馆来了。瞧这茶馆的名字，叫什么不好，叫个海地胡天，海地胡天那是吹牛的意思！要是我在这儿当所长，就不让他登记！精神不文明嘛。”

陆相听着他的话，像是个长辈，又像是个首长，真的是有气有势，就不敢造次，先客气，说：“这个地方新开张，听说蛮不错，早就想看看。再说我们那个大杂院，武二逮鬼的人，没确定这个壶的价值之前，绝对不能让他们看。”他这么解释着，见老言不再假模假式，这才把那把壶从怀里掏了出来，小心翼翼地剥去油纸，放在桌上。

老言愣愣地盯住它，半晌一言不发。

1990年前后，江城忽然兴起一股倒腾紫砂茶壶的风。市面上纷纷传言，港台一带名商大贾都在用高价收买。据说有一个小子，为人逼债，逃匿乡间，一日在村中闲逛，见一竹篱茅舍，有一老者手捧一壶，仰坐于躺椅之上。这小子表哥乃一港商，此时正在爆炒紫砂茶壶。此人早就想买一把好壶到表哥那儿去骗点钱还债。无奈城中好壶价格昂贵，自己囊中羞涩，置办不起这份厚礼。忽见这样一壶，想这穷乡僻壤，此壶定然不贵。于是与老者商谈作价五块，竟然一手交钱，一手交货地成了。后来，他回到城里，正好表哥来江城谈生意，他就把那五元壶拿出来给他看。表哥一看，大惊失色。原来，这壶乃是明崇祯年间沈子澈的作品，现在已值两百多万元！这小子后来极为发达，现在香港居豪宅，坐汽车，西餐大菜，成了大亨。

还有一位，经历也是如此离奇。传说一天他去乡下散心，见一茶棚，棚中老少爷们儿，每人手捧一把紫砂茶壶，谈天说地。他也要了一壶，坐听农人桑麻之话，享受人间半日之闲。无意之中，他发现壶底有一行小字：顾景舟制。猛然间想起此人乃当代制壶大师，遂留意一望，棚中五六十人，人手一壶，相差无几，不禁心跳如奔。他好不容易抑制住狂跳的心，装成无事一般，与茶棚主人聊天，渐渐把话题往壶上引。告诉他，自己在城里经商，有点经验，“这里客人渐少的原因乃是壶残盏破。正好，我有一位朋友，饭店正要扩大，有一批没用过的茶壶盖碗都要淘汰，金边细瓷。不如我做一件好事，让他把这批瓷货送给你。不过，这小子疑心很重，我要把你的壶全拿回去做个证明，不然，这小子会认为我私吞了他这批瓷货，朋友也要反目成仇了。”茶棚主人欣然同意。此人连忙打车回到江城，第二天一早，跑到中山路的瓷器店买了一批景德镇的瓷壶盖碗，又买了一块丈二的毛毡，然后打的赶回茶棚，做成了这笔交易。他把这批宝贝运到县城，在招待所里，借来剪刀，把毛毡剪成毛巾大小的块块，把每一把壶都包好，连夜赶回城里。后来的事可想而知，百余把顾景舟的壶卖了三百多万元！

诸如此类的传说，在江城不胫而走，在古玩堆里更是沸沸扬扬。自从自己的诗发表以后，老言就有事没事往古玩堆里扎，这类故事如蝉噪蛙鸣，他早已听得滚瓜烂熟。半晌没说话，其实心中想的正是这些有关壶的传说。先是不停地点头，嘴里还不停地说：“是啰，是啰。”后来又轻轻地摇头，还拉长了音调“咦——”了一声。陆相早已等得不耐烦，心想是真是假，价值几何，你给个明的，老是闷着葫芦摇，谁知道你葫芦里卖的什么药？闪得我上不着天，下不着地的。后来一想，不对，这回并不是叫他真的估价来了，心中才稍稍沉稳了一点儿。

最后，老言抬起眼，满面愧疚，很严肃地说：“累堆了。不是我不帮你，我看了半天，心里虽有了数，但我们这一行，你不晓得，讲究言无轻吐，一旦说了就要铁板钉钉。这样，你如果信得过我，这壶我先拿回去，仔细看看。如信不过……”陆相一听，正是求之不得，心想，“我们这一行”？还不知你是哪一行呢！吹吧，牛×吹大了就是个圈，非把你套上！不过还是卖了个关子：“见外了，见外了。咱们是多年的老邻居，说起来你是我的长辈。我是一粗人，我要它干啥？我大缸子泡浓茶，喝得痛快。这小×壶倒出水来，像小孩撒尿一样，不过瘾。你拿着玩去，你拿着玩去。”

“哎，我说小相，我可不是这个意思。”老言不高兴了，“你要是这么说，这事我还不管了。我立马走人，你也别说我让你下不来台啊。”陆相早知道老言的脾气，只好赔笑脸，连赔十赔，劝他别在意，自己只是随口说说。

于是老言把壶揣在了怀里。这一下，老言可有事干了，白天黑夜一有空就看这把壶。他把这事称为“考证”。考证古物本是一件专业性很强的工作，但言志平这代人，根深蒂固地受了老人家的影响，一些针对当时情况的偏颇之语，早已深入到这代人的灵魂深处，可谓是沦肌浃髓。比方说，老人家说过，世间一切奇迹都是人创造的。卑贱者最聪明，高贵者最愚蠢。对此，他坚信不疑，认为天下没有人也就是没有他自己干不成的事。他的逻辑推理是这样形成的："天下没有人干不成的事"，这是大前提；"我是人"，这是小前提；"因此，天下没有我干不成的事"，这是结论。其实这是一个似是而非的结论，他把大前提中抽象的"人"换成了具象的"我"，偷换了概念还不知道。逻辑学上有这样一个笑话，说：白头翁是一种鸟，这个老人是白头翁，因此，这个老人是一种鸟。

老言有些藐视知识了。老言并不觉得自己是在藐视知识。早在1973年，他就读过《考古》。这是一本学术性很强的专业杂志，也是"文革"中复刊最早的杂志。大约是这一年的三月，老言出差去北京，在火车上捡到了它。坐在火车上，为了解闷，他就很细心地读了起来。至今，已经过去了十七八年，可他仍然清楚地记得，那一期里有郭沫若关于越王勾践剑的诗和新疆考古的一些发现。其实，人们的某些根深蒂固的想法就是因为遇上了一件偶然的小事而形成的。这本杂志在那个什么书籍也没有的年代里，给老言留下了不可磨灭的印象。从那时候起，他开始不论遇上什么事都刨根问底，总想搞个水落石出。比如：江城的一些方言，他就考订过。江城人喊姑娘喊"潘西"，音是这个音，字是什么字？"潘西"，还是"胖西"？他考订出来了是"潘西"。因为潘金莲和西施都是美丽而不幸的女子，喊姑娘喊"潘西"，是江城人对姑娘的爱称，同时也是对这两个不幸的女子的一种缅怀。后来，在市公安局的判处一伙流氓分子的布告上证明了他考订的正确。那个布告上就写着："这伙流氓在街头喊潘西（即公然调戏妇女）。"江城人把那种办不成事的人和那种办糟了的事称为"武二逮鬼"，比如一件事搞得很混乱，就说，这个事真是武二逮鬼，一个人把事情搞得乱了套，就说，这个人真是武二逮鬼，但同样不知这四个字怎么写。他考订出来了那字是"武二逮鬼"。你想一想，武二就是高大威猛、武艺高强的武松，他和鬼打了起来，那该是一种多么混乱的局面啊！江城人把不过瘾称为"不煞渴"，这"渴"字的读音还特别像脑壳的"壳"，这三个字也是他考订出来的，你想想有什么比没喝够水更不过瘾的？

总之，老言自信有能力考证这把壶。他先是在壶盖内发现了一行铭文，曰：鸣远制。这一下有了线索，他找来一些书，搞了一个多星期，终于搞清了这把壶的大致来历。

原来宜兴出紫砂乃是异数。不知多少年以前，这里忽然来了一个相貌奇特的和尚，他走乡串户，嘴里高喊："卖富贵土啊！卖富贵土啊！"村里有人听了都笑话他，这土能叫人富贵吗？他却不理，只对村中的一位长者说："你们如此模样，贵，我就不想卖了，只卖给你们富吧。请随我来。"他把长者引到一座山中，指着一个大坑说："此处就有富。"说完就不见了。长者很是纳闷，将信将疑，率人一挖，挖出的土"果备五色，灿若披锦"。当然，这只是传说。但"软黄泥出赵庄山"、"石黄泥出赵庄山即未触风日之石骨也"、"天青泥出蠡墅"、"老泥出团山"、"白泥出大潮山"……这些都是史书实载。而且，今天，世人到宜兴也可以看到出这些土的山和山中的这些土。

制壶的第一步是养土。取土筛捣，然后置于窖中。土养好后，各种土杂和。不过各种土怎样相和相当于冶炼中的配料，"则各有心法，秘不相授"。配好的土和水成坯，手塑成形，然后放于阴处待干，古书上称之为"幽之以候极燥"。待燥透了，便五六个一批，装入陶甕，古书上称之为"乃以陶甕"。这个"甕"字，老言还不认识，查了半天《辞海》才查到：甕，瓮的异体字。壶坯入瓮后，把瓮口封死，不使透气，这样才"鲜有欠裂射油之患"。"欠裂"，大概就是裂开了，老言心想，这"射油"，是个什么意思？想想觉得有点像那个意思。想到这儿，老言忽然失笑，直骂自己老不正经。这个词，老言看了许多书也没考出来，转念一想，大意通了，这个意思忽略过去大约也没什么大碍。再然后，火烧。但要掌握火候。"过火则老，老不美观。欠火则穉，穉则沙土气。"这个"穉"又不认识，再查《辞海》，解释同样简单：穉，稚的异体字。老言差点气疯了！这句也搞明白了：过火了就不好看，欠火了就有土味。有时候窑会发生匪夷所思的异象，出窑的壶中会有一个"倾茶贮汤，云霞绮闪，直是神仙所为"的壶。不过非常少，"亿千百或一见耳"。

取土制壶大致如此，老言又考证了“鸣远制”。这一考，乖乖，不得了，这“鸣远”原来大大地有名。

宜兴制壶始自于宜兴城东南四十里的金沙寺。此寺原为唐宰相陆希声的山房，宋朝大将岳飞岳武穆也曾提兵过此。金沙寺老僧娴静有致，与做瓦盆者共同揣摩烧制紫砂茶壶。有个叫吴颐山的，借这个庙读书，后来这个人中了榜，当了“学宪”。他带来一个童仆名叫“供春”，每日料理吴颐山的衣食起居。这个童仆有心眼，有闲暇。大凡古往今来有成就者，均须有这两条。人无机智无以启发明，人无闲情逸致则无以启机智，自古而然。

这供春一来二去，仿老僧做出了供春壶，一举成名。如今，这供春壶是珍品中的珍品，世上已不多见了。此后，宜兴制壶代有名家，明万历年间，大约在公元1573年前后，这里出了“董、赵、元、时”四大名家。“董翰，号后谿，善造菱花式”，“赵良，多提梁式”，“元畅，多小圆式”，“时朋，诸式而多古拙”。再往后，宜兴出了一位制壶大家，就是这位时朋的儿子时大彬。

时大彬，号少山，“制壶不务妍媚而朴雅坚栗，妙不可思”。他少时模仿供春，后来喜做大壶。有一天，他在娄东即今太仓游览，在一间茶馆里，听到“陈眉公与太仓诸公品茶试茶之论”，遂改变创作思路，制造小壶。时人评价他的小壶是“几案上有一具，生人闲远之思，前后诸名家并不能及”。于是，他成一空前绝后的制壶大师。

大彬以后，名家辈出。李仲芳、徐友泉、陈用卿、陈光甫、项不损、沈子澈等，不一而足。沈子澈之后，有一个名叫陈鸣远的，此人：“百余年来，诸家传器日少，故其名犹噪，足迹所至，文人学士争相延揽，常至海盐张氏之涉园，桐乡汪柯庭家，海宁陈氏、曹氏、马氏多有其手作。”时人评价他的作品：“制作精雅，可以三代古器并列。使与大彬诸子周旋，恐未甘退郐莒之列耳。”

这天深夜，老言在台灯下，吸了四支香烟，喝淡了一壶浓茶，才将这个陈鸣远考证出来。至此，他大出了一口气，两手上举，长长地伸了一个懒腰。再看桌上陆相的这把壶，可不就是“古朴精雅”？

不过，他又想起一件事。他趿上鞋，推门去找陆相。找他很方便，一个门里住着，连院子都不要出。陆相他爸陆家良开开门，见是老言，热络得不得了，非让他进去坐坐。老言问到陆相，陆家良告诉他说："这时候还没来家。"老言就要走。正巧，陆相从外边进来了。老言见他伸手推门的时候，手里攥着一块"大砖头"，就问："深更半夜，你攥着个砖头干什么？是不是和谁打架去了？"

陆相很得意，说："砖头？这是高科技。喏，看看，'大哥大'！"说着他把手中的那玩意儿递到他的眼前。老言这才看清楚，多少有点恶心，就说："现在，是人是鬼都拿个这个。脏摆！""这是中国社会各阶级的分析。"陆相很"老车"地边说边掏出香烟，想吸，可一看见他家老头就没敢。这个动作使老言有点感动，他觉得像陆相这样的年轻人，现在还买老头的账，已经少见了。陆家良听了他这句话很不入耳，说："干吗事啊？有了这个东西就是无产阶级？"

"无产阶级？你当？噢是的！现在谁还要当无产阶级？"陆相对他爹的话嗤之以鼻。这话陆家良更不愿听："那你不当无产阶级你当什么？当资产阶级？"陆相露出不屑一顾的神态："还天天听收音机呢！"

老言对陆相的话也听不惯，就说："你们别争了。现在没有阶级了。不过勤俭持家到什么时候也不过时。小相，你还是要多看点书，靠这个装不了门面。"陆相有事在言志平手上，不想跟他多争，就嘟囔了一句："也不是装门面，生意场上人家认这个。用你们的话说，也是工作需要。"

老言是有事前来，不想与他多缠别的，就说："我问你一件事。""你说，你说。"

"卖给你壶的那几个人是浙江的还是苏北的？"因为古书记载，陈鸣远曾到过海盐、桐乡，海宁的陈、曹、马几个大家族都用过他的壶。海宁陈氏，清朝时出了好几个宰相，在当时堪称为"中华汉人第一家"，这个，老言早有耳闻。不过，他这次把海盐误认为盐城一带，其实，海盐在浙江，盐城在苏北。因此才有这样一问。

陆相想了想说："苏北的，没错。"这一条坐实了，老言就放下心来。于是，又和他们父子扯了一会儿闲话，顺口还问了问陆相的婚期。

陆相说："她是你手下的兵，你还能不知道？"老言这才想起，这些日子净顾了考证壶了，忙笑着说："真是的，只顾得瞎忙了，差点儿忘了。到时候我也凑个份子。"

这么坐了一会儿，老言就回家了。回到家里，看着壶，他开始想象它的流落经过：陈鸣远受邀制壶，盐城的某一文人雅士喜而收藏，竟至带入坟墓。后代人家有急难，修墓时顺出，使之重见天日，现身于江城。这样想完全符合逻辑。由此可以推断，这把壶是清代大师陈鸣远的作品，是一把价值连城的名壶！

老言为自己的考证结果惊得神采飞动，连忙喊来老婆，叫她把这壶收藏好，"很金贵的，坏了赔不起！"老婆却说："这么金贵还不这就还给人家？老陆家现在兴许还没睡。"

老言听了没说话，端着脸盆到屋外自来水管上去打洗脸水。其实，他留了一个想法，想在人前显摆显摆。他怕老婆再啰唆，就在自来水那儿洗了脸、脚，回到屋里，老婆果然已经睡下了。老言躺在她的身边，十多天来，这才睡了个安稳觉。

第二天，老新四军郑坚、老文人绿野刚巧来送杂志，其实是来逛孔庙，顺便来看老言，给他带来第七期《茁壮》。老言见了他们非常高兴，便叫凌菲应酬门面，把他们请进里间，泡茶递烟，十分亲热。

老言是个怀里揣着鼓，生怕别人不知道，没事就想敲一下的人。他与郑坚、绿野勺了几句，就把话题往紫砂上引。绿野接过他递上来的茶烟说："别客气，别客气，就走，就走。想到估街去看看，不知又有了什么新货色，好多天不来了。"他就说："没啥好看，没啥好看。就说那紫砂茶壶吧，卖焦得了。"人家没听出来。

郑坚又说："上次来我看到一双象牙筷子，开价三百。象牙倒是真的，很重。不知卖出去没有？一会儿得去看看。"老言又说："哪能有真的？反正这儿真货少。就说这紫砂茶壶吧，紫砂是真的吧？真的。可茶壶却又都不是名家制造。"绿野见他老是口不离紫砂，就接了一句："老言，你对紫砂很在行哩。"

老言在人前是烂土豆——不经夸（剞），本想过沟过坎，正愁没有垫脚石，绿野一句话刚巧递来一块砖。顺着这句话他就匀开了。紫砂是如何发现，紫砂壶是如何烧制，谁谁谁是制壶名家……啧！娓娓道来，侃侃而谈，把个紫砂茶壶的来龙去脉历史现状说了个通通透透。

郑坚、绿野听了，不由顿生敬佩之意，连声说："老言，你可真行哩！有文化！有文化！要不上级能让你到孔庙来当所长?"老言一听，又有点晕菜，顺口就说："不瞒两位领导说，我还真有一把好壶。其实也不是我的，人家送来鉴定鉴定的。"此言一出，郑坚、绿野大感兴趣，于是，吵着闹着要看。

老言就说："你们二位来，我也没准备，现在再叫我爱人去买菜做饭也来不及了。要不我们到'老一得'，你们二位一位是军区首长，一位是省里领导，平时请都请不来，今儿个我理当尽地主之谊。吃完饭，再到我家去，如何?"郑坚离休前是军区政治部文化部副主任，到下边来吃顿饭就像放个屁似的轻松，全不当一回事。绿野在省里一家刊物当主编，大小是个正处级，在职的时候，隔三差五的也没少吃请，退下来之后却真的是"门前冷落车马稀"，那些平时追着赶着叫他老师的人，大都从这座城市蒸发了。听老言这么一说，两人对视了一眼，异口同声地说："走！"三个老的叫上小菲——他们都这么叫凌菲，一起到了"老一得"。

时值盛夏，"老一得"中有空调，凉风习习。店家又认识言所长，见他领了人来，又介绍说是军区首长、省里领导什么的，因此，格外殷勤，百般照顾。因为有小菲在，几个老头分外开心，时不时幽上一默。三老一少喝了一瓶"泸州老窖"，个个脸似红灯高照，肚子滚瓜溜圆。最后，店家又送个果盘，苏蜜一号西瓜，切成十几块，在盘中殷红欲滴，逗人食欲。于是，几个人又把西瓜吃了。

吃了饭，几个人出了"老一得"，由老言领着往他家走。老船板巷离"老一得"不远，出了纸街往南，百步之遥就进了巷口。巷口往前再走过去两个门，门口有一棵槐树的老船板巷四号就是老言的家。

江城城南的老宅子，建筑得十分讲究，全是木结构，里外三进，每一进都有天井，天井都是青砖墁地，天井中一般都有水井一口，自家取用，还有竹制三脚架一副，上架长长竹竿，以备晾晒衣物。室内一律天花地板，迎门客厅，东西厢房。当年这种老宅子都是单门独户，可容几代同堂，冬暖夏凉，其乐融融。经过多年的变迁，现在，这种老宅子内的住户已经杂乱，老宅子本身也不复当年的规整。

老言家住第三进，前有屋宇重叠，自然十分阴凉。厅中，紧靠北墙有一条案，案上有两只尺半的蓝花瓷胆瓶，内插鸡毛掸和孔雀翎，瓶下放着一套茶具。案旁两侧一边一把明式木椅。老言直接把人引到东厢房，这间房的地板已经破旧，人走进来一片吱吱呀呀的乱响。这东厢房是老言的书房，墙上贴着字画。南墙是一道中式格子窗，窗下摆着一张式样陈旧的写字台，窗外墙根下种着一棵大芭蕉，宽大的芭蕉叶影子在南窗上掩映，东墙竖着一排书橱，北墙下摆着两只沙发。

“请坐，请坐。”老言忙不迭地让座，又随手拧开了写字台上那台骆驼牌电扇，又朝西厢房喊了一句：“贵客来了！”老言夫人一般不管他的事，他是官场上的人，很多事自己也不懂，也曾给他插三插四，被他人前人后地数落了几次，后来索性不再插了。听见叫声，她走了进来，一见只认得凌菲，其他都是生人，就笑了笑，说了声：“来了！”算是招呼。

老言就介绍说：“这是我爱人。”于是，郑坚、绿野忙不迭地说：“打扰，打扰。”凌菲也甜甜地叫了一声：“阿姨。”大家见过，尽了礼数，郑坚、绿野就在沙发上坐了，小菲一屁股坐在写字台前的椅子上。老言见不够坐，就和老婆一起把竖在墙角的折叠桌打开，放在屋中央，从客厅搬来方凳，坐下。一切安顿下来，老言端起架子，对老婆说：“去，把那把鸣远壶拿来。”

老婆一听有些犹豫。这几天净听老言讲了，这东西如何如何宝贝，怎样怎样值钱，再说又是陆家的，万一搞坏了，赔也赔不起，那不累堆了？那根本就不是我们这样人家玩的东西。老言见老婆不大情愿，在人前不听他的，不给面子，便倚疯作邪，提高了声音说：“去呀！给几个领导看看怕什么？”

老婆看他喝了酒，又见几个来客气宇轩昂，架势不凡，便不敢再说什么，就到西厢房翻箱倒柜取来那团油纸包着的壶。老言小心翼翼地接过，打开包，把它放在折叠桌中央，脸上生出一股得意之色，环视大家。两位老的，情知这玩意儿宝贵，不敢动手，只站起身来，仔细俯视。这种神情感染了小菲，便也凑过身来看个究竟。见这几位神情专注，老言心血来潮，叫着老婆说："哎，把我那罐真的碧螺春拿来。"

何谓"真的碧螺春"？这碧螺春乃是江南第一名茶，原产于吴县太湖岛屿东山、西山。传说康熙年间，此茶就为苏州府贡品。康熙爷品后十分赞赏，向管事的太监打听茶名。太监禀告，说叫"吓煞人香"。康熙爷听后颔首而笑，说："农人质朴，按说这茶也当得这四个字，惜矣少文。孔子说过，质而少文，传之不远。待朕想来赐个好名吧。"过了几天，康熙爷还真的想出来了，叫太监传谕苏州府，此茶钦定名为"碧螺春"。民间有一句顺口溜："螺旋形，铜丝条，碧绿色，浑身毛，一嫩三鲜自古少。"这"一嫩"指嫩芽，"三鲜"指色、香、味，顺口溜的意思是说，这种茶叶，茶条纤细，卷曲成螺，满披茸毛，色泽碧绿，最宜先上水，后入茶，茶入杯中，徐徐下沉，像一根根"铜丝条"，徐徐展叶放香。冲泡后，清香芬芳，汤绿水澈，叶底细匀，叶形鲜嫩。据行家说，一斤一级碧螺春约有七万个茶头，二级也要有五万个，嫩度之高为茶叶之冠。惜乎近年来，造假者日多，造假法日巧，假此茶之名行销天下的冒名者日繁。据说江城市面上最通行的造假法是以百分之六十的三级兑百分之四十的一级冒充一级，非经验丰富的专业人员不辨。现在谁要是能喝上真正的碧螺春，那也不是一般的人物。

老言有个朋友在东山当工商所长，去年儿子到江城来上大学，老言帮了一些忙，人家为了感谢，送了几罐茶叶，并告诉他其中只有一罐是真的，其余都是冒级串品的。这一罐要保存好。过去都是用石灰填封，现在没那么复杂，只要用胶带将罐口封死，置于冰箱的冷冻室即可。老言依法收藏好这罐碧螺春，对老婆说："这罐茶叶是真正的好茶，收好，等女儿考大学时送人或是庆贺再用。"

因为这一层，老婆听他喊要拿碧螺春，就不大情愿，心想，说好给女儿言红留着，到时万一要送礼，花钱不说，没地方买去！老言好个脏摆，想用好茶证明自己的不凡，又端着架子大声说了一遍。老婆怕当着客人的面吵窝子给人笑话，只得依他，就从冰箱中拿了茶叶给他。

老言往那把鸣远壶里倒上水，又把一撮茶叶放进去，然后盖上盖子闷。说："真正的碧螺春，得闷一刻儿。"接着又把"真的碧螺春"的意思说了半天。

于是，绿野就说："还是工商所的厉害。茶叶也造假，听都没听说过。"老郑直率，说："这回尝尝真的碧螺春。连你们市长都喝不到哩！只是这壶是不是不大卫生？"凌菲也随声附和，说："真是的，所长也不洗一洗。"这一下，老言可有话说了。他表面上说给凌菲听，实际上说给两个老的听："小菲，这你就不懂了。有一种人得到一把壶，洗得通体透亮，没事还用油在壶上打磨，搞得壶身油光铮亮。行家管这叫什么？叫'和尚光'！'和尚光'，秃头亮脑，一片油光。你想想多难看？这是品壶的最大忌讳。还有人说，壶的内垢不能洗，还有人说，紫砂壶泡茶隔夜不得馊，这些都是市井传言，不足为信。"

老言正说着，绿野就觉得自己的酒劲直往上涌，似乎眼睛一个劲儿地发花，瞅那壶都不对劲儿，壶嘴像是发软，直向下耷拉。绿野没敢吱声，心想，自己真的老了，不胜酒力。可是头又不怎么晕，好像与已往醉酒的感觉不大一样。莫不是自己的身体出了大问题？不明白是怎么回事，他就站起来走了几步。这几步走得很好，步步实实在在，脚步下的地板吱呀有声，并不像王少堂说书，武松醉打蒋门神，玩的是醉拳鸳鸯脚，风吹荷花根不动。自己脚跟扎实，连上身也没摇一摇。怪了。

绿野正疑惑间，忽听"扑儿"一声响，定睛再看那壶，壶盖掉入壶腹之中，壶腹却已涨了一圈，壶嘴也真的掉下来了。凌菲指着那把壶连叫十叫："哎，哎……"忽见大家一时惊讶得面面相觑，又把话咽了回去。

就在大家对视的一瞬间，这壶软成了一摊稀泥！原来是把假壶！这个玩笑搞大了！

郑坚和绿野一脸的不自在。老言更是倒倾三江五湖水，难洗今朝满面羞！恨不得找个地缝钻进去。

还是绿野老成机智，连忙打圆场说："老言，你可真会开玩笑，把个假壶给我们看。真的藏哪儿了？"说着，拉了拉老郑的衣角。郑坚何等事没经过，立马会意，打着哈哈说：“老言，你可真逗。”凌菲少不更事，听了绿野的话，反倒认了真，闹着要看真的，连叫十叫：“所长，所长，把真的拿出来！拿出来！你今天不拿出来，我们就不走了！”老言正不知说什么好，知道绿野给自己搭台阶，连忙就坡下驴，说：“昨天喊人仿了一个，谁知那小子把真的拿去了，把个没烧的留给我了。不好意思，不好意思！小菲你不要脏哄，明天让你去要，保证你第一个看到。”

郑坚、绿野见事已至此，坐也不是，走也不是。老言这才想起重新泡茶。这回茶泡在杯子里，还真是色、香、味、形，均为上品。可是，几个人心绪不宁，话不达意，又坐了一会儿，喝了那杯茶。

郑坚放下杯子，忽说：“哎，小菲家不是也住这儿吗？不带我们瞧瞧去？”绿野就顺杆儿爬，吵着要去。两人拉上凌菲告辞走了。这一闪，闪得老言瘟了鸡，整整一个礼拜，呆头鹅吃错了药似的，时常直愣愣地伸着脖子，盯着一个地方看。

凌菲知道了真相，就劝他说：“所长，这也不是你有意骗人家，不值得这样。再说，你给我们讲了那么多紫砂壶知识，这错，也是错得很美丽的。”听她这么一说，老言忽然对那些根本看不上眼的新诗有了一点儿理解。现在的年轻人不同了，他们很容易理解别人，也容易宽慰自己。不像自己这一代，总是自责，自己给自己添很多压力。

老言回到家，更像是一个用过了的货，软巴叮当的，全没了昔日的雄风。老婆指着他说：“要不是我留了一手，留给小红考大学用的好茶也让你糟蹋了！”他连连点头称是，心中暗想，原来那天她用劣等茶顶替了好茶，要不，那好茶真要糟蹋了，还是老婆英明。现在想来，那好茶用了也没得什么意思。

尴尬先不说了，最难为的是如何向陆相交代。因为没法交代，有好几次在孔庙前街远远地看见陆相走过来，他都闪开了。老躲着也不是办法，纸里包不住火，雪地里埋不住死孩子。这一天，老言横下一条心，把这件事对陆相明说。老言把陆相邀到上回喝茶的那间海地胡天，点上茶，吸上烟，看着陆相含着笑意的眼，老是盯着他放在桌上的“大哥大”，并不看自己，一时又不知怎么说了。陆相一看老言这吞吞吐吐、欲言又止的神态，全没了原先那种既像官又像长辈的架势，再看桌上老言的包，鼓鼓囊囊的，心想，这么个老实人，真把他折腾得够戗，瞧把他难为的，又想收下，又不敢，又想退给我，又不甘，一头是共产党的官，一头是古玩，是文物，是钞票。躺倒的罗锅——两头翘，这共产党的官真他妈的不好当！

唉！老言长叹一声，臊眉耷眼地说："这壶……"他抬起头，使劲看着陆相的眼。陆相被他看愣了，随着说："这壶……""是这么回事。前两天我来了两个朋友，一个是军区首长，一个是省里领导，他们……"

"你把它送人了？"陆相急切地问。他不愿意他把它送给什么军区首长什么省里领导，这些人离得太远，铁路警察，管不了咱这一段，给他们等于白给，连个水漂也打不起来。"怎么可能呢？"老言忙说，"你的东西，我不可能随随便便送给人。只是，这个，那天，大家聚了聚，用那壶泡了一次茶。"

"怎么样？是不是隔夜不馊？"陆相很关切地问。"那隔夜不馊都是人脏传，根本不是那么回事。其实，衡量一把壶的质量高低，最简单的办法就是拎起壶盖，能把壶带起来的就是好壶，带不起来的……"老言忽然发觉自己说得太忘情了，又串到紫砂知识上去了，于是连忙打住，把话头又折了回来，"这个就先别说了。"

陆相打断了他的话，笑呵呵地说："言叔，你还是王少堂啊？真有说书的天才！关键的时候来了个且听下回分解。"老言听了，心里苦笑，嘴上连说十说："哪里，哪里，这事真不好说。干脆，我直说了吧。那壶，壶，它坏了。"

"坏了？"陆相瞪大了双眼。于是，老言把那天如何请人去品茶，如何泡的水，壶如何化成了泥，一五一十地讲了一遍。

"哈！哈！哈！"陆相听了，大笑了几声。真难为你了，这么一个五六百块的破玩意儿，本想送给你玩的，值当你编这么一个瞎话来蒙我？你们这些当官的，我算是看透了，有七十二个心眼，七十一个都是用来对付咱老百姓的。老言不知他心里想什么，被他笑得毛骨悚然，直愣愣地看着他，听他往下说。

陆相悠闲地吸了一口烟才说："言所长，你也太小看我了吧？那个破玩艺意儿本来就是想送给你玩的，后来怕你当官的不好收，也就不敢硬送。不就是坏了？也没啥了不起。只怪我走了眼买了个教训。”老言简直不敢相信自己的耳朵！

“真的？你，你不要我赔？”老言小心翼翼地问。“言所长，咱们谁跟谁呀？不要说是家门口的邻居，我刚到孔庙来的时候，要不是你帮我，我能在这儿混出个人五人六的？你要是拿我还当个朋友，不，还当个人，这事就是小把戏写字，前边写了后边涂，不提。”

没想到峰回路转，柳暗花明，刚刚还结在胸中的那个吞不下，吐不出，堵在心里毛烘烘的猪鬃般的麻团团，顷刻冰消瓦解，形影全无。老言心想，陆相这小子真够意思，行！将来能干大事！两人出门的时候，陆相像是不经意地说：“言叔，经营上的事你也要帮帮忙啊。”老言没听出话外话，绷起脸来说：“什么话？我什么时候没帮你？”陆相听了心欢喜，就没再吱声。两人就在茶舍门口分了手。

回来的路上，老言生出许多感慨，想想刚才陆相的话，又想起那天小菲说的，心想现在的年轻人就是不一样了。他们心胸宽了，不信了斗争哲学。过去，这小子可会脏污了，头几年不是还看见过他在巷口与人打架？现在看看，宽容得很，这些事大人也不一定做得到。成人了！总之，自己对这些自己看着长大的孩子也快不认识了！

陆相回到店里，把言志平在茶馆里的话一五一十地学了一遍。陈蓉、张小菊听了都非常高兴。张小菊拍着手说：“这回猪头该煳了！”陆相、陈蓉听了，都不解地看着她。她“哎”了一声，说：“前儿个你不是说什么猪头煳不煳的？”

陆相好生奇怪。陈蓉想了半天才想起来，一拍大腿说：“对啦，对啦！我想起来了。啥猪头煳了？人家那是火到猪头烂，钱到公事办！真是的！”三个人一起大笑起来。笑过了，又说了一会儿闲话。

过了两天的一个下午，市管会的人员忽然在孔庙前街挨家送“红头文件”。文件上开列了一大堆服装个体户的姓名和上次被稽查异地封存的旧服装数量。最后还赫然写着：依据江城市市场管理办法，上列服装全部予以销毁。请有关人员前来办理相关手续。他们把这个文件也送到了陈蓉手上，还说了一声："明天到工商所来处理。"陈蓉一看，自己的名字和那二十包衣服也在上边，当时气得把这个文件揉成一团，狠狠地扔给陆相。

陆相不知是怎么一回事，把纸团轻轻地展开，认真地看起来。"看什么看?！夜儿个还说得好好的，没搁个两天，'红头'都来了！这个他妈的言所长，可真他妈的黑，收了我们的壶，还往人脑袋上撒尿！拿人钱财，替人消灾，连这个也不懂。还有你，这么大个人，让他当傻波依！钱也花了，壶也收了，服装还得烧。你他妈的还摆大卵子！反正吹牛×也不上税，你就吹吧，海地胡天，反正哄死人不偿命！"

陆相被她骂得丈二和尚摸不着头脑。等看完了手中的文件，这才明白过来，强中自有强中手，自己确实让人耍了。这可是板上钉钉的事，可陆相不认这壶酒钱。他很自尊，不愿听人啰唆。可陈蓉不管那一套，嘟嘟囔囔个没完。陆相终于忍不住了，他大吼一声："你他妈的啰唆什么?！这也许是老言他们玩的花头经。是做给别人看的。不把这些人摆平，能把你的退回来?"

陈蓉听了冷笑一声："别他妈的给我哩咯咙，做大头梦吧！事情都这样了，还替老言说话。我看呐，这壶到没到老言手上还很难说，说不定送给哪个相好的去了！"这话傻子也能听出来，她是指凌菲。他和凌菲就要办大事，陈蓉那天跟他干的时候就忙里偷闲，逼问他："我们俩谁好?"现在，生意上出了这种事，不说想办法解决，还不明不白地指桑骂槐，影射他们俩的关系。这使陆相非常恼火，女人就是这样，一旦和你有了性关系就他妈要当你妈！他张大了喉咙管嚷道："去你妈的吧！这壶是我自己出的钱，就是没到老言手里怎么样？就是送给相好的怎么样?！我相好的多哩，你怎么样？还不是干急逗！"

"你也不看看你那长相，就像宠物排泄物，还相好哩?"陈蓉指着他的鼻子骂。"你才是宠物排泄物呢！"陆相从没有听说过骂人骂得这么新鲜法，不知她是在哪儿学来的，一生气跳起来给了她一个耳光。"啪！"

这一下陈蓉不饶了，她跳起脚来一连扇了陆相三下，但都被他闪了过去。她"嗷"地大叫一声，猛扑上来，揪住他的衣服领。他也不甘示弱，一把揪住了她的头发。两个人撕撸在一起。

见这两人为壶的事打了起来，张小菊连忙跑上去，使劲儿想把纠缠在一起的两人分开。在家的时候，父母大吵三六九，小吵天天有，他们每一发火，不是摔碗就是砸酒瓶子，弄得一地破碗碴子碎玻璃，招来四邻五舍都来看热闹，脸都丢尽了，因此，她最恨家里吵架。可是，在家里她也从不劝架，因为她父母会倚疯作邪，越劝闹得越凶。所以，她也最不会劝架。现在拉开了这两个人，她不知该说什么好，突然自己先哭了起来。

这边又哭又闹，引得左右邻店的人都来围观。有好事的就劝。有劝陆相的，有劝张小菊的。隔壁卖磁带的小老板，一边劝陈蓉，一边趁人不备，在陈蓉鼓囊囊的胸上摸了一把，摸得陈蓉勃然作色，甩手给了他一记耳光，大声骂道："你想吃老娘的豆腐啊?!"磁带店小老板羞臊得满面通红，明知理亏，又怕人笑话，只好硬着头皮和她吵起来。顿时，孔庙前街吵成了三国四方一锅粥。

这时，人群中挤出几个闲汉，无非是汤姆斯、刘煜，都是陆相的同学，至今还没工作，整天在街头闲逛的。见他的店里吵成这样，就挤出人群把他拉走了。

十一

晚上，肖方全可能又有应酬，到了八点还没回来，张诗漪一个人在白云饭店那间长包房里看电视，待得正无聊，想先洗个澡，刚走到浴室门口，忽然接到一个奇怪的电话，那人说："我叫凌菲，还记得不记得？"

"当然记得，太记得了！"她听到是她，很是兴奋，随手把电视都关了。怎么会忘呢？只是没有料到她会来电话，多少年不通音信了！

凌菲听了她热情而兴奋的回音，口吻也热情起来，问了她的近况，说了几句不着边际的话后，说："我有件事要告诉你，什么时候有空给我打电话，我们再约。"

张诗漪乘兴说："就今天，就今天，我来看你。"

凌菲告诉她："船板巷的老房子早就拆迁了，现在我住南湾小区，挺远的，不知你方便不方便？"

"方便，方便！我有车，我去接你。"

于是，凌菲也同意了，告诉她，走城西干道，出城中门，一直开，小区门口有大牌子，她在牌子下面等她，半个小时后见。

半个小时后，她们已经坐在离南湾小区不远的一间茶馆里了。

这是一间大型茶馆，上下两层，临街都是落地玻璃窗子，边边角角全摆着热带阔叶植物，一水儿的浅绿色沙发，灯火通明，十分舒适。两人相对而坐，向服务员点了茶，这才开始互相打量，后来就都笑了一下，几乎是不约而同地说："你现在做什么呢？"没想到这样的异口同声，两人又都笑了。于是，凌菲就叫张诗漪先说。张诗漪就把自己的近况说了一遍。

"我要结婚了！"凌菲有些兴奋地说，"我想了半天，想来想去，觉得应该告诉你一声。”

“告诉我就对了，不告诉我那我可不答应。”张诗漪嘴上说着，可心里怎么也想不明白她结婚为什么要告诉自己。

凌菲盯着张诗漪满是疑惑的双眼，以为她想了解自己爱人的情况，就说：“那人是一个同事，四十多了，不过别说他了。我结婚时，你一定要来，你来了就会见着。”

是的，凌菲已经三十四五了吧？还带个孩子，再不结，往后就难了。没见现在满大街随风飘扬的那些美眉，衣服越穿越少，性感越来越大，用硬质的乳罩装挺奶子，用小一号的衣裤包紧身子，描眉画眼，翘起屁股，露着肚脐，戴着脚链，还不是招蜂惹蝶，想趁着新鲜把自己嫁出去？现在的男人，好男人越来越少，成了稀宝。现在的女娃也越来越不争气，见了男人都有点儿失控，特别是见了四十岁左右又有点小事业的男人，就像天降钞票，没有不抢的！

“一定是个帅哥！”

“得了，都多大岁数了，还帅哥呢！这么些年我算明白了一个道理，不能要长相，长相有什么用？只有那些初出茅庐的小女娃才会看长相。”

“可不是！”张诗漪早就有这个感觉，经凌菲一说，好像找到了知己。张诗漪忽然笑了起来，她见凌菲不解地看着自己，就解释说：“还记得吧，我们在一起喝过茶。”

“那还能忘啊？”凌菲无限感慨地说。

是呀，好多年了。

她们都没说话，仿佛思绪都陷入了往事的回忆中，沉默起来。

还是张诗漪打破了沉默，岔开话题，问起了她的孩子。

于是，她们就说开了家长里短的闲话。

两人就这么有一搭没一搭地聊着，渐渐地，凌菲说出了来找她的原因。

原来，凌菲与张诗漪竟是同乡，过去一直没听说过。她要结婚，孩子不能跟着，这是男方的一个条件，因此只有让她父母带。凌菲的父母，一个是教师，一个是护士，现在都退休了。但是，从打凌菲出了那件事，她父亲的身体就一直不好，血压高的老毛病常犯，母亲也这么大岁数了，侍候父亲一个人就够戗。她妈就提出来，让她在老家找个保姆，说老家的人老实，话也听着顺耳。当然，也省钱。这一点，凌菲不会对张诗漪说。她还告诉张诗漪，自己从来没有回过老家，父母老了，也回不去，况且这事，找太熟的人不行，有话磨不开面子，不熟也不行，不放心。市面上那些保姆介绍所什么的则更是不能沾边。所以这事不大，但技术性还挺高，今天就是想向她打听一下，有没有合适的人。

原来如此。张诗漪心里有点不高兴，这不是用人朝前，不用人朝后吗?转念一想，其实也不算什么，虽说过去她戴个大盖帽，神气活现，可也没有怎么为难过自己，人家是大学生，又是干部，本来就不在一个层次上，说不上朝前还是朝后。再说后来又落了难，与自己有着几乎相同的经历，还带个孩子，确实也值得同情。如果真的找自己一点儿事没有，谁也不会这样，打遍所有电话，大海里捞针。自己也真该回家看看了。等这条路做完了吧，到那时，帮着问问，多大点儿事啊?

于是，她就对她说了，要等工程完了才可能回家。

凌菲就告诉她："不急，不急。我们原定'五一'，后来没准备好，这不早过了。现在定在元旦了。还有好几个月呢。"

大约十点钟，她们在茶馆门口告别。凌菲走出去两步，又转过身来叫住张诗漪，把她拉到路灯底下，左看右看，才神态诡秘、吞吞吐吐地对她说："那事真的不用着急，其实，今天，不是，前几天晚上我做了一个梦，梦到陆相了。他叫我无论如何要告诉你我结婚的事。醒了以后，我很纳闷，也不知该不该告诉你。我不是迷信，可这梦做得让人不安，他死了这么多年，我从来没有梦到过他。想想还是与你联系一下。这到底是怎么回事呢?"

张诗漪听得心里直打鼓，她哪儿能想得明白，只有顺着她的话说："是呀。谁知道!"她说完这句话，像是怕真有什么异物大黑天跟着似的，也鬼鬼祟祟地左右乱看了一眼。

后来，两人都感到浑身有了一种凉意，大有要解手的感觉，手臂上也起了一层鸡皮疙瘩。于是，她们飞快地告别。张诗漪要用车送凌菲，她没让，死推活推，说她家就在附近，说完就逃跑似的走了。张诗漪看着她的背影很快消失在夜幕中，这才驾上自己的车，绝尘而去。

不知是喝了茶的原因，还是重逢带来的兴奋，或是凌菲说的那个梦在作怪，张诗漪这一夜辗转反侧，难以成眠。

凌菲要是不仗着自己是个大学生，不甩了陆相，也许陆相也不会那样追求自己，那样死，现在两人多好，青梅竹马，两小无猜，带个小把戏，又搬了新房子，里里外外还有老人给帮着，多好啊！张诗漪想，这不就是自己梦寐以求的生活吗？放着这样的日子不过，傻呀？也许凌菲也后悔了吧？仔细一想，她的确像后悔的样子，说起话来蔫蔫的，那眼睛没了往昔的光彩，眼角上也有了浅浅的皱纹。可天下没有后悔药，日子总得往前过，凌菲结婚是对的，不然熬到什么时候是头啊！想想陆相也太能作了，又是凌菲，又是陈蓉，加上自己，整个一个三角恋爱，妈的，都四角了！那年旧服装被收后，听说他们用一只紫砂壶去“贡”言所长，到了也没“贡”住，壶也坏了，货也没了，言所长也打了，局子也进了，陈蓉和那个袁源也一起跑了，闪得自己都没个着落，陆相也从此一蹶不振，后来竟和凌菲的丈夫一块儿死在小巷里了。想起来真是惊心动魄！

不过，今天晚上凌菲说的这个梦，如果是真的，这也许说明陆相还爱着自己吧。他这是爱吗？她想，他活着的时候自己都没搞明白过，现在就更不知道了。爱是什么？她不禁望了一眼睡在身边的肖方全，我爱他吗？他爱我吗？她想起自己第一次听说“傍大款”时的惊讶，真没想到自己竟然也这么干了！不过她立即否认了自己的想法，她不愿意承认自己这是在“傍大款”。可这究竟是什么呢？难道这就是爱情吗？想到这两个字，她心中涌起一股难以名状的情绪。有一次过年，她家里贴过一幅门神，不懂事的小弟说：“贴他干什么？老师说那是迷信！”当时叫娘给骂了一顿，还打了小弟一把。娘从来都不打小弟的。第二天，小弟的嘴就起了大泡，请了镇上刘半仙来家烧了三天的香，又吃了三服药才好。从此，家里人谁都不敢再对神不敬。此后，她一想到爱情这个词，就想起这件事。她觉得像敬神一样，爱情是不能轻易说出口的，更不能有丝毫不恭与亵渎。这种思想产生于她的同学玉秀的婚事。玉秀成天把爱情不当一回事，说什么“嫁汉，嫁汉，穿衣吃饭。你看村里那些娶不上老婆的，就没有一个讲爱情的？还不是没钱娶吗?”或是什么“老人们都说，女人出嫁那是第二次投胎，投穷就穷，投富则富，投在老母猪身上，那就长大肚，只能当个挨刀的货。谁见过什么情不情的。生为女人，日子就得跟着男人过”。大家听了，都不服气，就哄她，她却扬扬地说什么:“真是人老话多，树老根多，你们说话太啰唆!咱们走着瞧!”走着瞧，是走着瞧，这不，那一天晚上，玉秀来找张诗漪。她在院门口叫了她一声，怎么也不肯进屋，站在院门口告诉她，定下人了。这本是一件喜事，可玉秀却哭了。见她哭得怪伤心的，她就劝，可怎么也劝不住。娘在屋里听到了就问是谁。她就打了个马虎眼，带她去找其他几个女同学。

她们袖着手，坐在场院上的草垛下，背着北风，靠着草垛，望着星星，说着农村姑娘们的烦恼。多么温暖啊，只有家乡的草垛会给你这样温暖而牢靠的感觉。玉秀又哭了，她爱上了一个男同学!她?这个从来不拿爱呀情的当回事的人?姑娘们听了都很惊讶，玉秀哭哭啼啼地告诉大家，这是真的，自己不爱家里给定下的那个人。于是，大家就七嘴八舌地劝开了。有的说:“咱们是农村人，怎么不是过一辈子?别把那些爱呀情的想得那么美好。”玉秀听了就有些生气，说:“我们就这一辈子呀，那你让我怎么过?”说这话的姑娘就说:“咦!这就怪了，这不是你常说的吗?”玉秀就不吭声了。又有的说:“要是我，就硬不嫁，我去找那个男同学，一块儿跑。”玉秀听了就说，她去过了，那个男同学早就出门打工去了，听说现在在广东那边。于是，又有人骂了一句:“真没良心!走了也不说一声。”接着，又有人说:“这倒是证明了，瘫子掉井里，捞起来也是坐着的——没用!我们不能讲什么爱情，这世上根本就没有!”张诗漪与她们想的不一样，她说:“怎么没有?那书上写的，电视里演的，难道全是假话?只不过我们没遇到罢了。也不是没遇到，是现在还没遇到，早晚有一天，我们中会有人遇到。你没遇到，你就不能说没有，像玉秀，没了爹，但别人的爹却还活着，不能说这世上根本就没有爹一样。”听了她的话，大家都有些惊讶与佩服，都夸她懂得多，真是“小秀才”!

从那以后，张诗漪一听到爱情这个词，就觉得特别，反正不能乱说，就像对自家的那个门神似的，乱说了怕是会遭报应的吧。多年以后，刘文蔚听她讲了这件事，告诉她一个词，叫“神圣”。她觉得心里一下亮了，爱情就是神圣！

她看了一眼睡在身边的肖方全，她觉得自己还是爱这个人的，爱着他，上了他的床，那不是爱情是什么呢？只上床并不爱他，那才是“傍大款”吧？刘文蔚给她讲过一个故事，说，和尚出家时，都要刮掉头发，还要在头上烧戒疤。这个她懂。刘文蔚接着说的她就不大懂了。他说，庙里的住持还会在烧过戒疤后问：“汝能持否？”什么意思？是问你能不能持。什么是“持”，一是指能不能“坚持”，二是指能不能“把持”。坚持就是一直做下去，把持呢，就是不受外界的任何诱惑。俗话说，就是有主心骨。张诗漪觉得他说得太好了。“一个人活在世上，穷也罢，富也罢，心里一定要有要坚持的东西，不然，就会被外力压扁。正像人必须有胸骨和肺泡支撑着身体一样，没有这些支撑，人就会被大气压压成一张纸。”他还这么说。她佩服死他了！那天他要是胆子大一点儿，她也绝不反对。她又想起凌菲做的那个梦，想，要是肖方全死了，会不会也托梦给自己呢？她立即被自己这个想法吓了一跳，靠！怎么能把一个大活人想死呢？

这一夜，张诗漪想起许多往事与故人。这些往事与故人，她原本是想忘记的。可是今天，她似乎才明白，有一些事和人，自己是一辈子也忘记不了的，它们就像你心脏的跳动声，只要你活着，它就存在，平时你可能感觉不到，但一静下来的时候，它就震响如鼓！

十二

那几个游手好闲的同学从吵窝子中拉走了陆相。几个人一商量，都说陆相今天不顺，要请他去洗澡。这个提议使陆相顿感浑身瘙痒不适，立刻就同意了。几个人来到“双清池”，痛痛快快地洗了个澡，都出了一身大汗，身子都洗软了。从池子里出来，哥儿几个又泡上一壶茶，躺在浴室的床上，休息了半天。及至出来，已是镰月初上，万家灯火了。陆相要请大家吃饭，几个人都不好意思叫他现刻回报，就都推三阻四地走了。

陆相和这几个小弟兄告了别，就一个人从“双清池”门口向左拐，往家里走。走过纸街、估街，在铁匠坊巷口，忽然见到一个新开张的小酒馆。酒馆的门面很别致，好像是一根根去皮原木搭起来的木头房，门楣上吊着一盏四角玻璃方灯，门口挂着一块树皮做成的店招，上边写着：“倦后知”，真是古朴雅致。

别看陆相是个小巷糙人，可他还喜欢这些别致文雅的东西。进了店来，环视了一周，陆相不由从心里赞美一声：“我操！”

墙角的空调，正狠命打着冷气，陆相刚洗过澡，又经街上暑热熏蒸，进入这样一个清凉世界，顿感凉爽惬意。店内的一切，给人一种历史沧桑之感：一律的白条木桌椅，桌上放置着凸肚酒壶、黑黑的粗碗，还有一只高脚瓦灯盏。迎面的墙上，挂着一幅书法作品，写的是辛弃疾的词：

莫避春阴上马迟，春来未有不阴时。人情展转闲中看，客路崎岖倦后知。梅似雪，柳如丝，试听别语慰相思。短篷炊饭鲈鱼熟，除却松江枉费诗。

字写的是正楷，颜风柳骨，很好认，所以陆相全都认识，不觉默读了一遍。内容虽说不大懂，但他感到这个小酒馆的主人泉眼很深，若不是个文化人，肯定也逢高人指点。他一进门就有点喜欢这里，及至进门环视说了那句“我操”以后，他就决定在这里小酌一杯了。

坐在这里十分凉爽，陆相不觉想起，自己这些年来应酬是不少，可老是陪生意上的客人喝酒吃饭，已经好久没有自斟自饮了。陆相感到，自斟自饮与摆宴席大不相同。宴席是为了交易，不论你是东家还是客人，都需要满脸赔笑，满座应酬，说很多咸淡的话，很累。自斟自饮就不同了，愿意吃什么吃什么，愿意喝什么喝什么，没人劝也不劝人，可以大口灌，也可以小口抿，可以挖鼻屎，也可以抠脚丫。当然这不雅，雅的也有，可以举杯邀明月，对影成三人，可以把酒问青天，可以长安街头酒家眠，反正自由自在，任我独行，老子天下第一。

自古人是英雄酒是胆，武二郎一连喝了十八碗才过冈，古代还有个杀狗的，叫什么名字忘了，好像是姓樊，后来跟着皇帝打天下，他说过，老子死都不怕，还在乎你一碗酒?！这才是真正男子汉气概！

陆相就这么杂七杂八地想着落了座，他想到那个杀狗的古人的时候，刚好服务生来伺候他点菜，他不觉露出思想深处那杀狗人的气概，狠声恶气地说：“拿酒来！”孔庙这个地方，鱼龙混杂，不小心走了眼就会有后果。因此，那个服务生虽然觉得眼前这人好生奇怪，但也不敢怠慢，一溜小跑地伺候他。

他要了一盘花生米、三个咸鸭蛋、一盘凉拌黄瓜、一盘糖渍西红柿，自斟自饮起来。

其实自斟自饮的真正好处是可以自由自在地想心事。陆相端着杯，想起了第一次喝啤酒。那时啤酒不大有人喝，也很便宜，散装的一升五毛钱。父亲在孔庙前街花了一毛三买了一包阿尔巴尼亚烟，然后带他到了孔庙街上唯一的一个有啤酒的馆子，那天父亲喝得很多，也让他尝了一口，真是马尿味。

他又想起老头曾经说过，过去，这里有说书的，有一个号称活武松，叫个王少堂，专门说《水浒传》，那时听一场书两毛钱。后来，他看了

《水浒传》，武二郎那真是顶天立地的大英雄，胳膊上跑得马，还有什么什么地方立得人，想不起来了。反正，现在的人和他一比，都得羞得无地自容，有的得活活羞死！可是这样一位英雄，在柴大官人庄上遇见宋江的时候又是何等落魄？宋江也很落魄，他杀了阎婆惜才流落江湖。古往今来事全坏在女人手里。他妈的老子也是一样！忽然就变了，变得根本就让人难以意料。老子竟他妈的破了身，让另一个女人占有了！

陆相想起自己和陈蓉的事来，心中竟产生了一种悔意，也就对她生出了一种恨意。他绝对知道自己是什么时候开始后悔的，就是第一次的那一天，准确地说就在他们发生性关系之后的那一刻。

“不许报错啊！你要是敢蒙我，看我怎么治你！”陈蓉竟在床上袒露着就和陆相算账，让他把这趟去南方的开销详细报给她听。“以后我当家！”她坚决地说。这话使无拘无束惯了的陆相十分反感。但当时他也没说什么。可是后来，这个女人果然如她自己所说，常常为一些小事和他赌气，有时是不吃不喝，有时是不让他贴身。有一次，陆相和几个同学聚会，晚上她没找见他，就和他吵。陆相就哄她，说是几个同学喝酒，也没有女的。没等他说完，这个女人就给他一巴掌，说：“我就是不允许你跟任何女人在一起，你这种人我还不知道？见了女人就走不动。”陆相听了就回了她一句说：“我操！”

这句“我操”明显带有一种鸟不悠的口吻，陈蓉听了，猛地就要扑过来撕打他，被他一闪闪开了。这女的就像是被强奸了似的大哭小叫起来，指着他的鼻子连骂十骂：“你他妈有两个还不够?！你真以为你是贾宝玉呀？对你这种人非要按住脑袋抠住腮不可！”陆相觉得她就是被人强奸了也不会如此哭天抢地！

事后陆相连说十说：“我操”，他这会儿要表达的，是一种悲愤，一种被强奸的悲愤！陆相觉得男人也有贞操，自己竟被这样一个女人引诱得失了身！一失足成千古恨，再回首已百年身！男人对于女人，在你没和她睡过觉以前永远也不能产生正确的认识。和她睡过之后，他才开始了解到她是多么令人生厌！这个像发酵面包一样的女人，躺在床上就像四下潽开的面团，贪婪地等着你，要你。完事之后她会说：“我要你，是要你证明你爱我！”他妈的，她就这样以掏空你的身子来证明她的可爱！

他厌恶，但是他没法拒绝她要他。她是那样丰满，那样香艳，那样贪婪，不知满足，她在床上又是那样花样百出。他一见到她就生出无限的肉欲，在她的引导下，他玩不够。接下来就开始恨自己，恨自己不能拒腐蚀永不沾，恨自己不能管住小小一根筋，犯起错误就不轻。

刚见到的时候她多好，清风白月，楚楚可怜。可是也就五六年时间，她却长成了这样一个人，身材丰满香艳却是贪婪成性。“可怜之人往往最有可厌之处。”绝对真理！可怜的女人，大都生活在不幸或不公之中，或曾经生活在不幸或不公之中，生活怎样教育了她，她就怎样生活。坎坷中养成极重的防范心理，像一只母鸡，把别人都视如苍鹰，时刻提防着他们从天而降，带来新的不幸。于是，她们就多了机警。为了改善生活，她们又不能吃亏而且贪小，因此，也就没了善良。艰辛的生活还需要披荆斩棘，这把她们打磨得雪亮飞快，因此，她们往往处世刻薄。陆相感到和自己缠上的这个女人就有着这样的性格与本质。一个多么令人震惊的混合物！他觉得这也许就像吸毒，上瘾，想戒又戒不掉，想丢又怕丢，他的内心产生了一种爱恨交织的痛苦，一会儿火热，一会儿冰凉，水火攻心，痛痒难耐。

他和陈蓉的事不仅使他痛痒难耐，还令他深深地自责，他感到自己最对不起的就是凌菲。说他和凌菲是青梅竹马一点儿也不过分。就在凌老师给他起名为陆相的第二年同月同天，凌家阿姨生下个女孩取名凌菲。同月同日出生这事其实满院的人都知道，只是一时疏忽，没人提起。后来不知被谁渲染，于是，大人们就拿这两个小把戏开玩笑。

比如，樊大妈就拎着陆相的小鸡鸡说：“小相，想媳妇不想?”

陆相先是傻傻地说：“不想。”

樊大妈不依，说：“不想？那就割了你的小鸡鸡。”

陆相就傻傻地说：“想。”

“想谁?”

“想……”

“笨蛋！连你媳妇是谁都不知道？想小菲！是不是?”

“是。”

哈！哈！哈！围着的大人们就开怀大笑。

到他们六七岁的时候，他们过家家，别的男孩女孩常扮作夫妻，他和凌菲不，他们常扮作母子。他用尿和泥，给她做几个小盆小碗。她呢，就在家里给他假模假样地做饭。有时候，为了过家家，她就央求父母让她炸炒米，她把炸炒米当成给他做的饭送给他吃。“吃吧，吃吧，吃饱了快长大。”她用从她家人那里听来的歌谣来哄他。那时候，大米是很金贵的，炸一锅炒米也要一毛钱呢。整个院子，也就凌家炸得起吧。

上学以后，他们还是同来同往，蹦蹦跳跳地上学，蹦蹦跳跳地下学。有一次，在学校门口，来了一个卖红杏的。小商贩把杏子染红，逗引小学生来买，一分钱一个。那时小商贩和炸炒米的一样，也都下放了，他们在城里早已绝迹多年。生而为一个江城人而没吃过这些小东小西，他还算有童年吗？小菲当时只有一分钱了，她买了一个给陆相吃，自己却在一边直咽口水。陆相不忍，让给她，她不要，说：“我不是馋啊，我是看你酸得受不了。”

五六年级以后，他们有了男女界限，忽然有一天谁也不理谁了。那一年夏天快放暑假时，孔庙街头，忽然来了一些卖“叫油子”的。江城人管蝈蝈叫“叫油子”。这也是多年不见的事物。他们挑着跟陆相一样高的竹架子，上边挂满了篾子编成的小笼子，笼子里装着吵闹的“叫油子”，三毛钱一个。陆相趁父亲上厕所的机会，从父亲的烧饼摊上偷了三毛钱，此前他从来没有偷过任何人的一分钱。他买了一个“叫油子”。多好啊，翠绿的身子，黑乎乎的铁头，叫起来“钢、钢、钢”的。那笼子编得也太好了，焦黄的篾子编的，玲珑小巧，上边还吊着一根红绳。

他正拎着这只笼子往家走，小菲急匆匆迎面跑来，一见他，就喊：“快！快！快！把这个给我，你爸丢了钱，正找着要打你呢！”她不容分说抢过他手里的“叫油子”笼子。他还犹豫，不大愿意给她。这时陆家良奔了过来，见到陆相举手就要打，小菲说话了：“陆伯伯，你看，我叫小相给我买了一个‘叫油子’。刚才你不在，卖‘叫油子’的又不等我们小孩，我们就在你的摊上借了三毛钱，一会儿我还给你啊，你可不要说我们是偷啊。”陆家良的手举得高高的却没法打下来。

还有一次，陆相在街头闲逛，忽听有人喊："潘西！潘西！身材真不错啊，水色好！过来聊聊哎！"陆相一看，原来是几个杆子抱着吉他在"钓鱼"，就是在大街上勾搭、调戏妇女。仔细一看，他们调戏的竟是小菲。陆相走过去对那几个杆子说："别脏哄，这是我家门口的。"几个杆子不认识他，都吊着眼睛看他，还说："什么鸟杆子？管你鸟事？"双方言语不合，很快动起手来。一顿拳脚相加，混战之中，陆相一把夺过了那把吉他，用它狠狠地砸了为首的杆子，把他的脑袋打开了花。不过自己也受了伤，疼倒不要紧，最倒霉的是眼上挨了一拳，以致右眼成了熊猫眼，丢人现眼了好几天。那一年，那一年大概十七岁吧。小菲为他的眼很忙了几天，"我带你上医院。"她从不说陪他干什么什么，她说"带"！

后来，后来又上了两年学，又在家待了两年，就到孔庙前街卖服装了。这些年，小菲却考取了江城师范，成了大学生。不知从什么时候开始，老头常常暗示说存了点儿钱，等着抱孙子。每一说到这块，陆相就烦一下，皱着眉头说："别烦，烦死了。"其实他并不烦，呛老头一句，是因为在自己老头面前磨不开面子，而且，他心里也早就有了人。这个人当然就是凌菲。虽说小时候的事当不得真，但都长大了，两人也没少明修栈道，暗度陈仓。陆相每次从广东、福建回来，都给她带一些新鲜的东西。比如，他曾从深圳给她带回来一块电子表，虽然只有三块钱，但式样在江城却绝无仅有。他还从石狮给她带来一本全版没删节的《金瓶梅》，很重，像个大砖头，重倒没什么，最害怕的是途中不断有人查，几次差一点儿被查出来。小菲见了如获至宝，连声说："我都老了还没看过这本书！劳伦斯说过，每一个十六岁的英国少女都应该读《查泰莱夫人的情人》，可是咱们中国却连这本书都不让看，真是太落后了！"陆相不知道什么"捞什丝"，说："我觉得中国人都说是'劳什子'。"小菲听了就笑，微微的。小菲从不大笑，总是微微地笑，让人看不懂，也让人总想看。不像陈蓉，一笑起来你就知道是讽刺，还是高兴，是嘲笑，还是开心或生气。

有一天，小菲大学刚毕业。小菲带他到城北的一家电影院看电影。看完电影，他们到"菜根香"吃包子。包子端上来，两人吃着，小菲就鬼鬼地看着他，问："大亨，最近财气如何？"

陆相老老实实地回答说：“不好。”

“那商场失意，情场一定……啊？”她又鬼鬼地笑。

陆相说：“什么情场？我还是童男子呢！”

“跟你一块儿干革命的那位没有破了你的戒？”

“大学毕业生啦，怎么这样说话？”

“这样说话怎么了？是不是没有那位说话好听？”

“这……”

“怎么了？点了你的哑穴了？”

“你知道我读书不多，说不过你。”

“哼！不敢回答了吧？”

“我们只是商业关系。”

“商业关系？哈！这词编得好！蛮能说的嘛！还商业关系！说得好听。常言道，流水无情，落花有意。你当心点儿。我看那位总想找个垫背的。”

“垫背的？”

“是呀，人家从农村来包围城市，还不想在城里找个地下联络站？钓上你了！”

陆相听了这话忽然哈哈大笑起来：“脏讲！我这鸟样，谁看得上？”

“要是有人看上呢？”

“那就抓紧，趁那树上还没有鸟儿。”

“什么意思？”她警惕地问。

“树上的鸟儿成双对哎……”他为她唱了一句《天仙配》。

她放心了，停了一会儿又说：“哼！抓紧？这事是抓紧就能干成的？抓得住人，抓不住心。最近，我们学校有一个女生，和一个卖服装的小老板谈恋爱，家里不同意，两人说好吃药殉情，那个女生一下吃了三十六颗安眠药，可是那个男的，把药吃进去又吐出来了。结果，那个女生死了，那个臭小子倒活得很自在，听说最近又找了一个，也是卖服装的个体户。”

陆相听得瞪大了眼睛，说：“卖服装的？是江城的？我怎么没听说过？你编的吧？怎么偏偏就是卖服装的？”

“说明你们卖服装的心黑呗！”

“肯定是你瞎编的。现在这个世界上还有为爱情吃药的吗？什么叫爱情都不懂！”

“那你说什么是爱情？”

“这个……一言两语也说不清。反正我觉得是一种……怎么说呢，你见了那个女的就心里发软，发酸，不是语言行为什么的发酸，是心底涌出一股又酸又软的感觉，这种感觉很奇妙，我说不出来，反正你会觉得她很弱小，你要保护她，哄着她，宠着她。我说不好。反正是使你更像是个男人吧。”

“我有没有使你更像个男人？”凌菲眼睛直闪闪地盯住他，逼得他不敢正视。

“我吃饱了，你呢？”陆相看着别处问。

凌菲突然发火了：“吃饱了！吃饱了！就知道吃！怎么不撑死呢你！”说完她就站起身来跑了。

陆相拔腿要追，却被服务员拦住了，等他付了款，追出门去，连追十追也没追上。

从那儿以后，陆相知道小菲对自己有意思。但他也知道，自己只是一个服装个体户，虽然并不感到自己配不上她，可他心里明白，凌老师是不会同意小菲找自己这样一个人的。于是，他革命加拼命，拼命干革命，为的是挣一份家业，显示自己的能力、实力，有朝一日把这个儿时的伙伴娶回家，做压寨夫人。

从那儿以后，他们就成了真的恋人，先是偷偷摸摸的，后来渐渐公开了。当然，他们俩的事确实遭遇到了凌家种种非难，那重重阻力，难以尽述。可是并没有阻挡得住他们。他们之间有了第一次握手、第一次相拥和第一次亲吻。他们买了床，买了柜，买了电视机、电冰箱，买了种种结婚用的东西。他们选好了日子，等待着新房的开张。

把陈蓉和凌菲摆在一起，他就会感到心脏像是被戳了一刀！凌菲关爱他，给他买来哪怕仅是一盘水饺或是一根油条，也总是坐在一旁默默地看着他吃。更多的时候，他们在一起就是说话。他爱听她说话，她所说的，有时是他完全不了解的校园生活，有时就是家长里短。他也把自己的事告诉他，无须隐瞒，因此也就没有欺骗，思想没有压力，交谈十分放松。但是，最糟糕的是，他和她相拥相吻，冲动却不大，甚至不想解她的衣服！由此，他不能判断自己是否爱她。这种困惑，使他的心底疼得发颤。有一次，他的一个同学因为女朋友把一只钱包送给了另一个男生而大光其火，他觉得非常奇怪。他没有这种体验。小菲常当着他的面送东西给别的男生，比如，她曾经把他给她的电子表送给了一个同班的男同学，还告诉他说，这个同学做物理学实验没有表计时，他竟毫不在意。他觉得她就是这样，对谁都充满同情，关爱他也关爱周围的人。

陆相记不清现在是喝第几杯了，他的脑子更加混乱了，他的双眼也散起光来，看周围的一切都模模糊糊的有了诗意。陆相就这么喝着想着，真是思如乱絮，意如飘风！渐渐地他的脑子有点儿不能做主了，他伸出去端酒杯的手也不大灵光了。不远处，服务生警惕地注视着他，一发现他朝他看却又连忙把目光躲开了。

喝到第四瓶的时候，昏昏沉沉的脑海里忽然像开了一道裂缝，里边一股烟似的冒出了——老言！老言，言志平，你也太拿人不当人了！就算那把鸟壶是假的，可它坏在你手上！怎么说你也该知恩图报，手下留情，把那二十包衣服给办一办，也算这么多年邻居，也算给我一点儿面子！没想到脏污，还下个红头文件！真是玩人不煞渴呀！你不仁老子就不义！

陆相狠狠地想，狠狠地喝，酒精烧得他五脏六腑腾起烈焰，满脸烧得又热又红。他猛地站起身来，想说那一句最近从广东那边传过来开始流行的话，但却怎么也想不起来了，吭哧了半天，还是说了孔庙地区算账时应该说的那句老话："交钱！"

服务生哪儿敢怠慢，连忙递上账单。其实早已把钱给他算好，只等他这一句话。

陆相付了钱，站起来感到肚胀，狠狠地勒了勒腰带，昂首阔步地走出"倦后知"，大踏着步向老船板巷走来。

此时已经是夜里十一点多钟，老船板巷四号院的大门已经关了，里边住着的人家大都已关门闭户，盥洗完毕，即将就寝。陆相醉眼蒙眬，走上台阶，使劲儿一推，原来院门虚掩，他一使劲，差点儿摔了进去，搞一个狗吃屎。他手扶住大门，站稳了脚跟，用另一只手抹了一把脸，拧了拧脖子，似乎清醒了一点儿，估计能控制住自己不至于摔倒，这才脚步踉跄地往院里走。他好不容易走进第三进，摸着感觉是门，就拼命地拍打起来。“啪！啪！啪！”嘴里还高声连喊十喊：“姓言的！你给我出来！”

夜半之际，打门声和叫板声分外响亮，四号大院内家家户户顷刻之间都拉开了电灯。老言趿拉着鞋鬼急慌忙地打开门，其他人家都伸头探脑，披衣拽襟，前后脚走出门来，惊恐不安地互相探问。

老言使劲儿睁大了眼才看清是陆相，心下稍安：“哎呀，是你呀，吓了我一跳。这深更半夜，在哪儿喝的酒？走错门了吧？你们家在那边。”

“姓言的！你给我少来这一套！你干的这缺德事太他妈的没屁眼儿了！”

“哎……”老言被他骂得不知说什么好，一边擦着他喷到脸上来的带着恶臭酒气的唾沫星子，一边吞吞吐吐地问：“你怎么张口骂人呢？老陆，老陆，你快来看看，你们家小相醉成这样了，还骂人。”

陆家良从人群中站了出来，一把拉住陆相说：“你要死啊！”抬手就要打他。不想被他一挣，差点反被他搞了个趔趄。“哎，哎，你个小炮子子，你想干什么？”

陆相没工夫理他家老头，只对言志平说：“骂人？我还要打人呢！”说着就拽着老言的衣服领，扬起了拳头。

一见他真的要打人，衣冠不整的老邻居们纷纷走上前来，凌老师上来拉架，篓子大声指责起他来。

“别，别，有话好好讲嘛，都是老邻居。”

“小相，你是不是当了活闹鬼了？敢打工商所长？啊？你搞得不得了了！”

陆相不吃这一套，他倚疯作邪，拽着老言不松手，人越骂他，他越要打，手上握着拳，胳膊扬得高高的，一脸气势汹汹。

老言挣了几下没挣脱，便说：“你先放手，我也不跑，你有什么话好好说。”

陆相手扬得高高的，说：“我他妈的说什么说?！我那二十包衣服，八万多块！有你他妈的这样的人吗？没这个量，摆不平，你就不要收别人的礼呀！又想当婊子又想立牌坊，这是人干的事吗？”

老言一听急了：“哎，哎，你可别血口喷人呐！我什么时候收你的礼了？噢！你是说那壶不是？你那是假壶！还当×宝呢！这事军区首长、省里领导都看见了。”

此时，陆相多少有了一点儿清醒，他觉得这么多人看着，拽着他脖领子的这只手不能松，扬起的拳头打不下去，这样僵持着，那才是他妈的活丑！于是，他又狠命将已扬到极限的那只胳膊动了动，意思是把它扬得更高，做出一副恐吓的姿势。

这时，老言在围观的人群中看见了老婆孩子，他就觉得这么让人拽着，实在有失为夫为父尊严，所以，他使劲儿挣扎了一下。这一下过于猛烈了，以至于他的右手高高举起，挥舞过了度。

这给陆相一个错误信息，以为他要挥拳打来。陆相急忙一闪，右手一扬，给老言左下颏结结实实地来了一拳。打得他“噔、噔、噔”倒退了好几步，正好倒在老婆的怀里，嘴角上顿时渗出殷红的血迹。

这下老言急红了眼，他像一头发了疯的狮子，挣脱了老婆的搂抱，眼怒筋暴地向陆相冲去！

但是，老言毕竟当了多年工商所长，平时颐指气使惯了，真的动起手来，全然不中章法，张牙舞爪，笨手笨脚，出拳次数不少，全都打不中陆相的要害。相比之下，陆相身材瘦小，体态灵活，腾、挪、闪、跳，好几次机灵地躲过老言的拳脚，反而还抽空给他一拳，占了他不少便宜。老言急中生智，一下抓住陆相的衣服，和他撕撸起来。这时陆相才听见，老言的老婆和女儿言红正在口口声声地大骂自己。“打这个臭流氓啊！”“这个武二逮鬼，打！这个活闹鬼！打！”

陆相一走神，被老言钻了空子，他腾出右手，挥拳向他打来。陆相回过神来，看到老言的拳头已经到了眼前，他情知这一下躲不过去了，便狠狠地闭上了眼。

可是过了一会儿，老言的拳头并没有打下来，陆相睁眼一看，却见半空之中，孔庙派出所民警郑海宁的手把老言的手给攥住了。

“都住手！”郑海宁很威严，“怎么回事?”

老言要说，郑海宁又拦住了：“让他先说。”

陆相气势汹汹地说：“他……”这事怎么说?

“说呀。”郑海宁几分嘲笑地看着他，“喝酒了吧?”

“没喝多少。”

“没喝多少?！没喝多少能这样？发了？连老邻居都认不识了？你这是犯法，你知道吗?”

“犯什么法了?！”

“犯得还不轻呢！不是我吓唬你，第一，你这是夜闯民宅，这还不犯法？公民的生命财产安全受法律保护，你跑这儿打人，这叫威胁他人生命安全，这还不犯法？那还要我这个派出所干什么？还有，你这是暴力胁迫国家公务人员，对收了你的旧衣服不满，还是啊？你这事闹大啦。走，跟我走一趟吧！”说着，在他背上推了一把。见他不动，又说：“不走是吧?老言，骑我的车子，到派出所多喊几个人来。”

陆家良见要带人，连忙说：“海宁，海宁，你也调……”

“调查是吧？我都看见了，这还用调查吗？走。”

陆相现在酒劲全醒了，他直呆呆地看着郑海宁，说：“你来抓我?！”

“你醉成这样，又打人，还能不带你走?”

“哼！你来抓我?！”这时他看见了人群中衣服不整的凌菲，她用一种特别的哀怨的眼神瞪着他。

“好，好，好！”陆相忽然跌软了，但口气却反而更加强硬，“走，哥们儿跟你去。走啊，你他妈的还愣着干什么?”陆相被郑海宁带走了。

走在路上，陆相忽然想起那句广东话来，对了，那叫“埋单”！

这一去，他好几天没回来。

十三

这件事在孔庙前街传开了！

小商小贩们听说陆相被派出所带走了，一时口耳相传，物议沸腾。有的说，陆相打了言志平，有的说言所长打了陆相，知道点儿底细的充满怨气地埋怨，老言收了陆相的东西又没给办事！和陆相关系不错的为他扼腕叹息，这一下鸟了，赶快找人吧！整整一个上午，孔庙前街飞短流长，说什么的都有。时近中午，这件事越编越圆成了故事，为孔庙前街上那些因日复一日没得新鲜事而闲得蛋疼的小商小贩们增添了扯淡的话料。最后，他们公认了这样一个版本：工商所长言志平收了陆相的重礼，为了吞掉，自己撕了自己的官服，反诬陆相打了他。派出所的警察向着所长，这就不用说了，更为可气的是，这个警察，听说姓郑，还和陆相抢着老婆，因此就挟嫌报复，连夜把陆相从家里掏出来带走了，听说还要判。

这个故事，张小菊最后一个听到。今天早上陆相没来，表姐也没来，她不以为怪。这在陆相是经常事，他出差什么的也不会对她讲。表姐虽说不来的时候不多，但自从她来了以后，表姐也有几次没来过，事后她一问，表姐就抢白她说："少管闲事，管闲事受闲气知道吗？我要你来干吗？拿着我的工资管我来了？真是的！"从此，她就不敢再问她的事。所以，她没来，她也就没往心里去。

不知为什么，那天没什么顾客，张小菊就抽空看她找旁边修表店小伙计借来的那本《男人的一半是女人》，这是一本新出的书，据说写书的是一个大右派，在荒山野地里吃了不少苦。不过，这书写得厚，张小菊有些看不懂。她还是佩服那个叫马什么的女人，越看越急于知道后边的事，所以她看得挺快，一目十行。

快到中午的时候，隔壁卖磁带那小子来了。他虽然因为吃了陈蓉的豆腐挨了嘴巴，还和陈蓉吵了一架，但他好像全没放在心上。其实，张小菊早就把他看透了，这小子都瘦成精了，皮包骨头的，还成天耷拉着头，走路都没得声响，鬼鬼祟祟的，就是家乡话里说的那种人，叫“青皮萝卜紫皮蒜，仰脸的老婆低头的汉”，最难斗了。绝对是想表姐的心事，打表姐的主意。所以他一进来，张小菊看了他一眼，就又低下头去看书，没有给他好脸色。

可这小子全不介意，小心翼翼地赔着笑脸，说：“哎，老板娘呢?”

“你哎谁呢?”张小菊放下书，抬起头，一脸愠色，“扫帚还有个名哩，你这么大的人不知道买东西要招呼一声?”

受了一顿抢白，这小子倒不生气，笑模笑样地说：“好，好，好！算我错。好了吧？那我们先认识一下吧，我叫袁源。”

张小菊听了就忍不住笑了起来。

“笑什么？真是。”他被笑得有些不自在起来。

“还‘圆圆’呢？我看你像个牙签。”张小菊不屑地打量着他说。

“别开玩笑，别开玩笑。这个玩笑开不得，你知道什么叫牙签？真是的！好，咱们说正事。你表姐上哪儿了?”

张小菊有些惊讶地看着他：“你怎么知道她是我表姐?”

“这，你就不用管了，我还知道你叫张小菊呢！”他几分显摆地说，“等她来了你告诉她我找过她。”

“我不管。她来了你自己不会跟她说？这么近，就在隔壁。”

“咳！你不知道我俩昨天发生了一点小误会？今天，我可是为了救陆相啊。”

张小菊听了不觉暗吃一惊：“救谁?”

“救你家店老板！救谁?”

“他怎么了?”

“你还不知道？真不知道还是假不知道?”

“他怎么了?”张小菊有点儿相信了他的话，越发急了。

于是，袁源一五一十地把他听来的这个故事最公认的版本讲给她听。讲的时候不觉又添油加醋地加上一些枝叶，比如，他把那个警察描绘得像个色狼，见女人就上。不给他上，他就利用职权整你个整歇！他使这个故事更加生动了。

啊？张小菊听了不觉大吃一惊！这么大的城市竟然有这种事?！这叫欺侮穷人哪！她听了这个消息，心中涌上一股莫名其妙的紧张，整个一下午，她都神情恍惚地应酬着顾客，有好几次把人家要的衣服拿错了。还有一次收错了钱，又追出门去，硬向人家要回五十块钱来，差点儿和那位文绉绉的小姐打起来。她不知道自己这是怎么了，来到江城以后，她从没有这样失魂落魄的。晚饭的时候，店内顾客少了，她才有机会重新整理了一下自己的思绪。她由这件事想到了自己。这样一想，她才明白，起先为什么自己一听到这件事那么心急。原来，这事与自己的关系太大了。

那二十包衣服到底价值多少她十分清楚，这些衣服要是全都没收、烧毁，孔庙前街这个可令自己容身的小店也将不复存在。自己就将如同失巢的鸟，没窝的鸡，没有归宿的流星，少了支点的撬棍。张小菊觉得，这个小店的二楼就是自己的巢，自己的窝，自己的归宿，自己的支点，丢失了它，自己就得回到旧生活中去。就要像照片上的娘一样，在农村一辈子，没见过你卖过的这么新潮的衣服，没见过这么大的商场，没见过奇香阁里那么好的饭菜，那么好的比家里住屋还好的厕所和那么好的一按就“哗啦”一声出水的抽水马桶。你将一辈子，不，几辈子，因为你的孩子、你的后代也都将因为你而世世代代生活在农村。再说，陆相是好人，理当把他救出来。连那个“圆圆”都不计前嫌，急着跑来，告诉你消息，叫表姐找他想办法，拿主意，张小菊你还愣着，这像话吗？陆相对自己不薄。

出了梅以后，陆相每天都要买几个西瓜来，吃的时候总是给她留一块最好的。他还叫她上班的时间穿那些要卖的衣服样子，悄悄地跟她说，这样可以省下你自己的衣服，出门再穿。张小菊自幼缺少家庭关爱，一个缺少家庭关爱的人，最容易为他人的一个小小的善行所打动。在别人眼里，这些善行小得微不足道，而在她的心中，这些善行重于泰山！

搭救陆相，这也是张小菊的性格决定的。在她的身上，那种从农村带来的敢为亲朋鸣冤叫屈的硬气并没有因来城里三四个月而消失，那种遇到严重不公宁死不服的热血也没有凉，更起决定作用的，是那种农村姑娘从传统戏文、民间故事以及父老乡亲的言行中得来的，为自己认为的好人敢于仗义相助，甚至以身相许的传统美德。

此刻，她已经平静下来。急有什么用呢？她买了盒饭，无滋无味地吃了。街上，不知什么时候下起了雨。她这才发现，雨声“哗哗”的，很大，闪电不住地打，雨滴在门面上垂挂成了帘子，店里也渐渐地黑了下来。她猜想今天不会再有顾客了，又听见左邻右舍响起一片“稀里哗啦”的关门声。于是，她也走出去，使劲拉下卷帘门，从里边锁好。她回到二楼上，躺了一会儿，听了一会儿打窗的风雨。忽然就感到一个人很无聊，估计表姐真的不会回来了，她一跃而起，找了一把伞，走出了小店。

她一直向南，穿过一条稍宽的街，来到一条很老的老巷，这就是锁巷。表姐租住的地方就在这条巷子深处。这个地方她来过，上次在奇香阁吃过饭和表姐他们一起来的时候是白天，当时她看到这条几乎只容一人穿行的小巷，两边的白墙上都是斑斑驳驳的雨迹。巷子很窄，白墙上没有窗，因此那墙就显得很高很高。脚下是石头铺成的路，走起来有些硌脚，还带出很大的脚步声。这种小巷和小巷中的步履声，只有在家乡的小镇上才能遇到。这使张小菊生出了一种久违了的亲切感。她喜欢江城城南的这种小巷，她甚至认为，表姐很有情调，很会生活，那天，她还不觉赞美了一声，说：“瞧，你可真会找地方！”

可是，今天不同，风雨交加给了她完全不一样的感受。雨随着风斜着打来，一把表姐夏天用来遮阳的伞，在这样大的雨中几乎是没有用。雨打在张小菊的裤子上，打在她的衣服上，甚至她的脸上。风刮得伞东倒西歪，令人几乎撑不住。张小菊的双手紧紧地拉住伞把，身子随着它前躬后仰，这才用它挡住一点儿刮在脸上的风雨。走出店门不久，张小菊的裤管就潮了。穿过那条稍宽的街以后，她的上衣也潮透了。风吹在身上冰冷，令她身上寒毛倒竖，直打冷战。走近小巷的巷口，这里是个风口，风雨打着旋儿使劲裹着，那气势像是要夺她手中的伞。好不容易走进了小巷，风雨小了一些，但两边墙檐上落下来的雨，打得雨伞“哗啦啦”地一片山响，不时还有一道电闪雷鸣，这闪电曲曲地从天而降，像一柄寒冷的丈八蛇矛直插顶骨，令人恐惧，吓得她浑身直颤，手中的伞都差点儿掉在地上。

好不容易走到表姐家的门口，抽出一只手来就拼命地打门。

门开了，陈蓉一脸惊讶地看着她："哎呀！我的小姑奶奶！你怎么来了?"

她让过表姐的身子，立刻就看见了一个根本没想到能在这里见到的人——"圆圆"！

陈蓉一边往里让她，一边解释："快，进来，进来。他是来……来和我商量事的。你快进来把衣服换换，别着凉感冒了。"

她看看表姐，看看"圆圆"，发现他们俩的神色都不太正常。她盯了表姐一眼。表姐避开了她的目光，连忙把她引进里间，张罗着给她换衣服。等她换好了衣服，随表姐从里间出来后，"圆圆"已经非常自若了，可以说是气定神闲，正跷着二郎腿吸烟呢。

"你来干什么?"张小菊很不客气地问。

"我怕你不替我转告，所以就自己来了。"袁源正儿八经地说，跷着的二郎腿也抖了起来。

"别小狗鼻子光问（闻）别人，这满天大风大雨的，你怎么来了?"表姐问。

这一问，问得张小菊鼻子一酸，眼泪都快下来了。于是她急急忙忙把从"圆圆"那里听来的消息又向表姐说了一遍。

表姐很沉着，说："这些我都知道了。袁源真是大好人，跟我闹了点儿误会，还特意跑来把消息告诉我。"说完她就向袁源报以一个带着歉意和感激的微笑。

袁源随意地摇了摇手，脸上也含上了笑。那神态仿佛是说这都是小事，不值一谈，何足挂齿。

"那怎么办呀?!"张小菊着急地问。

"我们这儿正商量呢，着急吃不了热豆腐，这事闹大了，得想个好办法。"

"你们想出什么办法了没有?"

袁源开口了："活人还能叫尿憋死？有矛就有盾嘛。我和你姐商量好了，用点儿钱托托人，争取把那二十包衣服要回一部分来。我认识一个哥们儿，他爸是市里工商局的，官大，能管着言志平这些人。"于是，他就把他怎么认识这个人，这个人又是多么管事，详详细细说了一遍。

小菊听了半天才明白，原来他的主意就是花钱找人要货，怪不得表姐对他这么热情呢！她觉得不满，就问："那陆老板呢？"

"这个……"袁源看着表姐，眼神鬼鬼的。

表姐说："这你就不懂了，人在派出所，还能怎么样？多蹲几天也没关系。货就不行了，说烧就烧，晚了就拿不回来了。"

"好啊，原来是这样。"张小菊点着头拿腔拿调地说，话说得意味深长。

表姐被她搞得有点儿不自在，盯住她说："那你说怎么办？"

"我说先救人！有了人就能有货，有钱，有一切！"她斩钉截铁地说。

"小妹妹，我说句不好听的话，你这是跟自己过不去。"袁源不紧不慢地说，"我问你，眼前遇到一座大山，是翻过去还是绕过去？这叫遇到困难绕着走。你姐为了这批衣服已经进去好几万了，再不捞回来一点儿，那她这几年算是白来了，白干了。"

"白干了就不说了，没有钱，陆相还是救不出来。"

两人就像是演对口词，你说上句，我接下句，不知不觉之中说得张小菊彻底没了脾气。她觉得他们的想法也对。

可到后来听那个袁源老是说那几句车轱辘话，还赖着不想走，张小菊便老大不高兴，心想你也该走了吧，于是就调皮地推着他说："你起起身。"

袁源不解地问："你找什么？"

张小菊冷嘲热讽地说："我看看你屁股底下有没有胶水。"

"什么胶水？"

"那一定是焊上了吧？"

袁源这才明白，一脸的不自在，起身告辞走了。

他走了，陈蓉把她埋怨了半天。张小菊这才神神秘秘地把自己对这个

"圆圆"的想法告诉表姐，说他在打你的主意。谁知表姐听了不以为然，只是轻描淡写地说："我都知道了。"想了想又说："你真不该得罪他。反正，多个朋友多条路。"

第二天，雨没停，一会儿大，一会儿小，就是不肯停。江城这个地方就这样，雨一下起来，三五天不停是常事。一大早儿，张小菊撑着那把伞从表姐家回来，到了小店还不到七点半。忽然，她看到店门口房檐下蹲着一个人在吃油条，身边竖着一把伞，伞尖戳在地上，滴出一小片水渍。她走近了才看清是个老年人。老人抬起头看见她，似乎想和她说话，连吃十吃，松弛的腮鼓起了两个皮球似的肉丸。张小菊有些同情他，虽然他蹲在那儿使她开门不太方便，但她还是撑着伞站在他的面前没有开口，想等他吃完了这一口，再请他让一让地方。

老人这一口油条终于咽下去了，歉意地笑了笑，站起身来说："姑娘，你是这个店里的吗?"

张小菊点点头。

"这是我儿子的店。我是陆相的爸爸。"

张小菊一听，赶忙弯下腰拉开卷帘门把陆家良往里请："来，来，请进，请进。我不知道你要来。"

陆家良抄起那把伞，跟着她走了进来。拿过油条的那只手，油乎乎的没有地方蹭，他犹豫了一下就往头发上抹了抹。

这个动作使张小菊感到很亲切，她立刻就由此想到了自己的父亲。他吃完带油的东西，也是这样，手总爱往头发上蹭。

陆家良没注意她的神态，这是他第一次来儿子的店，进了门就一直在四下打量。平时这个小炮子子好像是跟家里人有仇似的，生意上的事从不让人过问。店内，墙上挂满了花里胡哨的衣服，除了前面的门，连个透气的窗也没有。北墙角老黑的地方，有一架木楼梯直通着二楼。老陆仰着脸往上看着问："这上边干吗?"

"我住。"张小菊以为他想上楼，就陪他往那边走，"我在城里没有亲戚，只能在这住。其实也蛮好的。"

"噢!"老陆没再多说什么，也不打算上去，身子又随目光转到了柜台前。

“来，老伯，坐，坐。”张小菊很热情地让着他。

老陆坐下了问：“小相没得在吗?”

小菊摇了摇头：“没回来。”

陆家良盯住她看了一眼说：“我走了。”他站起身把头扭到一边又说：“唉！这个小炮子子！正要结婚呢！”说完就走了出去。

送走了陆家良，张小菊把小店里所有的电灯都打开，这一下小店里亮了起来。像这样的小店平时只有靠大照度电灯才能使人看清服装式样、花色、品种，照度小了店内黑漆麻乌。不过夏天一到，这些电灯会增加店内的温度，所以一大早儿，张小菊就要打开吊在店中的电扇。她拿了块抹布，也没去打水把它搞潮，就用它干擦起桌子来。一边擦一边想着老陆刚才的话和那种令人同情的表情。

她觉得自己真的应该做点什么。

十四

张诗漪那一夜有点像失眠，天都快亮了，她还没睡着。当然，天快亮了只是她的一种感觉，在饭店里住着，窗户上都挂着厚厚的窗帘，房间里其实昏晓难辨。她只是感觉到肖方全回来已经好半天了，自己还没有睡着，那就应该是快天亮了吧。肖方全可比那红袍大雄鸡准，不到一点两点不回来。肖方全进来的时候，蹑手蹑脚的，她也就装作睡熟了的样子，闭着眼没理他。后来不知过了多久，她才迷糊起来。可是，刚迷糊不久，她就被肖方全在洗手间里打电话的声音吵醒了。听他的口吻，好像今天税务局的要来公司检查。接完电话，他从洗手间提着裤子走了出来，看了她一眼说："操！那个税务局的又要上供了。"他一边拿起皮包，往里塞着东西，一边没心没肺地问："怎么样?"

"什么怎么样?"

"你那边工地。没什么问题吧?"

这一问勾起张诗漪的一片雄心，冲口就要把自己如何计胜李顺利说给他听。可是，她刚张口说了一句"大获全胜"，他就塞好了该带的东西，转身向门口走了。

"哎……"她叫了他一声。

"回来说，回来说。那个鸟人快到了，我来不及了。"他说着就鬼急慌忙地摔门而去了。

张诗漪一腔兴奋没个地方表达，像孩子做了什么好事没人夸，心里挺不自在。懒洋洋地起来，仔细地梳洗了一番，开上车向江北工地进发。路上，见一个卖热饮的摊点，买了一杯牛奶坐下来喝着，忽然鬼使神差地给刘文蔚发了一个手机短信，还玩了点小资情调，说：被人惦念是温暖的，被人理解是幸福的，感谢你对我的惦念与理解。你最近好吗？我想见见你，我随时有空，请你说时间。人家是大学教授嘛，就该这么跟人家说话，否则，就真像个建筑队的了。开着车，她想到一见面就给他讲自己过五关、斩六将，大获全胜的事，他听了就会那样地会心微笑，眼睛就会那样温和地看着自己，迷迷蒙蒙的，像有一层雾，想到他的目光，张诗漪心里就像被一根鸡毛轻轻地搔过，又痒又舒服。

车还离工地老远，她就见到工地上一片寂静，又没有了往日热火朝天的景象，心里不免有点儿打鼓。她把车停好，下车走了过去，却见民工们都围坐着，三个一群，两个一伙地在打老K。

“这是怎么回事？你们怎么都不干活？”她走近他们，一连问了好几遍。

民工们听了她的诘问，抬起头来，斜看她一眼就又忙着出牌了。

“队长呢？你们队长呢？”张诗漪非常气愤，大声地嚷着。

有一个民工伸出攥着满把牌的手，向旁边一指。

这时，她看见在旁边的一堆人里慢腾腾地站起来李顺焕。

李顺焕见了她，一点儿尴尬也没有，还挺自然地与她打了个招呼，说：“来了，张工。”

张诗漪问他，李顺利哪儿去了？

“队长到厂里去了，你看，”他指着不远处的一根大烟囱说，“有人破坏。”

顺着他的手指，张诗漪这才看到，在这个大烟囱快到顶的地方，挂着一个黑糊糊的东西。

“那是个大筐，我们的工具全给人装进筐里，吊上去了。”

这他妈的真是奇了怪了！张诗漪盯着那高高的烟囱，忍不住骂了一声：“靠！”骂完这一声，她扭头瞟了一下李顺焕，忽然看见他的眼神里竟有一丝笑意！

李顺焕发现她在看他，就把脸掉到一边去了。

张诗漪似乎有点明白了：“这是谁干的？”

李顺焕说："那谁知道啊！肯定是厂里的人。李队长一大早就找他们去了。"

"找他们有什么用？你又没抓住人家。你们自己不会把它拿下来？"

"不敢，不敢。那么高的地方，我们都是握锹把的，又不是架子工。再说，你们也没有给我们上登高的保险呀，万一摔下来，不是玩的。"

"那就这么等着？"

"那还能咋样？死等呗！一会儿李队长回来，看看他们怎么说。"

张诗漪看着那根烟囱半天没说话。三四堆打牌的民工，牌兴大概进入了高潮，吵吵嚷嚷，彼此埋怨，互不相让，乱成了一锅粥。这还不是秃子头上的虱子，明摆着的事？昨天刚扣了你们的钱，今天就有人破坏了？有人破坏那也是你们，没别人！这是下马威呀！五大三粗的汉子，这些裤裆里有把儿的大老爷们儿，却使出这样下三烂的手段！

李顺焕看到她脸上神情不停地变幻，越变越难看，最后竟然出现了一股狞笑，不禁生出一种恐惧之情。他趁她不注意的当口，向着不远处的一间厕所打了一个焦急的手势。

张诗漪没再说话，她向着那根烟囱走去，神态是那样从容，脚步是那样坚定，王八蛋，本姑娘今天就视死如归吧！

这时，李顺利从厕所后边转了出来。他一如以往，脸上挂着谦和的笑，只是为了表示自己此时此刻的心情，脚步有些失态，急匆而踉跄。

"张工，张工。"他越走离张诗漪越近，在离她不远也不近的地方打起了招呼。他打着招呼来到她的面前，挡住了她的去路，谦和地说，这事已经与联合化工交涉了，他们答应派人调查。又说，这也不知是谁干的，今天早上就窝了工，他的心里也非常着急。还说，这事自己也曾试图解决，出价八百元，可手下这帮人都是他妈的胆小鬼，硬是没人敢上。如此等等。一番话，虽然有的地方说得前言不搭后语，但事情是说得明明白白，他这个队长是尽了责任的。

张诗漪一言不发，盯着他的眼，有好几次把他逼得眼神游移，回避到一旁。

听他说完了，张诗漪咬着字说："那就谢谢了。"这一句说得字正腔圆，含有极大的怨毒和讽刺。说完她就迎着他走了过去，逼得他让开了挡着路的身子。

“哎……”李顺利叫了她一声。

张诗漪不理，一直向那根烟囱走去。

李顺利和李顺焕对视了一眼，都显出不能怠慢的神态，颠儿颠儿地跟着走。

打扑克的民工也都把这事看在了眼里，他们早就停住了出牌的手，像一群被惊吓的鸡，斜着眼往这边瞧。瞧着瞧着，也都看出了一点儿意思，见两位队长都跟着走，不知是谁先扔下牌，站了起来，于是，大家也都扔下了牌，纷纷站起，又不知是谁带头，于是，大家也都跟了上去。

站在那根烟囱下，再看它，与刚才在三十米开外看，根本不同。

这是一根废弃了的工业排烟用的大型烟囱，红砖造就，直上云端，底座直径大概有二十多米，上下长度大约在四十多米，沿着墙体，有供人上下的铁梯，锔子一样，钉在砖里。从下往上看，风起云涌，摇摇欲倾，让人眼晕。装着一些铁锹、镐头、铁耙子的大号竹筐就吊在快到顶的地方。

张诗漪晕了！她连忙低下头来，闭上了眼。好一会儿，才从一种欲呕的感觉中缓了过来。

这时，她看到周围的这群人。大多数的人，表情冷漠，只是在人堆里看着。有几个却露出担心的神色，好像心里有好大的不忍。还有那么两三个人，却像是赶集看把戏，脸上带着呆呆的笑，连嘴都张开了。李顺利有点束手无策，仿佛劝也不是，不劝也不好，嘴里喃喃地说着什么，可谁也听不清楚他的话。李顺焕走上前一步，想说什么，可看看他哥，又退回人堆里去了。

妈的！我靠！张诗漪心里骂了一声，她看看自己的手，又低头看看自己的鞋子。这是一双名牌皮鞋，跟不太高，不像平时总爱穿的那双，跟就有十公分。上次撞车以后，她曾经想起那双跟又细又高的鞋，在她踩刹车时，给她添了很大的不便，脚踩刹车，鞋跟却像个支柱，给她以抗力，叫她踩不死刹车，可以说那双鞋也是那次撞车的一个原因。从此，她开车就总是换上这双鞋。

她庆幸自己歪打正着地穿了这双鞋。她抬起了头，不再犹豫，像共产党员赴刑场似的走向了那个烟囱。抓到了离地一人高的第一道把手，有点粗，差点就握不过来，还有点凉，她心里一抖，双手紧握把手，身子向上蹿，可蹿了两下都没蹿上去。她听到人群惊呼了两声。

这时，有人说："脚蹬墙！脚蹬墙！"依着这话，她蹬着墙，手使足了劲向上拉，再使劲一蹿，终于上了第一道把手。这一下好多了，把手的间距小多了，就像梯子，半尺间一道，她开始手攀脚蹬向上爬去。

登了十多级，她感到了风。风，吹动了她的头发，头发老是被吹到面前，遮住了脸，挡住了视线，还刷她的鼻子，痒痒的。她想空出一只手，把头发捋向后去，再挠挠发痒的鼻尖，但是，她又怕只靠一只手抓把手会有危险。她不敢动手，就张大嘴吹，想把头发吹向后边去。可没用，吹不过风。她歪过头去，面前的头发向一边斜去。可另一边又斜了过来，她又想往另一边歪头，但没想到头部正直时，头发也自然垂直了。原来这么简单。她学会了对付风吹长发的方法。于是，每一阵风吹过，她都要偏偏头，像是与风有默契似的。

又向上登了十多级，她抬头看了看那只大筐。它就在头顶，不过，还太远。风吹着它动，晃晃悠悠，一点儿也不安稳，像是随时就要掉下来。它会不会把我砸到地上去？她又向下看了眼，这一眼，又让她产生了要吐的感觉！

下边的人都在仰着脸看她，真的是朵朵葵花向太阳啊！

可是，这一眼，让她崩溃了！她看到了自己的高度，忽然想到，这时候烟囱要是倒了怎么办？她的心狠狠地抽缩了一下，全身发软，手上冒出了凉渍渍的汗，一只本欲向上蹬的脚也打了一下滑，差点蹬不住那铁锔子。那只脚打滑以后，她的心脏犹如破了一样，血液"嘭"的一下立刻涌向全身，耳旁"嗡"的一声，头也大了，眼也黑了，腰腿也全都软了，她紧紧地抓住那根把手，身子向前贴着，闭着眼，一动也不敢动了！

十五

外边下着雨。

凌菲和她坐在文昌阁里，看着眼前冒着阵阵清气的茶，心中充满对陆相的怨恨。瞧瞧，又一个，你到底有几个好妹妹?!

说实在的，凌菲爱陆相。当然不仅是因为青梅竹马。青梅竹马算什么?很多青梅竹马两小无猜的人，长大了以后各奔东西，就是仍然同住一条街一个院，老死不相往来的也大有人在。凌菲爱陆相爱得有些奇怪，在外人看来，他俩一点儿也不般配。陆相他爸在老船板巷口贴烧饼卖，又没有妈，全家是一双筷子俩光棍，家里啥也没有，几把椅子，个个像重伤员，浑身缠满了铁丝，坐在上边必须挺拔着身子一动不动，欠身拿个茶杯，弹个烟灰，都会发出很大的咯吱声。凌菲家就不同了。爸爸是中学老师，妈妈是区医院的护士。老师好舞文弄墨，护士好干净，家里绝对是窗明几净。桌子常擦得能当镜子，椅子上还有坐垫，冬天是棉的，夏天是凉席。床单洗得发白，铺席子的时候，那席子也擦得油红发亮。她爸还订了一份《江城日报》，整整齐齐摆在铮亮的桌子上，说留着给她练大字。果然，到了七八岁的时候，凌菲就开始写大字，先颜后柳，《多宝塔》、《神策军》，数年不辍，写得像模像样。这样一来就磨炼了她的性格，更加文静，秀气，柔情似水。比如，养蚕，她会跑到很远的地方去给它们摘桑叶，回来连汗也顾不得擦就给蚕换新桑叶。她用毛笔把小可怜们轻轻蘸起，放在新桑叶上，直到它们都自己离散去了，她才把毛笔拿起去蘸第二批，细心又温情。陆相就不同了，他也养蚕，但常常烦不了那么多，顾了玩顾不了摘桑叶，他养的蚕就常常饿死，他爸就不让他再养，说他糟蹋生物，将来怕不得好报。

那时候，江水没有污染，蚕结茧后陆相就到江里游泳，晒得像条黑驴。老师不让他们去游泳，找过陆相家老头，也让凌菲带过信回来。凌菲却总是把老师的信告诉陆相，劝他别再去。他一再不听她的劝说后，一次，她这样说他："你如果真淹死了，谁管你爸?"这使陆相第一次明白老头也会老，而且将来还要靠自己，心头顿时涌上一股男子汉的气概!

凌菲发现自己爱上这个雉人是在上了大学以后。那时，校园恋爱还是绝对不允许的。少女怀春只能烂在心里。胆子大的男生烦不了那么多，想方设法接近倾心的女生。当然，也有追凌菲的。有一个男生甚至总是绕道而行，抢在她前面到达孔庙附近，在她回家的必经之路上截她。她跳下自行车，站在他的面前了，他又不知说什么好，鼻尖上渗出细细的汗珠，抖抖索索地支吾，开场白永远是解释自己的这个行为，说，我正好到这块……他三个不来就正好到这块，终于使她厌烦了。有一天，她有些恶毒地说："I hope that the children are not up to mischief."说完扔下发愣的他就走了。

就是这一天，她走到巷口遇上了陆相，他打着赤膊，一头汗水，背着个很大的蛇皮口袋，正从家里出来。他们打了个招呼，原来他要把这些才将进的货送到孔庙前街上的店里去。他说："我一会儿就回来，我找你有事。"说完就弓着腰很负重地走了。晚上，他带她去当时最大的最豪华的江城大酒店，他们坐在二十八层上旋宫里，他为她要了一杯咖啡，为自己要了一杯茶。他说，正在和一个台湾人合作办厂，给的资料全是英文，请她给翻译一下。她说，行，反正快放暑假了，一定给他搞好。接下来聊得就广了。她问他怎么干上了服装，他说，亏了她一句话。她听了很惊愕。他给她把咖啡加满，才说起中学时劝他别再去江里游泳时她说的那句话。她早已忘得一干二净，可他还记得，并且，由此改变了一生。二十二岁的女大学生被深深感动了！他还向她讲述起如何走南闯北，像有一次在深圳的宾馆里没钱付账，连行李都没要就仓皇逃回了江城的经历。他讲，如何用代写一张请假条就收买了一个当地小孩，如何叫这个小孩在晚上十点多打来电话，乘那个守在饭店门口的服务员接电话之机，他才得以躲开监视逃了出来。他又讲，他到了车站，人山人海，又如何混入了盘踞在火车站附近一幢大楼里的卖黑票的团伙，这些人又是如何盘问他，如那些人说，这位兄弟“眼罩”。这意思是说没见过你，眼生。他说，我是高哥介绍来的。高哥这两个字故意说得含含糊糊，反正小太保听不懂北方话。小太保就是广东小杆子，广东人喊我们江城人也是北方。他们搞不清是哪个高哥，就问。他说就是那个穿衬衣的。广东人穿 T 恤的人多，穿衬衣的也不少。大概答对了，这伙人也没再问他，还卖给他一张高价票。就这样，他逃回了江城。他讲得很“来斯”（nice），很生动。

以后，他们接触得逐渐多起来。他总给她讲她从没听过的故事。每一个都是那么新鲜，都是一个大学生没有经历而又渴望一试的生活。像在她的面前打开了一扇通往海阔天空的人生之窗。她就像一个 18 世纪的贵妇或是那个时代的小家碧玉一样，喜欢这些传奇的经历，为他所吸引，以至于再看见同班的那些小男生，就产生了一种好笑的感觉，像看一串青葡萄，太稚嫩，太不成熟，觉得他们酸涩得不得了。

他们接触多了，都觉得很开心，很惬意，一次，他们竟异口同声地说：“过去我们在一起的时间太少了！”

是的，确实如此。从高中以后，他们的交往史是一段空白。当她从他的嘴里听到这句话时，她再一次被深深地打动了。有谁能跟你想得如此高度一致呢？心同此心啊！

她爱上了他，希望常看着他，守着他，喜欢看他狼吞虎咽地吃饭，喜欢闻他身上淡淡的烟草味，喜欢听他稍有些走调的歌声，喜欢看他嗨哧嗨哧地背蛇皮袋走路，瘦削但是十分结实的肌肉紧紧地绷起。于是，她把他约到城北的一个老远老远的电影院里，看完了电影，在吃包子的时候向他表达了爱意。

他们在一起不再是什么秘密了，凌菲的家长终于出面干涉起来。他们给她玩熬夜式的谈心，提审犯人似的询问，给她使苦肉计，给她下戒严令……使用一切能想到的手段。惜乎！斧斤所赦今参天，树小的时候没能及时修剪，此时想修亦枉然。

他们说："他是个体户，连个正当职业也没有。"

她说："他是靠本事吃饭，不靠国家靠自己的典型。"

他们说："你是大学生！"

她说："那更好，将来公私合营，一家两制。"

"他家穷！"

"现在好了，比你们有钱！"

他们说："我们不能图钱！"

她说："我也不是图钱！"

"那你图什么?"

"我什么也不图！"

"你……你总该说出个道理！"

"爱是不需要道理的。"

"你、你、看你以后怎么活！"

"别人怎么活我就怎么活呗！"

"你……"

谈话无法进行，于是，召开亲朋大会，一时间，七大姑八大姨齐聚江城老船板巷四号院。凌菲家里炸了窝。有言传身教的，有摆事实、讲道理的。有一位二舅，现身说法，说他自己就是当时没听老人的话，现在后悔全没得用了。还没讲完，引起二舅妈的不满，连问十问："你后悔什么?"两位长辈吵成了一锅粥。当教师的爹和当护士的妈一筹莫展，大学生凌菲大获全胜。

可偏偏在这时，凌菲萌生了退意。她发现，陆相并不是真的爱她。他们牵手了，但一遇到熟人，他就赶快抽回自己的手。他们相拥了，但他拥得不紧，不热烈。就是相吻，他也很有理智，没有进一步宽衣解带的动作。他对她根本就没有欲望，没有冲动。每一次亲密之后，她都会产生一种失落。她感到，这种爱情没有感天动地，没有轰轰烈烈，凉水泡茶，索然无味。后来，她才发现，原来陆相另有所图。她的眼中钉就是陈蓉！

他喜欢和陈蓉在一起，无论什么事都拉上陈蓉。约他到工人文化宫溜冰吧，他会说，走，陈蓉也去。叫他到四牌楼电影院看场电影吧，他说，好，早点儿关门，陈蓉也去。有好多次，她发现他看陈蓉的眼神都不对，色迷迷的，充满欲望，眼珠都成了火球！她对他谈了，他死活不承认，有时很认真地发誓，有时稀打流缸地遮掩。

爱情进行曲历来是一首难以控制的歌，就像刹车片坏了的汽车从长江大桥上往下冲，不需要再加任何马力，重力加速度就足以使它疯狂地前进。他们争着，吵着，堵着气，闹着别扭。有一次，他把生气的她扔在百货商店，自己走了。有一次，她把闹脾气的他甩在街头，自己回了家。当然，有时也高兴，愉快，他们唱着歌，踏着舞步一样轻松而旋转的步履进进出出。在闹着与笑着之间，他们像鸟一样，叼回做窝的床柜桌椅，锅碗瓢盆。

婚礼在即，可她又觉得不大情愿，父母亲朋都被闹得从不同意变成了同意，而她又不想同意了。木已成舟，但不想下水。她不知该怎么办才好！不想糊里糊涂地做新娘，青春就此打上句号，可又不能说不结婚。

自己和陆相的烦恼还没缠清，今天又不知从哪儿冒出一个农村二妹子。她请喝茶，不知作的哪门子怪。

凌菲接到张小菊的电话后，本不想来。可是，陆相对别的女人的迷恋，总还是使她放心不下。她必须搞明白，即使将来和他的婚事了了，也得有一个说服自己的理由。她仔细地端详坐在对面的张小菊，不禁为陆相欣赏层次每况愈下而生气。这样一个二妹子，你也不放过?！老天爷！

“说吧，你找我有什么事?”凌菲打破了沉默说。

张小菊这是第一次和城里姑娘说事，对方又是大学生，又是工商干部，还是陆相没过门的媳妇，这使她很紧张，千言万语不知从哪儿开头。“我，这是，我叫张小菊。”

“你在电话里说了。”

“对，对。那我叫你凌姐吧。”

“我叫凌菲。”她冷冷地说。

“那，那……”

“你有什么事就直说吧，没关系的。”凌菲见她窘迫成这样，动了恻隐之心，不想再逗她。

张小菊深深地吸了一口气，吐出时发出“咝咝”的声音，“只有你能救陆老板了。”她没头没脑地说。

“嗯?”

于是，张小菊开始诉说，她先是说得结结巴巴，说自己来陆相店里的经过。

凌菲就插嘴问：“我怎么没见过你?”

“我才来，哟，也不短了，有两个多月了。”

凌菲这才想起，自己已经有一个多月没到陆相的店里去过了。

张小菊开始说了，她越说越顺，说了陆相的为人，说了她所了解的凌菲的地位，说了陈蓉和“圆圆”的打算，还反反复复地说了这个小店对自己在这座城市生存的意义。

凌菲听明白了，有些恶意地说：“这事我管不了。”

“你怎么管不了？这事就该你管呀！”张小菊听了这话很惊讶。

“他是因为打架被派出所带走的，我管工商。”

“可是，可是……”

“可是什么?”凌菲不经意地问。

“可是，你的朋友是派出所的。”

凌菲一听这话警惕起来：“谁说的?”

“是……是……大家都这么说。”

“大家都这么说？大家都说你就信？真是三人成虎。”她忽然想到她不一定懂这个成语，就转了语气说，“这事我真的管不了。我走了。”说完就站起身来。

张小菊无可奈何地看着她，嘟囔着说：“那好吧。”忽又说：“那……你先走吧，我再坐一会儿。茶还没喝透呢。”见她有些不解又说：“花了这么多钱叫的。”

真是个憨丫头！凌菲忽然觉得眼前这个农村二妹子很憨厚，就盯着她说："我掏钱。"

"不，不。大姐，我是一个人，一人吃饱全家不饿。你可要省点。"

"干吗?"

"今天早晨，陆伯伯来过。"

"谁?"

"他说是陆老板的爸爸。"张小菊盯住她说。见她露出真想听下去的表情，就接着说："我看他和我爸爸差不多，穿着老衣服，吃的油条都嚼不动，还把油手往头发上抹。他问陆老板回来没有。问完就走了。对了，还说一句……"她小心翼翼地看着她的表情。

"说什么?"

"你坐下，坐下。"她绕着桌子过来给她摆好椅子。凌菲坐下了，她又绕了回去。

"他说，'唉！这个小炮子子！正要结婚呢！'"

"这句话怎么了？他是正要结婚呢。"

"我知道，可我觉得，这句话听了很难受。反正，我说不好。这不是平常普通说说的。老人心事很重呐。"

"他家人就是这样。"

张小菊没什么词了。她有些沮丧，又有些不服输，直瞪瞪地看着凌菲。张小菊有张小菊的自尊，虽是农村人，也知道自己在这件事上能出的力微乎其微，但她心里不愿意让人看不起。对于看不起她的人，她既敏感又痛恨。于是，她在让凌菲说得没有话说的时候，竟然不觉脱口说了一句江城话："城里人都这么武逮！"

"你骂什么人?"

"哼！骂你？我没心情！"她忽然想起娘在家时常骂自己的一句话，就用那话来回答，"我骂我自己！找你这无情无意的人，算我瞎了狗眼！"

应该骂自己瞎了眼，她却骂成了瞎了狗眼，这不真成了骂自己？凌菲不禁笑了起来。

这一笑更加激怒了农村姑娘张小菊，她猛地站起身来，学着陆相上次请她们吃饭时的样子叫了一声："交钱！"

这动作搞得凌菲稀里糊涂。这么个不起眼的二妹子竟然敢在自己面前耍起了威风！你要救陆相，救陆相哪儿就轮到你！你个二妹子！我……她想骂她，可是她不大会骂人，她想再说些什么，可是千言万语堵在心口，一着急什么也说不出来。事后，她曾千百次责骂自己，上了这么多年学，却让一个乡下妹子拿了一把，满腹学识都让狗叼了去了！她还没反应过来，张小菊已经跑到吧台那边把钱一扔就爽爽地走了。

凌菲愣在了文昌阁茶馆里。

十六

陆相被带走了，老船板巷四号院里议论纷纷，很为他担着一份心。虽说那天陆相借着酒劲儿耍了半天二五，应该教训教训，但老言你收了人家的壶，又给搞坏了，派出所来带人也不拦一下，硬让这小子在办大事的关口给人带走，这事做得过了。所以这两天邻居们见了老言都乌里八怪的。

早上，他上班路过陆家良的烧饼摊，以往，老陆会老远就送上笑脸，还会很热络地问："吃过了？要不要再带上块烧饼？"他就会把手连摇十摇，说："吃过了，吃过了。泡饭萝卜响。"说完就春风满面地往工商所走。江城人早饭，谁不喜欢吃泡饭就萝卜响？把剩饭用滚开的水一泡，那拇指肚大的萝卜头一嚼一响，别提有多香。偶尔家里没得做早饭，买他的烧饼，他总是会说："刚出炉的"，"趁热吃，好吃"，总是要聊上几句才放他走。可是今天早上不一样了，他老婆一大早儿就泡好了饭，他也香香地吃了一大碗，可一出门见到老陆，他就看出老陆变得十分恭敬，还抖抖呵呵地叫了他一声："言所长，上班啊！"

言所长?！他一辈子都没这么喊过。老言被他喊得有点犯恶，猛然间也没什么好办法化解，一时急中生智就说："今天老婆懒了，没得做泡饭，老陆，搞个烧饼。"

老陆也没再热络几句，就这么一言不发地把烧饼递给他。老言因此觉得有点没趣，差点儿连烧饼都忘了拿。

到了班上，见了凌菲，这小丫头也是一副谁该了她二百吊钱的样子，跟她说话爱答不理的。老言说："卖旧服装的人都来办过手续了没有？还有几家没来？"凌菲就把登记册往他桌上一扔说："都在这儿呢。"那意思是叫他自己看。

老言想缓和两人间的气氛，又找空说：“哎，那天我到陆相家里，问他你们的事，他说：‘她是你手下的兵，你还不知道?’把我问得一愣。你看我还真忘了。”这小丫头肚子里装了空调，话说得一阵阴冷：“结不结还不一定呢!”老言热肠子里纵有千言万语，也给她冻在那儿了。

晚上，他吃过饭，老婆说：“你的头发这么长了也不理一理?”他就走出来，到篓子的店里来理发。篓子一见他，不冷不热地说：“下班了，请你明天早点儿来吧。”这又是从来都没得遇到过的事！几十年了，言志平在这里理发，想来就来，篓子没说过二话。有一回夏天，老言围着那个破兜巾中了暑，差点儿昏了过去，篓子对着他的人中连掐十掐，硬是把他拿好了。还有每次理完发，篓子都要一边和他聊天，一边为他掏耳屎，掏得他通体舒泰，闭着眼睛有一搭没一搭地同他应付，都快睡着了。因此，别看他发少毛稀，可他的头一理就是四十五分钟到一个小时。可篓子从来没说过什么。

老言看篓子这样对他，很恶心，再说一只脚已迈进来了，就这么退出去也有点失面子。于是，就挂着笑意说：“当真下班？我都来了。”篓子不再说话，让他坐在椅子上，围上那块油乎乎的兜布，就给他理。不到一刻钟，忽地把那块破兜布一掀，说：“好了。”头也不代他洗，耳朵更不给他掏，就往椅子下掀他。

“怎么就好了？这么快?”

“头毛少呗。”篓子直言不讳地说。

老言回到家里用镜子一照，这个头理得，简直就像狗啃的，一共就这么一圈毛还给理了个七沟八梁一面坡。

老婆说：“找他去，叫他重新给修一修。这个篓子，手艺越来越不行了。”

女儿言红说：“老爸，以后你到大店去，别在家门口理了，太难看了。你不能这么不顾身份。”

老言没得搭腔也没得去找篓子。他知道这不是手艺问题，这里边原着那个鸟因呢！

老言闷着气过了几天没情没绪的日子，喝茶也没味，吸烟也不香，柳慕韩打电话到所里说有一张什么画，是真迹，价也好，叫他去看看，他也没去。

正是物极必反，否极泰来。这一天，忽然上级来了个文，规定他这个级别可以装住宅电话，给报销。于是，他就张罗着跑邮电所去申请号头，又把放线工带来家，在院子里一进一进地沿房檐查看，要给他放线。放线工看过后说："这种老宅子，从院里走线费线，最好从屋子里边走，还起保护电线的作用。"

老言就先跟住第一进的老陆商量，老陆没说什么就同意了。可跟住第二进的凌老师家一说，凌家老婆——那个护士却怎么也不同意。

"为什么?"

"不为什么。你这样搞不把我家搞得稀脏啊? 你家是方便了，一块儿住了这么多年，你也得考虑考虑我们不是?"

"我找人搞干净。"

"那也不行。这老宅子结构本来就一塌糊涂，你再在北墙上打个洞，冬天漏风，夏天漏雨，要是我给你打个洞，你还愿意啊? 噢是的!"

这话叫人听着别扭，什么叫"我给你打个洞"? 这是女人说的话吗? 算了，弹棉花的坏了弓——免谈吧，老爷爷的裤裆，掖起来走吧!

站在一边的放线工等得不耐烦，就说："快点咯，还有很多人家等着呢。"

老言没辙，只得让放线工把电话线从院子中拉进来。

老言家就从这一刻开始有了电话。老言家装了电话，可是那电话老是不响。老言一下班就盯着它看，原来吃了晚饭就在门口槐树下乘凉，这两天为了这个电话也没去了。

这天晚上，吃过了饭，屋子里闷得像蒸笼，汗就从脖子上往下流，老言擦着汗，从天井中的水井里拉出来泡了一天的西瓜，切开来吃了两块，想想也不会有人给他来电话，就穿上大裤衩子，套上一件肩膀上已经有了好几个洞的老头衫，摇着一把大蒲扇走了出来。走来槐树下，只见隔壁邻居都在，坐在小竹椅上，摇着扇子正聊得热火。

就听篓子说："……到了该剃头的那天，剃头匠没得来，皇帝不高兴了。第二天，他一来，皇帝就问：'你昨天怎么没来呀?'剃头匠没法隐瞒，只得说：'昨天我老婆生了个儿子。''那好啊，按规矩，谁先知道谁就给孩子起名，你生孩子是不是第一个就告诉我的?'剃头匠不敢说不是，骗皇帝那叫欺君之罪，要杀头的。皇帝就说：'那我给他起个名吧，就叫鸡巴吧。'这不是耍人吗? 可是他是皇帝，他起的名又不敢不叫，剃头匠只得叫自己的儿子叫鸡巴。过了一个月，该剃头的那天了，皇帝没得来，剃头匠来了不敢走，就在宫门口等着。不一会儿，皇帝出来了，他就问：'皇帝怎么没得来?'这个国家有规矩，皇帝也不能不说，就告诉他，刚才娘娘生太子了。剃头匠听了说：'是我先知道的吧? 按规矩我得给太子起名字。太子嘛，就叫脑袋吧。'皇帝没得办法，只得叫太子脑袋。过了几年，剃头匠的儿子死了。这一天，剃头匠正为皇帝剃头，太子跑了进来，剃头匠一看见太子忽然放声大哭起来。皇帝不明白，连问十问，剃头匠就哭哭啼啼地说：'您的太子和我的儿子同岁，现在太子活得这么好，我的儿子却死了，唉！看见了您的脑袋就想起我的鸡巴。'"

"哈！哈！哈！"乘凉的人笑得前仰后合。篓子的老婆又是气又是笑，捂着肚子要打他，连骂十骂："太缺德！你还是早点儿滚回家去吧！"

篓子一脸得意，扇子摇得像诸葛亮，一字一板地说："吸烟吸到灰，喝茶喝到尿（suī），我先去撒泡尿。"篓子要走还没走，老言笑得不行，好不容易忍住了，插嘴说："嫂子要叫你睡觉去。"

他这话篓子怎么可能听不懂? 就反唇相讥道："我不像你，整天和嫂子躲在房间里，关着门。我说，你这个毛病也该改一改了，这么大人啦，还是身体第一。"众人又笑了起来。

老言就说："哎，没得影子的事，没得影子的事。这两天市局有事要找我，我在家里等电话。"老言就这么个性格，怀里揣着鼓，生怕别人不知道，没事就要敲一下。

"你不能脏摆谑头哎。"篓子不太服气地说。

"我怎么脏摆了?"老言有些不大高兴了。

"你这不是脏摆? 说着说着就往这上引，你这个鸟人就是这样，喜欢脏摆。”

“你才喜欢脏摆呢！”

“卖你家有电话呀？”

“你想卖还卖不起来呢。”

“一个破电话，有什么了不起？你们这些当官的就这样，装个鸟电话，还‘市局有事要找我’，鸟哩！还不是干了坏事怕人家找上门来好报警啊！”

“我怕人家找上门来好报警？那天不是你他妈报的警?!”

“是我报的警，我怕他、他妈的电灯泡让人敲碎得嘞！”他这是讽刺老言秃顶。

“你怎么不操操心天太高呢？”他这是影射篓子个矬。

两人话赶着话，开始讽刺起对方的生理缺陷来，话是越说越急，嗓门也越喊越大。

老陆和凌老师看着他俩一副像是便秘憋出来的脸色，好像是要想打架，连忙给他们劝。凌老师说：“算了，算了。打人不打脸。一个门里住着，好意思啊？”老陆口才不行，只是嗫嚅地说：“都省省吧。都省省吧。真是的。”两人却不听，仍然吵。

篓子说：“人家正要结婚，你他妈的叫小郑把人带走了，真‘出兽’！”

老言还他一个：“派出所小郑不是你喊来的？还说我‘出兽’，你这才叫‘恶赖’！”

老陆一听，原来那天陆相被带走是这么一回事，心里老大恶心，就不愿意再搭腔。凌老师一听这话，心想这个篓子真是，那天去叫派出所的是他，今天不高兴人家把陆相带走的也是他，你喊什么派出所呀，搞得老邻居见了面都很尴尬，想到这儿，他也立刻一言不发了。

“我他妈的恶赖？我还不是怕你挨打吗?!你这时候神气了?”

“你是真出兽！猪八戒倒打一耙！”

两人你一句我一句，吵得不可开交，忽然，言红跑了出来，急吼吼地说：“爸爸，家里来电话了！”老言乍一听还没反应过来，过了一会儿才说：“来就来呗，慌什么？”说完，他才慢慢地站起身来，放出稳重的脚步往家里去。他进了第二进，知道没人看见他，才大步流星走进自己和老婆住的西厢房。一进门，就见那部电话摘了话筒，放在床头柜上。他三步并作两步跑了过去，鬼急慌忙地一把抓起电话大叫了一声："我好！"

好半天，他才反应过来，连忙说："啊，不，不，不，你好，你好！没事，没事，开个玩笑。王局长，你好，你好！……嗯，是，是，总价值大约六七万。先放行？好，好，请局长跟缉查处的刘处说……什么？说好了？嗯，那好吧。"他挂上了电话，心里使劲地骂开了自己。这他妈的算什么玩意儿？这么大的人了，篓子气得你也不能这样呀！装了个破电话就值当这样？"我好！"这是什么话？活丑！他骂了半天自己，这才猛然想起，王局长好像叫他放行。

放行?！他盯着电话，狠狠地说："这个鸟电话！"

十七

李顺焕眼见吊在烟囱上的张诗漪吓得筛了糠，连忙拉了一下身边的李顺利："哥！哥！！"

这时李顺利也反应过来了，三步并作两步跑到烟囱前，一个熊猫攀杠子，翻身上了铁锔子，手忙脚乱地向上爬去。爬到她的脚下，他开始侧过身来上，一直上到与她一样的高度，才像救人似的，猛地伸过手去，圈住了她的肩膀，嘴里喘着粗气，连说十说："别怕，别怕。这事搞的，这事搞的。"他又向下边嚷："还不快点？再上来一个！"

李顺焕接着爬了上来。

见他爬到了他们脚下，李顺利才松了一口气，对吓得半死的张诗漪说："你慢慢下，慢慢下，别害怕，别害怕，顺涣在下边接着呢。"

张诗漪向下偷看了一眼，见李顺焕侧吊在一边，让出地方正等着自己下来，于是，她像怕地雷似的小心翼翼地向下伸出了一只脚。就这样，在他们俩的护送下，她一点一点挪了下来。脚一沾地，立刻坐在地上放声大哭起来！李顺利想劝又不敢，站在一边，非常尴尬。

晚上，张诗漪把这件事原原本本地告诉了肖方全。没想到，肖方全听了哈哈大笑。

"真是皇帝不急，太监急！"张诗漪被他说得很来气，就气呼呼地说："反正我让人整死了你也不管，没准正合你的心意呢！"

"又来啦！"肖方全不喜欢老是听这种话，就息事宁人地上来搂她，说："你这样玩命，就没想想，你的命重还是他的命重？跟他拼什么？"

张诗漪扭了一下身子，脱离了他的拥抱，仍然没好气地说："我不跟你说了。我这样是为了谁呀？这个工程、这个公司是你的！我这是……”她想说：“我这是走过了猪圈就剁菜，还不是为（喂）了你！”这是娘在家时常说的话，但话到嘴边却没说出来，她早就决定不再说土话，但有时候，它们就不知从哪儿冒出来。这些土话是多么丰富啊，有时只有用它们才能说出自己要说的意思，她没说出来那句土话，眼圈里就一下子充满了泪水。

“操！哭什么鸟东西呀！好，好，我谢你！明天我请客。你想吃什么？”肖方全最见不得女人的眼泪，见她这样，就连哄十哄。

第二天晚上，肖方全为了哄她，真的带她去参加了一场应酬，请的是联合化工的那个处长。处长当过兵，还带来几个一块儿转下来的战友。这些人在一起哪有正经话，酒过三巡，就说开了黄段子，一个比一个下作，一个比一个露骨，比赛似的。

当下，几个人酒足饭饱，剔着牙，抚着肚，从凤凰美食城出来。肖方全问几个人：“要不要再来水文化？”

处长看看张诗漪，笑哈哈地说：“今天就算了，要不，我们该对不起小张了，你也对不起那盆‘霸王别姬’，那可是周末菜！”他说着暧昧地看着张诗漪。

张诗漪见他那色色的模样，就把脸扭向一边去了。

回到长包房，肖方全让张诗漪对民工让一让。让？被他们蒙了还有情可原，明知他们骗了自己，却睁着眼睛让人骗，这不是傻帽儿吗？

肖方全看着她那副认真的样子，连说十说：“瞧瞧，眼都瞪圆了！你呀，不了解农民啊！”

“我不了解农民？我会不了解农民？!”

肖方全看到她那急赤白脸的样子，就笑了笑，显得很宽厚的样子，说：“我不和你争，我不和你争。”接着他就给她讲了一个故事。他说，那年做了乡里的报道员，有一天，乡长叫他带几个农民到县里拉煤。第二天，他起了个大早，鸡叫三遍就起来了，可是左等也不来，右等也不来，直到快八点了，日头上了三竿子，这些农民才慢吞吞地走进了乡政府大院。他就去叫开车的司机。他坐进了驾驶室，那些农民进了车斗，车刚开出去没有三十米，刚出了大院，就听有人敲驾驶棚。他一问，领头那人才说：“我们还没吃哩。”他就只好带他们去吃饭。找了一个小饭铺，烧饼油条豆浆，一下子就花了三十多块。到了县城，也就是十点多吧，他就想指挥他们装煤，可人一个都不见了，问领头的，他说，上厕所了。可是，一直到十二点，他们才回来，领头的就又说了：“领导，我们得吃饭了，吃了再干。”他只得又带他们去吃饭。吃饭的时候，这些人还要酒，要烟，他都没答应。这一下又是八十块。吃了饭，他们才装车，一装装到下午三点。于是，返回乡里，你猜几点？正好五点半，不用说，那个领头的又说了，吃饭！又要要烟酒，说：“到家了，也得让我们恢复恢复体力，否则就没劲再卸车了。”话里透着威胁！他只好带着他们再去吃饭。这一下连烟带酒带饭，一百二十多块又没了。等他们酒足饭饱，卸完了车，晚上十点了！

“给我气的！猫吃辣椒似的，就地打转。我就到书记家，把这件事来龙去脉都说了。还说，这就是乡长找来的鸟人，光吃了，不出活。书记听完了，却一点不生气，告诉我说，你不了解农民。农民的头等大事就是吃饭。你带他们去县里拉煤，你是出公差，他们不是，他们是混一天的饭！今后你想领着农民干事，首先就要想到有没有饭给他们吃。有，一呼百诺，没有，作鸟兽散！

“这件事对我教育太大了，我算是有点真正地了解了农民。后来，我虽不在乡里干了，自己当了包工头，可是这件事和书记的话，我始终不敢忘记。他们背井离乡，为什么？吃饭！”

这一段故事让人开窍。张诗漪想，自己原本不也是农民吗？当年到城里来，虽说也有嫌家里的日子太过无聊的想法，但说到底也还不是为了吃饭？张诗漪又把这个故事回想了一遍。这才意识到，肖方全在讲它的时候，竟然没带多少脏字，原来他也会好好说话呀！

第二天，张诗漪到工地一看，就像不知是谁把工具都装筐吊上烟囱一样，不知是谁又把它取了下来。民工们也都在正常地干着活。过了几天，在他们又来结账的时候，张诗漪也按肖方全的意思，让了他们五个人。从此以后，联合化工的铺路工程顺利起来，李顺利没有再出什么花样。这年“十一”大家也一起在工地上忙，连节也没过。

经过这件事，张诗漪感到自己心胸宽了许多。她觉得肖方全并不是她原先想的那个样子，他有着他的智慧。经一事，长一智，张诗漪这才明白了，做事不能不认真，可万万不可太较真，凡事都要替人着想，留有退路。肖方全这么财大气粗，该忍让的还得忍让。这也许正是他的聪明与智慧之处，要不他怎能把公司做大？自己只是一个公司代表，使唤丫头拿钥匙，当家做不了主，对人就更不能太凶了。世事如海，人心比江，深不可测，诡谲多变，待人接物，那是一门大学问，三人行必有我师，小学生进课堂——您就跟着学吧！

十八

言志平接到王局长的电话后，心里一直抹不直。经营旧服装是绝对不允许的。陆相这个小炮子子还真有本事，一下就找到根子上去了。中国的事就是这样，执法者坏法，这是最大的弊端！这位王局长才是宝庆楼的货——真精（金）呢！这么一想倒是自己傻了。这么大年纪，还能干几年呢？那个小炮子子是家门口的，正要结婚呢！弄两个钱也不容易，整天没黑夜没白天的，也够累的。想想这事干得也是太那个了一点儿，要是头天晚上下个通知，再不行给小相他们通个消息，这还不是现成的？小菲也得恨上自己，这么大的事竟然没有叫她先递个话过去，还怕她走漏风声，向她保密呢！他就这么自己跟自己别扭着，叫凌菲去通知陆相来办取回那批服装的手续。凌菲知道陆相还在派出所里，她不愿意见那个狐眉骚眼的陈蓉，就说计算机有点毛病要调修。老言没办法就叫其他人去了。

老言派走了人，喝了两口茶，忽然想起，陆相这小子还关着。天子也该避醉汉，当时让他一让也没有这么大的事，这事还得亲自去跑一趟。

陆相就这样被放了出来。街上依旧往日光景，来来往往的人，奔来驰去的车。陆相怕见熟人，总想绕进小巷走。可这里的人见了他就跟从没有过他这么个人似的，谁也不多看他一眼。他低着头往前走，心里多少也有一些悔意。胡思乱想着，忽然看到一双穿着高跟鞋的脚站在自己的面前。抬头一看，竟是凌菲。凌菲看他的目光很是关切，第一句话就说：“你出来了？”

“嗯。”

“他们没怎么样你吧？”

“没有。”

“你先去洗把澡去吧，看你脏的。晚上我到你家去。”

“好。”他顺从地往“双清池”那边拐。他的神态令她极不放心，一贯喜欢胡说八道的他，今天这是怎么了？是不是真的叫公安员打了？

她就又在背后叫了他一声：“陆相！”他站住脚步，回过身来呆呆地看着她。

“那衣服还给你们了。陈蓉已经来办了手续，把它领走了。”

“是吗？好，好。”他心事重重地应着，一转身走了。

陆相在澡堂里遇上了汤姆斯、刘煜。他们都知道了他的事，很为他抱打不平。陆相心情渐渐地好起来，就添油加醋地说起自己在派出所这几天的经历。他说：“一进去，那些鸟警察狠得不得了，咋咋呼呼地审，非要给我定个‘殴打国家工商干部’的罪名，操！我是死活不开口，神仙难下手。就说他拿了我的壶，我是找他要壶去了。他们一点儿办法也没有，就把我关进拘留室。每天给老子端饭，给老子买烟，一个不顺心，老子就喊他们违法。他们吓得鬼急慌忙地跑进来，又是问这，又是问那。有一天，我夜里大叫，有蚊子咬我！那个鸟小郑连忙把他们值班用的蚊帐拿来给我，害得这小子一夜瞪着眼打蚊子。”

“哈！哈！哈！”几个杆子听了一阵大笑，都伸出了大拇指直喊陆相大哥。汤姆斯勤快，连忙起身出去。一会儿，这小子给陆相买回来一身新衣衫：真丝皂色圆领衬衫，藏蓝的混纺西裤。陆相先是说什么也不要，他们就劝，说：“一直想去看看相哥，可是人在里边没办法去看。这算我们的一点儿心意，不要嫌少。你要是再不要，我们就把它烧了，你信不信？”说着，刘煜还真的去翻打火机。陆相只得要了，心想这也没有多少钱，以后找个机会再还他们吧。

三个人洗完了澡，又渴又累，在街上走了一会儿，见有一个店，迎头的店招牌上写着几个外人不解其意的字：“in’100”。这是一家才开张不久的冷饮店，陆相觉得怪新鲜，就领头走了进去。陆相不愿太过招摇，就领他俩找了个角落。三人刚坐定，就见陈蓉和卖磁带那小子有说有笑地走了进来。陆相的脸色就有点儿不对。汤姆斯最会察言观色，再说刚进来的这两人他也认识，就说：“相哥，这小子不懂规矩！我去教训教训他！”

陆相忙压住了他的手：“坐着。这事不用你管。”

这时，刘煜小声叫了一声：“看，小郑！”陆相往门口一看，只见郑海宁走了进来。

“梁山泊好汉大聚义！”陆相暗暗地说了一句。不等他这句话说完，汤姆斯又指指门口，暗暗地说：“相哥，嫂子！”

陆相定睛一看，原来凌菲也来了。真是巧了，巧上加巧！“都别吱声，看看他们要干什么鸟事！”于是，陆相就把他们的一举一动看在了眼里。

他看到那个鸟小郑好像在与凌菲争着什么，他们之间好像发生了什么不愉快；隔壁卖磁带的竟喂陈蓉吃冷饮，他心里的气不打一处来。

这时，门口又进来一个要饭的，不停地伸出黢黑的手，向人乞讨。当他的手伸向陈蓉时，却听她说：“没有，没有！你再不走，我就向你要了。”周围的人都被她这句话逗得笑了起来。

陆相见她欺侮要饭的，再也忍不住了，决心像梁山好汉一样抱打她个鸟不平。“给！五十！”他走上前去，豪气干云地递过五张十元票子。陈蓉一见是他，神情有些尴尬，嘴角动了几下，竟没说出话来。倒是袁源笑笑地走了上来，装着笑威胁说：“你很有钱嘛！”

“我有没有钱关你屁事?!”陆相不买他的账。汤姆斯和刘煜立刻站了起来，一副要打架的样子，狠狠地盯住袁源。

起先，袁源没有发现陆相今天有人，一见猛然站起几个杆子，心就虚了：“是杆子！好！”袁源脸一沉，拉上陈蓉说：“我们走！”陈蓉看着陆相有些犹豫。

“干吗事啊?”袁源瞪着她说，“你他妈还想跟他？那好，把那十包衣服钱拿来！”陈蓉立马没了脾气，就要跟他走。

“站住！”陆相拦住了她，“你凭什么把那二十包衣服全提走?”

“你知道了啊，知道就不瞒你了，这是我找的关系，没有三分利，谁肯起五更？五五分成，天经地义！那十包你们怎么分我不管，这十包姓袁了。怎么？你不满意啊?!”袁源流里流气。

“姓袁了？还妈的姓方呢！”陆相一把拽住他衣领，扬起拳头要打他。

“你打，你打，你今天要是不打你是鸟人!”

凌菲冲了上去，拉住陆相一只手说：“你干吗事啊？你还要为这个女人找死啊?!”

陆相定睛一看是她，真是不劝还好，越劝越糟。他二话不说，对着袁源的脸就是一拳。顿时，袁源的脸上五彩缤纷。他抱着头痛苦地蹲到了地上。汤姆斯、刘煜冲上来也想帮几下拳脚，围观的人一下子四散开来，整个“in’100”炸了窝!

其实郑海宁早就看见这一干人了，不过，他今天休息，约了凌菲，要与她谈谈她的婚事，没有心情搞他们。他认为，她这样不冷不热地和陆相耗着是不道德的。没有爱的婚姻是不道德的婚姻。他来时还在想，只要你下了决心，我就有机会。我虽然只是一个小警察，但我有稳定的工作与收入，人长得也不差。再说凌菲对咱也早就有意思了，那回给她胡诌了一个故事，她听了不是哭得泪人似的？于是他就把她约到这里来了。

这是一间很有现代感的酒吧，里边布置得像是美国西部风格。墙壁全是木板拼镶，上边挂着巨大的木头车轮，还有破牛仔衬衫和左轮手枪什么的。郑海宁喜欢这里，这里使他产生一种情绪。他认为，一个好的男人，不要什么情调，那是小杆子搞的。他要的是情绪，一种冲天的豪情，比如有一次他被借调到体育馆为一场中日排球赛值勤，命令说要他们维持秩序，他却加入到大学生的队伍中抢过国旗挥了半天。事后，他受到了严肃的批评，可他却认为这就是豪情！就在那一天晚上，在万人体育馆里，他认识了凌菲。当时他就是从她的手上接过了国旗起劲地挥舞。

不久后的一天，他俩竟在孔庙邂逅了。

“哎，是你!”她先惊喜地问，“你怎么在这儿?”

“亏你还认得我。这儿归我管。我是孔庙派出所的。”郑海宁也十分惊喜。

两人热热闹闹地说了半天，原来他工作单位在这儿，她住在这儿。真是缘分！此后，他们接触就多了起来，开始，不是你找我办个事，就是我找你办个事。比如，她找他帮忙办过自行车的牌照。他知道这事她不必找他办，只要推上自行车到交警中队去就能办成，根本不需要找熟人，找他办这事是个借口，他就顺水推舟帮她办了。他也找她借过一本英语书，她也知道这事他不必找她来办，只要到新华书店走一趟就全解决了，她也顺水推舟替他办了。后来，他们见面就不需要借口了，她常打来电话，他也骑上自行车到她校园去，他们约好了，就一起到“胜咖”。“胜咖”是“胜利咖啡店”的简称，江城青年都这么叫它。后来，街上新开了这家“in’100”，郑海宁更喜欢这里，“胜咖”就很少去了。

当下，郑海宁与凌菲刚见面，落了座还没谈上两句，那边就打起来了。凌菲见了就上去拉架。可是，她并没有拉住，才从派出所出来不到半天的陆相把一个瘦瘦的小个儿男人打得都蹲到地上了！本不想搀和的郑海宁不能再躲了，一个箭步冲上来，大喊一声：“警察！都别动！”

汤姆斯、刘煜被他一喝连忙收了势，围观的人也早就跑到了角落里，他不费吹灰之力就擒住了两个在公共场所流氓滋扰的歹徒。

十九

连日来，张诗漪梦境萦绕，思想好像陷在了沼泽地里，越使劲越拔不出来。每天都做梦，梦中的情景让她不敢回忆。有时候，她会梦到一些虚无缥缈的东西，觉得自己的身体忽然变得很轻很轻，轻得像一块绸缎，一纵就在半空中飘了起来，像天女散花一样没有一点儿质感地飞。她会飞越高山和大海，能看见地上的森林与河流。她看见河流的时候，会突然发现河上漂着一个什么东西，她命令自己头向下俯冲，于是，她就看清了，那是陆相的尸体，他仰面朝天，口耳流血，惨不忍睹！见到如此清晰的画面，她会大叫一声倒栽下来。醒来后，她发现自己一点儿力气也没有，浑身是汗。有时候，她会梦到自己奋力攀登什么高高的建筑物，爬啊，爬啊，爬得非常费力，脚使不上劲，手也使不上劲，她爬的这个不知是什么的建筑物，那样巍峨陡峭，她自己却像蚂蚁一般小得可怜。突然，没有一点儿预兆，也没有一丝声响，在一片沉寂中，那个建筑物倒塌了，软软的像洪水四溢开来，这种无声而骤然的巨变，令人胆战！她不知当时自己是怎样生存下来的，但她会梦到自己到一片废墟中去寻找什么，她看到了陆相，陆相也在寻找什么，她与他说话，他竟不理。她跑过去想打他一拳，拍他一掌，可他却朝她笑笑，一下就跳进一个大坑不见了，任她在坑边上又哭又喊。她哭醒了自己，会懊恼半天，不知这梦预示着什么。有时候，她会梦到自己正在洗澡，一个男人进来了，看不清他的脸，不知是谁，一进来就“嘿嘿”淫笑，笑得她全身发软。于是，她就从了。那个男人没费什么话，好像什么也不用说，就脱了衣服，也站到莲蓬头下与她共浴。他开始抚摩她，她却只见他伸过手来却没有什么被人抚摩到的感觉，她去反摸他，可是手伸过去只抓得一把空，那个男人就笑，她看见了他的笑，但却还是认不出他到底是谁。这时，他说：“来啊，来啊，以效鱼水之欢！”啊，这一句是多么熟悉啊！她知道他是谁了，他是陆相啊！他不是死了吗？于是就问他。他就笑了，伸出手来在她屁股上猛拍了一掌就走了。她追着喊着，他就不见了。她惊醒过来，生出无限的惆怅！

这些梦都与陆相有关，她明白了，这是那天凌菲出现的结果。她才知道自己这些年来，一直没有忘记他。他就在她心灵的某一个角落，蹲在那儿，等待她记起。

1992年的冬天，那天特别寒冷，西北风，天空中飘着非雪非雨的霰。那时候的江城家家没有空调，室内也没有火，屋里比外边还冷。小姐妹们都冻得缩手缩脚。这样的鬼天气没有客人，大家都挤在一起看电视。这时，门响，她扭头一看，进来的却是陆相。他也不打个伞，脸上潮唧唧的，肩头上也湿了一片。他走了进来，抹了一把脸，一屁股坐下，掏出大哥大往桌上一放，就理直气壮地说：“洗头。多少钱？”这时他看见了她，神情有些不大自然。不过，他还是和她打了个招呼，说：“哎，你没有回家？”

“回家？”

“我听他们说你回老家了。”他坐在靠门边的椅子上，一边与她识里巴搭，一边等待她给他洗头。她没有给他洗。她到这儿工作事前是讲好的，她只管给小姐妹们做饭，不管洗头。

她是走投无路，游魂一样瞎逛来的。那天，她鬼转筋一样逛到这里，看见了店里张贴在窗户上的招聘广告，说招聘美容美发师一名。她不知道这里究竟是干什么的，也不知道什么是美容美发师，她只想找一个吃饭的地方。老板娘盘问了她半天，才同意她在这里给小姐妹们烧饭，管吃管住没得工钱。以后才知道，这里除给客人洗头外，还有按摩。有不在乎的小姐遇到不老实的客人，这按摩还会变味。那时候江城这种场所还少，变味的按摩可以满足客人的某种需要，可以使小姐的收入增加，但她那时候还有着一份纯真，觉得做那些事不干净，况且自己到这里来工作是没办法的权宜之计，并不为其所动，仍然干着烧锅煮饭的事。

这过程陆相并不知道，他们已经一年多没见过面了。在这一年多的时间里，她做过什么，又是如何到了这里，到这里又做了什么，还真是一言难尽，一时没法说得清楚。她不管洗头，别的小姐听了他们的谈话，都以为他们是老熟人，也没有上来搭讪的，就把他晾在那里了。这一下，陆相竟有些不满起来，他不高兴地说："我操！有生意都不做啊？"老板娘听了，从收银台后边站起身来，问那些小姐说："快点，你们该谁了？"

小姐们嘟嘟囔囔地说："我们以为他们是熟客呢。"她就说："我不洗头。"

陆相听了就用一种十分惊讶的目光盯她。后来，另外一个小姐给他洗了。

从那儿以后，陆相就会接长不短地到她们这儿来，有时他并不洗头，只是坐在这里识里巴搭。老板娘都烦了，说他："'一往深情'的门槛都给你踩平了。""一往深情"是他们这个美发店的店名。还说他是"铁屁股"。不满之情，溢于言表。可是，他却好像无动于衷，一点儿也不生气，嬉皮笑脸："你们有什么门槛？又不是孔庙！噢是的！"或者："你摸啦？你怎么知道我的屁股是铁的？"有时候，他来了就脏吹，说什么他如何了得，上过广州，到过厦门，住过五星级宾馆，那宾馆如何华丽，在广州，他到过与香港连在一起的中英街，半边是香港的，半边是咱们内地的，说跑就跑出去了，可他没跑，"跑过去干吗？那边水费特别贵，为什么？因为他们喝的水都是我们这边送过去的。挣多少钱都得花在喝水上。"姑娘们听了就笑他吹牛，他就信誓旦旦地说："吹牛是孙子！真的！人家那边喝水你们没见过，人家不喝自来水，都是大玻璃桶装的！玻璃桶一个多少钱？更别说水了！"在厦门，他上过鼓浪屿，用望远镜看到了台湾！"近得很呢，那山上还写着什么三民主义统一中国的反标呢！有一次我没事又去看了看，看见好几个大官在往咱们这边看，后来一翻报纸才知道，原来那天是蒋介石视察！"姑娘们就又都笑他，说："还视察呢，老蒋早就死了。"他听了就讪讪地笑。第二天他就会补充说："我看到的那个不是老蒋，是蒋经国呢。"原来他为此在晚上回家后特地问了凌老师。姑娘们问他："那里那么好你还回来？"他就说："那里的人欺生，连南下的老干部都斗不过他们。我又要做生意，又要和他们斗智斗勇，太累。小太保，就是我们说的小杆子，还都怕我。为什么呢？我头脑子好，我一去，他们就没得混的了，他们就请我吃饭。燕窝、鱼翅上了一大桌子。上的都是珍品。他们干吗要请我吃这么好的饭？让我回江城。我再在那里待一天，他们就没得钱挣了。这叫礼送出境！”还有的时候他就说江城，说自己在这里如何过五关斩六将，打出了一片天下，在孔庙卖服装，如何卖出了名气。后来又如何打过国家税务干部，如何噪过警察，哥们儿都喊他大哥，江城外边混的没有不认识他的。

不知从什么时候开始，他忽然追求起她来。他的追求让她恐怖，也让她满足。

事后，当她为他羞解罗裙，他们巫山云雨过后，她看到自己落红殷殷而失声痛哭的时候，他对她说，其实自己老到“一往深情”来，完全是为了她。“不是你在那块儿，狗日的要去！”他信誓旦旦。他说自己第一天，就是那个非雪非雨的日子，到她们那里去，本来是想寻求点刺激。因为他那一段的日子过得“一米多高”（江城方言：“一×鸟糟”的谐音）。“可是没想到却遇上了你。我就把那个心思去得了。过去怪我瞎了眼，没有拿眼睛夹你，这也怪陈蓉那个鸟女人，她不让我接近任何女孩，多看一眼都不行，像他妈的我妈似的！可是在我最‘一米多高’的时候，是你给了我温暖。”

“我也没做什么。”

“是呀，好女孩就是这样，她不用做什么，只要看上一眼就会让人心跳，心里发软。我看着你，回家后就想着自己，你比我困难大多了，江城又没个家，全靠打苦工挣钱，可是并不做不应该做的事，那天，你说‘我不洗头，我只管做饭’，我立刻就佩服起你来。真的！你比我强，比我好，比我坚强。操！我早该爱上你的。陈蓉这个鸟女人，还有袁源那个狗日的！”他骂着他们，狠狠地咽着吐沫，喉结有力地上下滚动。“袁源这小子听说是个什么局长的儿子，也不知怎么混到孔庙前街来了，他动用了什么关系，把那二十包衣服硬从老言手里要了出来。我操！他们俩就把它分了。听说他们现在到海南去了。等我从派出所出来，一切都发生了变化，我是鸡飞蛋打一场鸟空了！不过你要相信我，我不会只是这样，我要在这里继续战斗，让你过上令世上所有人都羡慕的生活。真的！”说到这儿，他似乎动了真情，把哭哭啼啼的她抱得紧紧的。

不久，他不知用什么办法，真的给她盘了一家美容店，在二十岁的时候，她真的成了老板。她不知道他这样对她是不是就是她与同学们在大草垛下讨论过的那种爱情。她只是觉得他对她太好了，他的花样无穷无尽。他说在走进“一往深情”后的第一天就开始爱上她了，可她觉得并非如此。她清楚地记得他追求自己的那一天。

那一天，他来了，一进门就从背后转出一束鲜花来。他把花往她怀里一推，唱道：“特别的爱献给特别的你……”把她吓得满面羞红，连躲十躲。姑娘们见了都哈哈大笑起来。她却背过脸去不理他。

他就埋怨说：“这是给你的，怎么不要？叫老子下不来台啊？”她就转过脸说：“你干吗这样？”他又把花向她怀里推，一边推一边说：“拿着，拿着。这花很贵的。”

她不知所措地说：“我又没让你买。”他不知说什么好了，有点语无伦次：“这，不是你叫买的。是我要买给你的。大冬天的，找都不好找。”

她怕被姑娘们笑话，死活也不要。他呆住了，表情十分尴尬。最后，他把花往地下狠狠地一扔，走了。后来那束花让老板娘捡了，插在不知从哪儿找来的一只花瓶里，放在了收银台上。这花开放了好些日子，约有两个多星期，在这些日子里，“一往深情”里天天散发着阵阵幽香。

这花正开得热闹，他又来了，还带来几个男娃，说是他的朋友，指名非让她给洗头不可，她不从，他们就在店里又叫又闹，好几次要砸店玻璃，闹得姑娘们都躲得远远的，老板娘跟他们大吵了起来。他们仍然不依不饶的。这几个人就这样闹了有半个多小时才悻悻而去。

他们走后，老板娘对她下了最后通牒：“你必须把这事处理好，下次这几个活闹鬼要是再来，你就不要在这儿干了！”说着就把那花狠狠地拔出来，气呼呼地走到门口扔了出去！她不敢回嘴。她不知道该怎么办，陆相，他怎么变成了这样？

她有几次进来出去都看见那一束花，它被抛弃在小店门口的角落里，一点儿一点儿地凋零。她趁没人注意捡起它来，花瓣就无声地散落下来好多，有一片掉在了脚上，鞋上像绣了一朵红花，怪好看的，可是，她一抬脚，它就掉了。她望着手里的花，竟然生出一股感伤。她想不明白这是怎样的一种心境，只是觉得心里难受得不行，她有些恨自己，要了他的花又有什么了不起的？接过花来，开个玩笑，不都过去了吗？可是，接过来以后会怎么样呢？她想，拒绝他完全是一种本能，并不是深思熟虑的结果。接过以后会怎么样，她甚至连想也没有想过。也许接过以后他就会认为自己接受了他，就会发生一场爱情吧？这事真的来得太突然了，一点儿准备都没有。可是，一想到接受他的花以后就有会发生恋爱的可能，她终于明白了，对爱情的认真已经成了一种本能，是这种本能使自己拒绝了他的花，因为她不能确切地知道，他这样做是不是就是对自己的爱情。

许多年以后，她会为自己的这种本能付出代价，也因此而多次顺利地渡过生活中的急流险滩。多年之后，她才会怀着感激的心情，想起自己这种视爱情为崇高的本能。

爱情是个看不见摸不着的东西，眼下，现实使她想得更多的是，她没有地方可去，如果他们再来撞魂，也就是江城人说的活闹鬼，老板娘就要赶她走！所以，晚上睡觉时，她除了被“这到底是不是爱情”这个问题所困扰外，想得最多的就是，陆相，你不要再来了！她在床上翻来覆去，在心里默默祈祷，别再来了，你们千万别再来了！可是，过了几天，陆相又来了。

他就是这样死皮赖脸，种种手段，死缠烂打，让人哭笑不得，提心吊胆。对此，她心情复杂，难以言表。她有些恐怖，不知道他还会使出什么花招，她有些难堪，有些痛苦，这不是她所期待的那种花前月下，那种也可以让自己使个小性子，吓得那呆女婿连求十求才饶他的爱情……她搜肠刮肚，把自己从书和各种杂志上看来的，老人那儿和戏文里听来的等等所有的爱情故事想了一个遍，觉得今天发生在她身上的这事，与之全都不像，也全都不是；她也有些欣喜，像是偷了春节供祖的蜜枣，没被人发现的窃喜和舌尖上的甜蜜让她兴奋与期待；还有一些满足，任何一个姑娘都有虚荣心，当有人追求她的时候，她会从别的姑娘的眼中看到羡慕与忌妒。她不知道他这样做是不是真正的爱情，但她确实从中尝到了爱情的百味杂陈。

有一天，陆相又来了。这一次与过去不同，他连门都没进，只是从门口伸进了头，笑嘻嘻地叫她出来。

她怕他一旦不高兴又会闹事，一旦闹起来老板娘叫自己走人，只好随他走了出来。

她一出小店的门就看见门口停着一辆摩托车。他就指着这辆摩托车说："看看！"牛气冲天地说。这是一辆大白鲨艇王摩托车，踏板的，座矮把高，瘦长而矫健，通体白色，保险杠和发动机是电镀的，闪着银光。

"上来。"陆相跨了上去，回过头来招呼她。见她不动，口气变得硬棒起来："上来！"

她怕他生气，知道他一生气就又会出其不意干出什么坏事，就小心翼翼地走了过去。

"上来，我带你兜风！"她欠起脚，屁股一歪，斜了上去。

"不，不。要跨上来坐，像我这样。快得很，你这样坐会掉下来。"他说着，从车上跨了下来，伸手要来扶她。她没让他扶，跳了下来，一伸腿，跨了上去。

他笑了，重新跨上摩托车，"啪啪"地打着火，扭动右手柄，加油，说了一声："坐好！"脚下一踢支撑，车就猛地蹿了出去。她被离心力甩得猛地向后一仰，吓得尖叫一声。

他在前边头也不回地说："抱好，抱紧！"他见她不动，就从侧面伸过一只手来，抓住了她的手，引向他的腰。她有些不好意思，就用手拉住了他衣角。

摩托车轰响着，向前冲去。他在前面弯着腰，灵活地拐着方向。摩托车冲出了"一往深情"所在的小巷，冲上了大街。一上大街，他就逞能似的把车开得更快了。

她坐在后座上，只觉得两耳风声，街上的景物飞快地向后闪去。她紧张得要死，吓得闭上了眼睛，两手更紧地抓住他的衣角，死也不敢放松。这真是一种奇妙的感觉。

当他把车停在了"一往深情"门口后，她几乎已被冻僵。两手像是没了知觉，脸上木扎扎的，进了屋好半天，才感到从领口里灌进的寒风把胸口都冻麻了。尽管如此，但她还是太喜欢这种感觉了！风在耳边呼啸，车在天与地之间疾驶，人就真的飘了起来。车像是风浪里的快艇，灵活地遇物而拐，随坡就岗，人便随车而摇摆不定，像春风里的疾燕，忽左忽右，忽高忽低，在风里穿行。这才叫真正的穿行啊！遇到红灯的路口，陆相就减速，慢慢地，车越来越慢，最后稳稳地停住。这时，后边会驶上来几辆摩托，它们像收起羽翼的大鸟，慢慢地，悄悄地停在你的身旁，骑手一律伸出右脚支地，等待着红灯变绿。当红灯变绿的一瞬间，这些摩托车几乎同时会发出更大的轰响，好像是借用后坐力似的，向后顿了一下，正如听到号角的战马，耐不住地仰首刨地，披鬣长嘶，然后就箭一样射了出去！

这是速度的美感！这是青春的炫耀！

她就这样醉了，醉入了陆相的怀抱。

后来，她就为他羞解了罗裙。

后来，他也为她搞起了一间小店，让她成了美容美发业的老板。

再后来呢？再后来的事就应了李煜的那句诗了："故国不堪回首月明中"。

唉！

二十

“in’100”里这么一闹，陆相是真的进去了，他被正式拘留十五天。等他被放出来，他的事业已经发生了翻天覆地的变化。

法人代表陈蓉已经盘货退房，那个小得连名都没得的店已经关闭，孔庙前街上陆相原来开的小店现在被一个广东人开成了眼镜店，人家这个店有名，叫做“心灵之窗”，现在正在粉刷，不久就可开业。陈蓉和她手里掌管的钱一起在1991年9月的江城蒸发，同时消失的还有那个卖磁带的袁源。上帝保佑，让他们进天堂。张小菊不知去向，像一只猫钻进了江城这个七百多万人织就的青纱帐。不过也许她已回了老家。

陆相是马死牛瘟，鸡飞蛋打，两手空空，一×鸟糟！六年的心血，算是一江春水向他妈东流了，多少理想，数不清的愿望，全他妈的是谈笑间樯橹灰飞烟灭！陆相心灰意懒，缩在屋里待了十多天。过了这十几天，老头不耐烦了，嘟嘟囔囔地说：“‘十一’到了，‘十一’到了。”

陆相这才想起，原来他和凌菲定好了“十一”结婚。他看看墙壁上还是春节挂上的那张画着广东高楼大厦的挂历，算一算日子，可不就在眼前了？陆相就睁起犯了烟瘾似的眼皮，说：“那我就找凌老师他们家商量商量再说。”

“还再说呢？还再说呢？”老头很不满，“再这么说下去就不用说了！”

“那就更好了！”陆相嘴上和老头斗着气，可第二天晚上还是把凌家父母和凌菲一起请了过来。

陆家良见亲家来了，虽是一个院住着，但还是挺兴奋，倒茶的手都有些抖，茶都洒在外边了：“这一块住了这么多年了，谁还不知道谁呀？这两个孩子也是从小一块玩大的，都是好孩子。‘十一’呀，凌老师你们看行不行？”

凌家两口子对视了一眼，凌老师就说：“这日子倒是蛮好。不知这事怎么个办法？”

“怎么办？”陆相不太考虑老年人的想法，直通通地接茬儿说，“那还不好办？把小菲的被子往我家一抱……”

没等他说完，护士阿姨就打断了他的话：“小相，你这是娶亲哎！再说我们小菲也不是嫁不出去了。噢是的！”

护士阿姨一甩脸子，吓得老陆不轻，连声说：“小炮子子，你省两句。大人都在，哪儿容你胡说！”又对老凌说：“你有什么要求尽管提，小相这阵经营虽不好，但我这儿还顶得住。孩子们是一辈子，咱一定要办得风光点。”

“是这话。”护士阿姨这才很不情愿地点了点头。

“老陆你讲的啊，那我就不客气了，先说说我们的意见。”老凌从口袋里掏出一张纸，递给老陆，“都在这上边写着呢。”

老陆连忙戴上老花镜，凑着灯光看，虽然他识字不多，但这上边的字还认得，一看，心里就有了底，看来吓不死人。只见这张纸上写着：衣服多少套，被褥多少床，金戒指两枚，金链子两条，金镯子两只，金耳环两对等。老陆卖了一辈子烧饼，默算的能力蛮强，粗粗一看，这一应物事，大约要三万块钱。老陆觉得娶个媳妇是要花这么多钱，再说自己惨淡经营这么多年，这点儿钱还是拿得起的。于是，他第一回摆出当老子的架子，慢条斯理地摘下老花镜，一边头也不扭地就手把纸条递给自己的儿子，一边仍对着凌家两位长辈说：“行啊。明天就叫他们上街买去。这没问题，才将我不是说了吗，我那点儿家底还顶得住。”

“孩子们的房子怎么办？”护士阿姨问。

陆家良最怕这点上亲家不满意，连忙说：“你们都见了，门面又向外搭出去一点儿，他们就住这间，明天粉粉糊糊，也蛮好的。我就住新搭出来那点儿。”

“那也行。”护士阿姨话说得有点勉强，“不过，你是老公公，你进来出去都要从新人房间里过，这很不方便。"

"是呀，是呀。我们的意思，就是把门面和这间之间隔起来，门面就在街上，这间房从里边开门，他们新人从里边走。"

"那，那……"

凌家两口子这个改建房子的方案，极大地伤了老陆的心。原来，按他们的方案，老陆就不用再进这四号院的大门了，直接从船板巷一脚就迈进烧饼铺。这不是把我扫地出门了吗？

陆相发话了："这不行！老头连大门也进不了，那哪儿行？他卖了半辈子烧饼了，下半辈子还要跟炉子过啊？"

"我才将不是说过了吗？这里没有你说话的地方！"陆家良训斥他，很生气的样子。又转过脸来对凌老师说："行，多大点儿事啊？"

凌家两口子的脸色这才好看起来，接着又和陆家良商量起办事的具体事项来。

原来，这江城人结婚，有很多讲究，许多规矩。比如，新娘出门之前，必须和母亲抱头痛哭，以示恋母；新郎须到新娘家亲自迎娶，新娘离家时不得穿鞋，鞋由新郎提着，人由娘家兄弟抱上婚车，以示恋家；下了婚车到了婆家，须由新郎抱入家中，以示恩爱，等等。这些玩意头，搞得人头稀昏。可是，凌家坚决要这么做。凌老师说："这都是规矩。本来，我们家对这件事就有不同看法，再不这样搞一下，亲戚朋友更有意见。众口铄金，众怒难犯，只得依老例了。"

陆家良不懂什么叫"众口铄金"，这句话没听人说过，众怒难犯倒还明白，连起来一想，是大家都"说金"，没金要怒的意思吧？连忙说："那当然，那当然。当然要依老例的。"陆相听了，觉得又好气又好笑，什么老例？先他妈的让我提鞋，一下就矮了三辈！让我那些同学朋友看见还不笑掉大牙？

"操！"陆相心里骂了自己一句。他望望凌菲，她却像个没事人似的，坐在那儿，剔着指甲。这时，陆相才发现，她不知什么时候把指甲染红了。她的手指瘦瘦的，红红的指甲在顶上，像一根筷子顶个红鸟嘴，怪怪的，不像陈蓉的手，白白胖胖，该鼓的鼓，该坑的坑，上边再涂个红指甲，很性感。他就这么胡思乱想，忽然听到有人问他话。他回过神来，才明白，原来未来的老丈人在问他的意见。他看了半天未来媳妇的手指甲，还抽空想了一会儿陈蓉性感的东西，根本就没听他们说到了哪里，老丈人这一问，他只好吭吭哧哧地说："好，好！"

这一下，双方的老人才算是出了一口长气，异口同声地说："就这么说定了。"于是，凌家两口子带着他们的宝贝女儿告辞回家，虽然就在对门，陆家良还是千送万送，凌家两口子也是千谢万辞，分别声、关门声、脚步踢踏声，呼儿唤女声，嘈嘈切切，把个老船板巷四号院的人都吵醒了。

接下来，陆相和凌菲就忙了起来。又要添一些过去想买没买的、过去根本就没打算买的、忘记买的，又要隔新房、粉刷新房、糊新房顶、布置新房，又要发请柬、约朋友、订宴席、扎花、买喜糖、剪喜字、请有父有母有夫有子有女有孙子有孙女有家业有寿数有女红的十全老太太来绗被褥，请未婚的小子来压床铺……忙了个不亦乐乎。

忙着归忙着，两人仍然是一会儿好，一会儿吵。比如，两人同时看上了一个床头柜，就高高兴兴把它买回了家。邀朋友时就吵起来了。凌菲要请的人中竟有郑海宁，陆相见了这个名字就特别生气。两人为这事就干了一大仗。忙着办着笑着吵着，眼看就到了九月二十九，凌菲就叫陆相找车。

"找车？干吗？"陆相一脸的痴呆。凌菲大为不满，说："你是不是吃了忘鸡蛋了？那天你不是当着我家人的面连说十说好的吗？"

陆相想了半天，说："买的东西不是都拖回来了吗？"

"大喜的日子，我不想跟你吵！你不要老是以为这是我一个人的事！"凌菲忍着气，一边责怪他，一边把那天老人们说的事又说了一遍。

原来，那天陆相光顾想陈蓉的手指甲没听全的是江城人结婚成礼中的最重要的一项仪式。女方的嫁妆，男方的彩礼，必须头天晚上进入洞房，第二天，从洞房中搬上汽车，巡游大街后再搬回洞房，以示富有。

两人新婚买的一应物品，因为陆家地方小，就都堆在了凌家。陆相原指望把那些东西往自己家里一搬，齐了，没想到还这么复杂。依这种老例，这些东西要在婚礼的头天晚上搬入自己的家，第二天，与她家的嫁妆一起装车游街，然后再把这些东西搬入洞房。

“操！这是为什么?”陆相一脸傻气。

“我哪儿知道?”凌菲也没好气地说，“这都是规矩！”

“规矩?搬进来再搬出去再搬进来，折腾吗?烧包！一个院门对门，游什么鸟东西?显富啊?招贼！”

凌菲说：“呸！呸！呸！你能不能说点吉利的话?这婚不结就算了，谁家结婚像你，一肚子不高兴，像吃了大亏似的。”

陆相直瞪瞪地看着她说：“你们一家人，不是老师，就是护士，再不就是大学生、国家干部，怎么比我这老百姓还信这些玩意头?”

“你们家可以不要面子，我们家不能不要面子！”凌菲毫不留情地回他。

“面子?哼！没钱过日子，还面子哩！全是虚张声势！”

“你是不是又要找架吵?”

陆相不再说话，但心里抹不直。事到如今，他也不知道这婚该不该结。他先是很恍惚，反复思考，就是想不通一个人为什么非要结婚不可。后来就是很困惑，觉得自己就这样，和这样一个女人结了婚，结了婚就不是那么好离的，一张纸管你一辈子。从今往后，自己就是一个结过婚的人，就要有子女之累，有家室之拖。自己才将蚀了大本，而今，三旬之上，功又不成，名又不就，倒被文了双颊，发配江州！不由酒涌上来，潸然泪下，临风触目，感恨伤怀，不禁题诗一首……忽然发现由自己的能力想到宋江浔阳江楼头题反诗那一出上去了，连忙回过神来，连说十说：“好，好！他妈的找车，游！”

凌老师走了进来说：“要游远一点咯。”

“游到仪凤门算了！”仪凤门在城北，离船板巷少说也得在二十公里，陆相这么说纯是讽刺。

凌老师什么事没经过，话里听音，就不高兴了：“哎，我说小相，按说也应该游那么远才是，可你这样说话就不对了。”

“怎么不对了?老子就这样说了！”刚跟凌菲吵完嘴，陆相没好气地说。

“你是谁老子?!”凌老师大怒，额头上的筋都暴起来了，“啊?!你看看你这副德行！还要当老子?！老花子！”凌老师差点儿伸手打他。

陆相平时“老子，老子”的惯了，这是他的一句口头禅，可是，这个恶习今天用得的确不是地方，让凌老师挑了礼！挑礼也好，挑理也罢，陆相知道自己不应该在长辈面前说话带把儿。但是，你也不应该说什么“老花子”，侮辱我家人！

陆相在这一点上有着强烈的自尊。自尊源于人格，对自己是人的认识越清楚，自尊就越强烈。但过分的自尊却像硬币，它的反面就是自卑了，而且，它的一面多大，它的另一面也多大，绝对成正比。陆相从小就怕且恨看不起他家的人，因为知道自己家穷，总是矮人一头，这种强烈的自卑造就了他过分的自尊，今天，听了这声骂，打流混事好多年的他脸都羞红了。

这时，凌菲忽然说话了，一开口就没好气：“回家当你家人老子去！真是素质低下！”

陆相不敢与她爸吵，但却敢同她闹，听了这话，就把被凌老师骂出的羞耻感，全都发泄在凌菲的身上了：“你素质高！高你怎么不找高的去?！操！”

“我是可怜你！”

“我还可怜你呢！”

“我告诉你，姓陆的！你成天哭丧着脸，像谁该你的似的。这是你结婚，你别搞冇喽！”

“姓凌的，告诉你！别狗仗人势！你以为在你家我就……”

“你才是狗呢！你才是狗呢！”凌菲不依不饶。

陆相气得甩门要走。凌菲在他身后恶狠狠地说：“这婚我不结了！”

陆相听了，就不走了，回过身来，一阵狞笑：“不结就不结，你吓唬谁呀?！”

打人无好拳，骂人无好话。两人你来我往，越骂越激动，把当初为什么骂架都忘了。这一场架吵得天昏地暗，日月无光，结婚，这天下最大的喜事就这么让它搅了。

二十一

张诗漪每天噩梦连连，这些噩梦又勾起一大堆心事，所以这些日子她过得挺烦闷。肖方全这些天来却不知忙着什么大事，对她的情绪和神态一点也不在意。想起来，她有点怨恨。

工程上没再发生什么事，张诗漪每天开车到江北去，一到工地就看见民工们在一五一十地干活。有一段路快修得差不多了，民工们在烧沥青往路面上浇，浓烟滚滚的。她站在那儿也没什么用，看一会儿觉得熏得慌，就坐进办公室。有时没什么事，喝喝茶，看看报，过去一天；有时，李顺利会来找她批点钱，买料或是支工资。

有一天下班后，她开车下了长江大桥的匝道，把车停到了江边。她原本没有打算到这里来，只是车在桥上时，她忽然想起，昨晚的电视里报道说，这里抢救了一个要跳江寻短见的女人。她心血来潮，灵机一动，就把车开下来了。

大桥下是一个不大的公园，铁门上挂着禁止车辆通行的木牌。迎门不远的地方有一个花坛，衔接着通向四面八方的小径，小径的两边是球场一样的绿草地。绿地过去，沿着江边，种着高高的广玉兰，又宽又厚的树叶，在江风中不停地摇曳。此刻，公园里没有什么人，有点冷清。她把车停在门外，锁好，就走了进来。

她心里想着那个寻短见的女人，昨天在电视里看到她了，在守桥武警的怀里，她披头散发，哭成了泪人。那条新闻很短，没有说她为什么要来这儿寻短见。但她心里清楚，一个女人，若不是遇上天大的难事，是不会这样寻死觅活的。

她来到江边，俯身在矮矮的防洪墙上，凝视着江面。一江混浊的江水，被夕阳染得黄澄澄的，波光粼粼，茫茫然，不知从何而来，向何而去，平缓而不竭地在眼前流过，昭示着大自然的神秘与伟力。江中，大大小小、各式各样的船舶，向东向西，迤逦而去，不时传来低缓的鸣笛声。江对岸，工业废气形成的岚雾，把一切景物笼罩得迷迷蒙蒙。几架建筑工地用的高高的吊机，在迷蒙中傲慢地挺立。一只苍鹰，在极目的天空上滑翔，背负青冥，君临天下，几乎一动不动。巨大的无声，巨大的生命力！江风掠着她的长发，她被眼前的景色惊呆了！

她就这样待到天完全黑了下来，这才走出公园，开上车回来。

当她走出白云饭店的电梯时，一抬眼，不经意间，看见长包房门口站着一个女人。这个女人的头顶上方正好有一盏走廊灯，她就像站在舞台上一样，笼罩在一片柔和的灯光下，正看着自己。她有四十多岁，烫着发，上身穿着一件无领的碎花外套，下身穿着像裙子一样的宽裤脚黑裤子，脚上穿着跟儿细细的高跟皮鞋，得体而时髦。她挎肩背着一只大包，张诗漪一眼就认出那是一个名牌皮包，是自己总想买却一直没舍得买的那个品牌。这只包这样随意地背着，又把那人衬得高贵而雅致。

张诗漪好奇地盯着她看了几眼，又向前走了两步，这时，她看清了她的脸。中年妇女长得十分好看，瘦长脸，细细的眉毛伸向鬓边，一双细长的眼，鼻子瘦而挺，嘴有些大，涂了口红。只是脸色有些黑，显出岁月的沧桑。不知怎么回事，她觉得她的这双眼像羊的眼睛一样，以后好多年中，她一想起这双眼就觉得奇怪，因为她从来都没有仔细地看过羊的眼睛，始终搞不明白自己当时为什么会这样想象。此时，这双羊一样的眼睛正好奇地看着她。

张诗漪以为是一个熟人，但偷看了她一眼后，确信自己从来没见过她，便毫无表情地从她身边走过，走到自己的房门口，从口袋里掏出钥匙，正要开门。这时，她从她背后问："你是张诗漪吧?"

张诗漪一愣，回过头来说："你是……"

"我叫黄玉萍。"

张诗漪没听过这个名字，但她忽然就猜到她是谁了，是肖方全的老婆！

“我是刘文蔚的爱人。”她说。

张诗漪听了她的自我介绍，吃惊地瞪大了眼，连嘴都惊得张开了：“你?！找我?”

黄玉萍轻得不能再轻地动了一下嘴角，说：“我一直想找你谈谈。”

“找我?”张诗漪仍然不大相信地问。

“这样吧，我们进去，或者找个地方?”

张诗漪思忖了片刻，决定找个地方，她不想让她看见房内她与肖方全一起生活的景象。她收起钥匙，默默地点了点头。黄玉萍见她收起了钥匙，明白她的意思，就转过身来先走了。

张诗漪不知她要找自己干什么，有点忐忑不安，低着头跟在她身后。她们前后走下楼来，到了饭店大厅的咖啡座。

两人落了座，一时无话。黄玉萍与刘文蔚的婚姻是经过一番曲折的。他们都是新三届的，下过几年乡，回城后分到江城的一个无线电厂当工人。黄玉萍的父母都是江大的教授，家境优裕，黄玉萍在学校就是有名的校花。刘文蔚的父母都是工人，子女又多，生活条件较差。刘文蔚是老六，他本人长得五短身材，眼小嘴大，眼眶还向里眍，家境的困窘，世态的炎凉，像榨油机一样，给了刘文蔚强大的压力，最终让这颗小小的花生米硬出了四两油！他从小养成的喜欢看书的兴趣，最终成就了他，在当了一年工人以后，就是全国恢复高考后的第二年，他考取了江大，毕业后留校当了老师，终于实现了人前出头喘气的愿望。黄玉萍看重的就是这一点，他好学。在工厂里，黄玉萍可是一个人模，多少人追她，明里暗里的都有，但她看中了他，觉得他好学，是公子落难，潜龙在渊，终不是沉于底潦的人物。黄玉萍有两个姐姐，没有一个赞同妹妹爱这样一个人的，她们举出了好多例子，证明家庭文化、经济的差异会给婚姻带来不幸，她差一点儿就被她们说服了，这时她的父亲站出来支持了她，告诉了她两个真理。老父先坐着说了第一个：“你要记住，看一个男人，不是看长相，更不是看他家中的钱财，而是要看他发展的潜力。”说着就拿起写字台上的一张大报让她看，这张大报上发表了一篇男人上了大学后，甩掉爱他多年的那个女人另觅新欢的大块文章，文章中把那个男人称为“现代陈世美”。老父把报纸递给她后，说了另一句让她终身享用的话：“不是陈世美不好，是秦香莲没用！”她仔细地看完了这篇文章，确信父亲的话是对的。后来，“现代陈世美”这个颇出新意的名词风靡全国，那些不求上进的女人好好出了一口鸟气，仿佛她们的爱情一下子就转化成投资，而这种投资现在有了必须捞本赢利的舆论保障！后来，他就真的考取了江大，她替他忙前跑后，到厂里办理离厂手续，到江大办理报道手续，甚至到他的宿舍帮他铺好了床铺。厂里的小姊妹都笑她，说她太不矜持了，有一个说得更刻薄，说，老虎啊，狼啊，都要撒泡尿把自己的领地圈起来，以防别人侵占，她这是撒尿呢！于是，她有了一个外号：圈地！

后来，在多年的生活中，两人拉开了距离。刘文蔚不懈地追求，如饥似渴地学习，上知天文，下知地理，什么新科学、新知识，没有不知道的，现在也当了教授，虽然还只是个副的，但还有潜力，还能发展。可“圈地”就不行，她婚前一心想着他，每月三十二块的工资，除自用一点儿以外，还要给他五块六块，再给他买些麦乳精什么的，自己吃饭则完全是向家里“揩油”，那时，她完全沉浸在恋爱的幸福感觉里，根本没把自己也应该加强学习当回事，婚后，她每天忙于日常家务，心思又放在孩子的身上，根本想不到看书学习。不仅如此，婚姻双方的境地也发生了历史性的逆转。“圈地”娘家的家境大不如从前了。她老爸黄教授已然作古，老妈由住在家里的二姐照顾，但用她母亲的话来说：“你二姐已从温润光滑的玉镯，变成了冷冰冰的手铐！”因为生活中的太多的不顺遂，家里每天都发生着这一对母女间的战争，最要命的是，她们都有着生命不息，战斗不止的顽强精神。她平时都不想回这个娘家。而刘文蔚的父母家，老人均已过世，根本上消除了他的负担。兄弟姐妹则经商的经商，做工的做工，各人忙乎得热热闹闹，小家庭都是蓬蓬勃勃。刘文蔚和她一手创建起来的这个小家庭，也蒸蒸日上，一百多平方米的教授楼住着，女儿也已经上了本市的重点高中。说起发愁的事，她说，有！正为先买车还是省下钱等几年女儿出国用而犯愁，用她二姐的话说，瞧瞧，人家愁的都是这层次的事！总之，这些年下来，她不仅知识文化上不如自己的丈夫远矣，青春也已不再，连娘家的家境也不如从前。更有甚者，听说不久她们厂就要被吃里扒外的厂长卖给外国人了，那厂子全拆，人家要用那地方盖商品房了。而这些商品房平地而起之时，就是她们下岗回家之际！黄玉萍傲不起来了！她明白只有奋起直追，才能缩小与丈夫间的距离，才能保住他们的婚姻。有一段时间，她也补习了外语，为了配上丈夫，甚至在做爱时，她也用英语表达自己的感受："卖疙瘩！卖疙瘩！"一开始，刘文蔚不懂，呆呆地望着她。她正在兴头上，只好用汉语催："快点儿！快点！别不动啊！"刘文蔚就问，她就解释："不卖什么，这是英语呀，很好很棒的意思呀，你不懂?"刘文蔚觉得可笑，虽然没说什么就恢复了动作，但已经不像刚才那么有趣而用力了，觉得可笑，心底上就生出一股鄙视来。从此，他们做爱的次数也大大地减少了。

人非草木，这些变化，黄玉萍心里雪亮，对于目前的现状，她只有一招，就是更加狠命地"圈地"。就在这时，她发现了丈夫刘文蔚的一个秘密，她看到他的手机上有一条十分可疑的短信！这真是心惊肉跳的发现！

这些年来，"圈地"一直在圈着刘文蔚这块宝地，她不停地出现在他的身边，早些年，学校里周末有舞会，她会拉上他去，后来，系里校里的年终茶话会，她也是积极分子，她热情地邀请他身边出现的那些女性来家里吃饭，她用女人特有的眼力观察她们，她自信自己这方面有着一种稀有的天赋，她能做得天衣无缝，她就像一个高超的排雷手，什么雷都能挖出，不让这些"有色金属制造的地雷"炸伤家庭、丈夫和自己。这些年来，她觉得自己已经把刘文蔚身边的地雷都挖绝了，没想到，老虎也有打盹的时候，一个不留神，他竟有了可疑的短信！

"被人惦念是温暖的，被人理解是幸福的，感谢你对我的惦念与理解。你最近好吗？我想见见你，我随时有空，请你说时间。"听听！她发现这条短信后，心里暗暗吃惊，表面不露声色。她悄悄地记下了来电号码。她不想直接打电话过去，万一她受了惊吓，从此再不接她的电话，那不鸡飞蛋打了？她绕了一个大圈，到联通交费处，在这个号头上交了二十元钱，交钱的时候，她把头伸进柜台，看见并且记下了电脑上显示出的机主身份证号码。她又到话费查询台，用这个身份证号查出机主叫张诗漪，查出与这个号码通话最多的那些电话。

从身份证号可以看出机主是一个二十七八岁的乡下女人。她心里有数了，接着，她一个一个地打那些与这个号码通话最多的电话，问有没有一个叫张诗漪的人。终于，有一个电话说有，接电话的正是肖方全，问她找她干吗。她就编了个瞎话，说是某某派出所，捡了一部手机，要还给失主。肖方全在电话里骂了一句，说，操，这人有一天脑袋丢了也没地方找去。然后就把自己的公司和如何找到张诗漪告诉了她。世界上没有不透风的墙，地球上也没有不留下蛛丝马迹的事，只要留心，没有破不了的案！

可是，当两人坐下，四目而对之时，黄玉萍犹豫了，拿不准该对她说什么，甚至不知道今天这第一句该怎样说！张诗漪见她半天不说话，不知她葫芦里卖的什么药，心上忐忑，脸上就有些不大自然，坐在高背椅子里的身子也不安地扭动起来。

“我给你猜个谜语吧！”她忽然说。张诗漪万万没料到她会这样开场，因此，这句话她几乎没有听懂。“什么?”她坐直了身子，瞪大了眼睛问。

“我想给你说个谜语。谜语你不懂吗？‘破个闷儿’！”黄玉萍强调说。张诗漪绝对听清了，但她的提议让她晕菜！

“别这样看着我呀，我又不吃人。”黄玉萍说，“也许你早就知道我为什么而来。来之前呢，我也想了好久，真不知应该怎样面对你，也不知该对你说些什么。想来想去，我一个法院的同学叫我从这儿讲起。我想也有道理。我先说谜语……”

“等等！”张诗漪打断了她的话，“你到底找我有什么事?”

“张小姐，你别害怕。也许我有点突兀。周总理说过，我们不是来吵架的，我们是来寻求朋友与友谊的。噢，这话你大概不知道，他说这话时你还没出世呢。我今天不是来找你吵架的。我只是想与你随便聊聊。”

“聊聊？聊什么?”张诗漪一脸的警惕。

“你看，我这样说你不要介意，你和我们家老刘是朋友吧?”

张诗漪看着她，不知她要说什么。

“老刘这个人就是这样，平时工作忙，有时需要打打岔。”她一点儿一点儿地说开去，把刘文蔚说成了一个事业第一，颇有成就，但有那么一点儿花心好色，却绝不会动真格的老男人。她还绘声绘色地讲了他们在工厂时的故事，说明他们当年的艰辛，她还无意一样告诉她，最近她做了小产手术，表示他们间情深似海，现在还常常红绫被底卧鸳鸯！

张诗漪耐着性子听着黄玉萍的话，越听越觉得，这个女人完了！她不知道，她的这些做法是多么老套，她甚至不知道爱是什么东西！她不知道自己是如何地崇敬这位大哥哥一样的教授，至于与他上床，自己不是不想，是不敢想，更不敢做。我张诗漪是一个什么人？一个乡下来的打工妹而已！刘文蔚是什么人？一个江大的教授，一个人物！我只能和肖方全这样的人上床，我要是与刘文蔚上床，哪怕只是有了这个念头让他看穿了，自己就会遭到他极大的鄙视，与他的友谊也将不复存在。我们社会层次太不一样了，差距太大，从他到我，这之间的落差就像细细长长的蛛丝，飘飘忽忽，虽然光闪闪的，但经不住一点儿风雨。眼前这个女人不懂！她不懂这些也就罢了，因为，她不了解世界上这个叫张诗漪的人。但是，她应该了解自己的丈夫！可她连自己的丈夫也不懂。刘文蔚是一个什么样的人？他知识渊博，肚子里的知识都成灾啦，你只要引个头，他就会娓娓而谈，旁征博引，像个卖瓦盆的，一套一套的。他的幽默感就写在脸上，眼眍眍的像个外国人，一笑起来，眼就找不见了。他肚子里的笑话也成灾啦，一张嘴就是一个。更主要的是，他尊重她这样一个来江城打工的乡下姑娘，尽管自己有过一段并不光彩的事，这段事，好长时间，她都没敢告诉他，怕他知道了不再理自己。可是，在她对他说了以后，他不但没有表示出任何厌弃的神情，还很诚恳地说："谢谢你这么信任我。"以后，待她如初，没有一点儿居高临下。张诗漪觉得自己更加看重的也许正是这种赋予弱者的同情，屈尊纡贵的平等，她管他身上这些品质叫"男人的善良"！张诗漪感到，眼前这个女人根本不懂得她的丈夫身上这种百里挑一的品质，甚至对她的小产嗤之以鼻，都什么时代了，她还会把性和爱混为一谈！性，这真是一个奇怪的东西，它与爱，有时是双胞胎，甚至是连体人，而有时又是仇寇，似乎不共戴天。连这个都不懂，张诗漪不禁为刘文蔚感到深深的悲哀！

"我们不是你想象的那样。"张诗漪忍不住打断了她的话。

黄玉萍歪着头看着她，意味深长地拉长了语调说："是吗？"这种神态和语气，在黄玉萍来说，只是一种习惯，但在张诗漪听来，却觉得其中含有一种讽刺挖苦，甚至含有一份恶毒！

“你爱信不信！”张诗漪不禁有些恼了，“即使我们是那种关系也与别人无关。”

黄玉萍听了这句话，眼睛瞪得老圆：“不会吧？你有没有搞错？”她模仿着港台腔说：“他是我的老公呀！”

“但他不是你的私有财产！”张诗漪飞快地接茬儿说。张诗漪在监狱里学了一些法律知识，她懂得一点儿法理，比如，现代国家的法律都没有通奸犯法的条款，也就是说通奸不犯法，这是因为，夫妻双方不是占有关系，一方与他人通奸，从法理上说，并没有侵害另一方的任何权利，如果对通奸的一方予以法律惩罚，则是承认这一方为另一方的占有物。这在现代法理上是说不通的。但是，通奸毕竟是不道德的，它必须受到道德和公众舆论的谴责。张诗漪文化水平不高，对这些法律知识仅知皮毛。但是，这点皮毛今天却救了她的场，一句话就把黄玉萍说愣了。

在黄玉萍听来，眼前这个乡下姑娘的话简直就是胡搅蛮缠！她不知应该如何回击她，说话竟结巴起来：“那，那，那他也不是大众情人！”她忽然想起有一个中国著名演员曾经被人这样叫过，就顺嘴说了出来。

“你真无聊！累不累呀？”张诗漪轻蔑地说，说完就站起身来想走。

黄玉萍没有想到在这个乡下丫头面前，自己竟然这么轻而易举地败下阵来。过去，她可是百战百胜，所向披靡呀！那些系里系外的同事也好，大学生、研究生也好，社会上的追求爱慕者也好，凡是她去见过的，一上来总归都有些心虚，先是与自己曲意周旋，然后，或小心翼翼地解释她与“我们家老刘”的关系，或委婉地暗示他们间的清白，或急切地撇清自己，或王顾左右而言他，但无论怎样，对方都会在她的视野中永远地消失。总之，没有一个像眼前这个乡下姑娘这样不顾廉耻，穷凶极恶的！黄玉萍愣在了那里，都不知道张诗漪是什么时候离开的。

二十二

张小菊并没有离开江城。

张小菊只是离开了表姐，离开了陆相，离开了孔庙那个无名小店。现在，她举目无亲，身无分文。往哪里走，向何处去，这成了她最为现实也最为迫切的问题。

那天，表姐陈蓉给了她一百块钱，让她回家，说："真对不起，你才来了两个多月，这么大暑天让你回去。等以后我有了着落再写信叫你来。"她听从了表姐的话，收拾起自己的东西，问清了去长途汽车站的路线，顺孔庙前街出孔庙后街，去坐到长途车站的公共汽车。可是，在孔庙后街，她遇上一件事。如果不是这件事，她现在恐怕早已在家喂猪喂鸡，烧火做饭，又过上了车轱辘日子了。

她从前街往后街走，不知不觉之中，穿入一条小巷。小巷很长，很长，巷中又有巷，七拐八歪，就是走不到大路上去。张小菊就在这些条你连我、我通你的小巷中左行右走，烤人的太阳晒着，风儿吹过，背上的汗渍处就有一阵凉意。小巷千家万户，但正是吃饭时间吧，巷中却很少有人，她的脚步声在这正午间的小巷中显得踢踏分明。

这时，忽然从一家人家中跑出来一个小男孩，七八岁模样，一边跑，一边回过头调皮地向追赶他的妈妈笑。手里拎着小竹篾的妈妈终于绷不住笑了，骂了一句："这个小撞魂鬼！"就收兵回府了。小孩先偷偷地扒住家门往里窥视，确信没有危险，才蹑手蹑脚地走了进去。

这一幕，深深地打动了张小菊。她听出来了，小孩的妈说的是自己的家乡话，她赶小孩的举动，也是自己在家乡时看得几乎熟视无睹的。这是个家乡人，是个乡亲！也许她们一家同自己一样是来城里打工的吧？也许这个女人在城里找了一个男人，成了城里人的媳妇了？也许她只是来走亲戚？不管怎么说，人家在城里已经有了家了。张小菊想家了。这真是一种奇怪的想法，自己是那么憎恨那个家，那么渴望离开那个家，曾经发誓走了以后永远不再回来的那个家，现在，竟想念起来了。家乡的山水草木，爹妈的举止笑容，一时间全在脑海里呈现，像电影一样，清晰而亲切。想家使她心中难受，她找了一棵树，蹲在树下哭了。哭了一会儿，蹲不住了，索性一屁股坐了下来哭。哭着想着，想着哭着。不知过了多久，她觉得自己这样哭也没什么用，哭管屁用！她不哭了，擦干了眼泪。屈指一算，自己已经出来两个多月了，家里怎样？父母如何？早稻已经割了吧？晚稻正该耘田。塘里的鱼也该起了卖了，鸡不用说早就下蛋了，鸭子，再有几天，卖鸭人也该来收鸭钱了吧？每年他们都是春上来卖鸭雏，八月十五来收钱，八月十五鸡鸭分公母，公的、死了的一律不要钱，母的一只一块五，这是卖鸭的规矩。不知爹妈今年有没有这么多钱给人家。

钱，她想到了钱，心里一抖。还是城里钱多，钱好挣。回家，那就是黄土地上刨食，有一点儿是一点儿了，哪儿能像表姐，五十元的衣服标二百元，二百元的衣服敢标一千元！你就是有那衣服，在家也不敢这么干呀！说来说去，还是城里人好蒙啊，谁都不认识谁，不像家里，方圆几十里，不是沾亲就是带故，就是面生的人，一打听也知根知底了，敢蒙谁？名誉坏了，那就臭了，谁还敢和你打连连？仔细想想，这城里不也是人待的吗？这么多人住着，就多了我一个？表姐不是一个人在城里吗？刚才那家人家不也是在城里待的吗？连孩子都有了。我为什么不能也一个人在城里挣钱？离开了江城就意味着往后的所有后代都将永远还是农村人！为了这尚没来到人间的后代，你要顶住！城里再苦还比农村苦吗？那么多考大学的，三更灯火五更鸡，不都是为了成为城里人？就像刚才见的这个小孩子和他的妈妈吧，他们在这小巷深处找个房子住下来，做着城里人不愿意做的活，养家糊口，为了孩子，为了子孙后代。熬着呗，“没有过不去的火焰山。房檐下的石头，兴许被谁不经意踢一脚还翻了身呢！”这不是爹常说的话吗？

她想到了爹，心里有些酸楚。他特别勤劳，就说自家的院墙吧，那就是爹不经意从外边捡来的一块块破砖烂石，日积月累，垒起来的。爹的手有多巧啊，这些破砖烂石根本不成材料，歪瓜裂枣，没边没形，可爹硬是让它们整齐地排列成墙。爹要不是成天醉着，他本是一个好爹。就学爹吧，我就不信城里没有碎砖，我就不能捡来垒自家的墙！

张小菊站了起来，伸了伸麻木的腿脚，一歪一歪地走了几步，等麻劲过去了，这才沿着这长长的小巷继续向前走，太阳往西去了不少，小巷中的路一大半已经有了阴凉。终于，她钻出了小巷，来到了街上。迎面是一个高大巍峨的城门楼，门楼上遍插彩旗，还有武士俑，顶盔贯甲立在门楼两侧的登楼道上。张小菊吓了一跳，不知自己到了什么地方。见巷口有个摇着蒲扇看茶摊的老太，仔细打量，还算面善，就连忙跑过去，向她打听。

江城的大街小巷过去夏天的时候常有摆凉茶摊的。一张齐肚脐眼儿高的光木桌子，上边摆着十几个高低不等的玻璃杯，一律沏好的凉茶，高杯五分钱一杯，小杯二分钱一杯。有的桌子旁还放着两三把小竹椅，行人走街串巷，在此小憩解暑。不过在1991年的时候，这样的凉茶摊已不多见了。

“你要到哪块啊？”老太果然是个热心肠的人，问着，拍了拍坐着的条凳，让她坐在身边，还把一杯凉茶向她面前推了推，招呼她：“乖乖弄里咚，热得嘛，没得命了！吃茶，吃茶。”说着又把手中的蒲扇递了过来。

回家还是留下的选择，刚刚饱尝的思乡之味，让张小菊这个十八岁的姑娘心里隐隐作痛。她就像一根干燥的牛筋琴弦，只要轻轻一拨就会发出强烈的声响。老太太的热情，竟然使她产生了一种重逢亲人的感觉，她觉得眼前的这个老太，就像是常坐在村口晒太阳的那个老奶奶。小时候，她一被喝醉了的爹打就跑到村口，趴在老奶奶的怀里哭，说给她听。老奶奶什么也不说，听着，搂紧她，让她感到无比的温暖。有时，她就在老奶奶的怀里睡着了。眼前的这位摆茶摊的老太，让她想起村口的那位老奶奶，她真恨不能一下就投入她的怀抱，哭个痛快。于是，她就真的坐下，接过老太递过来的扇子扇了扇，吃着茶，跟老太了起来。先说了自己怎么走到了这里，又说自己怎么来江城，又说小店如何不小心卖了旧服装被查，又说自己想回家又不想回家，等等，把这几个月来的种种事情都说了出来。老太就听着，不时点点头，插上个把“哟，呀”的感叹词，有时也说上一句半句她的见解，把张小菊说得心服口服，心里暖暖的，不觉和这位素不相识的老太又近了几分。

老太听她说到已经没有地方打工了，就很关切地说：“现在，这城里就是人多，工作不好找。你夹在老板和他相好的人中间，无风也起三尺浪，有风的浪头百丈高，闹了这么一场，唉！真是累堆了！”

“不是相好，是我表姐。”

“小娃儿，你还没经过什么事，不是我老太说嘴，现如今，不是相好谁给你花这个钱，包了店给你开?”

张小菊想起初来乍到的时候发生在小二楼上的那一幕，心里实在佩服眼前这个眼睛混浊心里通亮的老太。

老太又说：“咳！你呀，就不如你表姐啦！她把你从农村家里带出来，还不是图个自己人向着自己人，可你胳膊肘往外拐，还说应该先救陆老板。我看你表姐做得对呀，饭都吃不饱，还逞什么英雄，说什么个性！谁没个性呀？依着我的个性，我愿意在这块卖凉茶吗？人啊，越穷越没人理，有一句话你要记住，我看我们投缘，就告诉你，穷在闹市无人问，富在深山有远亲。小娃儿，什么时候你都要自己先得活下来，自己都活不下来，谁还管你？你以为这个社会是穷帮穷吗？是人帮富啊！越富越有人帮啊！”

张小菊第一次听到这一类的话，这真是一种道理，一种与在家乡生活时爹娘常说的不一样，与表姐在店里说的也不一样的道理，这是一种教人生存的道理！它从这个卖茶水的老太婆的嘴里说出，有着一种沧桑而朴素的力量。大凡格言警句，哪怕是相同的话，出自少年之口与出自老人之口，效果也是大不一样的。老人口里的这类话语，往往融进了一生的甜酸苦辣！

虽然是夏天，但说了这么半天话，天也快黑了。张小菊告别了卖凉茶的老太，怀揣着老太给予的生活哲理，走向了新的生活。打那以后，一年多的时间里，张小菊在江城干过不少职业。她在一家“三黄鸡”店里当过服务员，受雇于人，卖过劣质的洗头膏，还在城西夜市卖过回收皮鞋。不过，后来，这些皮鞋都被工商罚没了。这些皮鞋是她打工挣钱趸来的，工商没收后，她就“破产”了，必须重走打工之路。

1992年，江城城里，洗头房开始渐渐地多了起来。那些在大街上开的叫美容美发店，开在小巷中的都叫洗头房。重新开始打工的张小菊，有一天在上次遇到那个茶摊老太不远的一条小巷里就看见了这样一间洗头房，那门上贴着招聘广告，写着招聘美容美发师若干。她不知道美容美发师是干什么的，但她知道自己需要工作，没有工作就没有钱，没有钱就没法生存。她想起那个老太的话，也想起自己的处境。于是，她已经走过去了，又回过头来，走了进去。

她走了进去，就吞吞吐吐地同老板娘说，死活要留下来。老板娘常玉凤见她那个样子，人没个着落，长相也还老实，就同意雇她在店里烧饭，管吃管住，没得工钱。张小菊一听，心里嫌没钱，可转念一想，这个事要是不干，自己在江城就连个住的地方也没有，根本没法生存。于是，就答应了。

这间洗头房在那个高大的城门下的一条小巷深处。后来，张小菊才知道，这个高大的城门楼叫聚宝门，是江城十大城门之一。

洗头房是个小二楼，楼下有一间屋那么大，放着几张美容用的大皮椅，墙上挂满了镜子。北墙角上还吊着一台大彩电，两只中号的音箱却放在了南边的桌子下面。张小菊特别喜欢看电视，不过，看着看着，眼睛老是不自觉地往身后桌子下边瞧，图像和音响不一致，使她很长时间不习惯。楼上与楼下面积一样大，用隔帘隔开成四小间，每间放一张单人床，营业时用作按摩，深夜以后小姐们在此就寝。

天擦黑时，老板娘常玉凤就叫把彩灯打开，这时就不让看电视了，一天的营业正式开始。有一年，张小菊在那个轰出弟弟的人家的电视上见过，国庆节城里的街上都挂一种不停眨眼的小彩灯，非常好看。老板娘常玉凤让打开的彩灯不是那种，是粉红色的，照度很小，装在天花板高头，一打开，便洒下暗幽幽的蔷薇色。老板娘雇来的几个小姐，此时都穿上袒胸露背的吊带裙，或是小背心，特别是一个江南来的叫“雪儿”的，人长得白白的，胸口鼓鼓的，屁股翘翘的，这几个姑娘在粉红色的灯光里走动，使这里弥漫着柔软的肉欲之气，进来的人真想情不自禁干点什么。

张小菊没干过这个，不知道吃这碗饭多少要有点狐眉骚眼，她不会，言谈举止与这里的气氛格格不入。因此，常遭小姐们的白眼。特别是雪儿，港台电视剧看多了，时常想有个丫头使，见她新来，就张嘴闭嘴支使她。

张小菊刚来的时候，不知这里面的名堂，只晓得洗头呗，就是把客人按到水池边，洗洗涮涮，渐渐地她才明白这里面原来大有名堂。

晚上八九点，客人就陆续来了。老板娘不干洗头、按摩，只是坐在收银台后，有人来了，就笑眉笑眼地迎上去，用手往屋里乱指，请客人挑小姐，嘴上连问十问：“要哪个啊，要哪个啊?”

客人看准了小姐，一头往里走，一头说“洗头”或是“按摩”，口气硬得很，大爷似的。也有常客，走进来就往老板娘身前蹭，乘机在老板娘身上摸一把，掐一下，还说：“哎呀！老板娘真漂亮，干脆就请老板娘了。”

于是，老板娘就笑着在那人背上拍上一下，嗔怪的话说得很嗲：“哎呀！要死了！你呀！这么长时间也不来，来了就笑话人家老，真是的！”她就这样打情骂俏地把客人安顿好，就回到收银台后，等客人走时收银子。收银子的时候，她虽然还是常常打情骂俏，但从不手软。该多少就是多少，少一分也不叫走。真有人赖账，她就喊老板。老板高昌，是个“邪头”，一下子就带着五六个人冲进来，软硬兼施，总是让你交了钱再出门。也有交上手表、押上月票才被放走的。

这里请来的小姐都是拿提成。洗头十块，小姐得三块，按摩五十块，小姐得二十块，其余的都要交给老板娘。张小菊只管做饭。有一次，一个客人叫她按摩，她老老实实告诉人家自己不会。她好像听说过，按摩是要专门学习的。客人弄得很扫兴。结果，还是常玉凤安排了雪儿。从楼上下来的时候，客人高兴得像压过母鸡的公鸡，昂着头，散着膀，迈着雄性的步履。雪儿呢，就得意扬扬地从她身边走过，走到收银台，交给老板娘五十元钱。

张小菊一看就知道按摩挣钱多，于是就想问雪儿学。雪儿一听差点儿笑晕过去："小姐啊！你有没有搞错？是他按摩你呀！要学什么？"见张小菊还没听明白，一脸傻瓜味儿，还狠狠地骂了她一句："傻波依！"

渐渐地张小菊明白自己是到了什么地方了。老板娘说得好："说白了现在不让开妓院，咱们洗头房就顶替了。要是有一天，中国也让开红灯区，咱们就他妈的整歇！"张小菊怎么也没料到自己会走到这一步。有一次，她不经意从自己的小包中翻出那几册从家里带来的初中课本，她的心"咯噔"一声，就好像有什么血脉断了，一股悲凉之情涌上了心头。我这是怎么了？难道说这么大的江城市除了干这个就真的活不了人?!

她不愿意给客人"暗摸"，那时候她不懂什么按摩不按摩的，她觉得城里人口中的这两个字，一定是"暗摸"，因为客人总是带着小姐们上楼在黑暗中在她们身上乱摸。

常玉凤可不是什么救人苦难的观世音，她自己变成今天这个样子的过程，使她深知人是一点儿一点儿变的，这种场合自有改变人的巨大力量，这种力量是由日益不顾羞耻的言谈、每天更加放肆的行为，以及金钱的巨大诱惑所组成的。她原以为初出茅庐的张小菊，只要在这种场合干上一阵就会像自己一样，被这种气氛所熏陶，所改变，到时候，你不让她干"暗摸"她还不高兴呢。到那时候，就让她连烧饭带做工，与那些小姐一样只拿提成，不付烧饭的工钱，这不是白捡了一个烧饭的？没想到这个乡下姑娘就是认死理，死活也不愿意干按摩，她就不大高兴，时常会嘟嘟囔囔地说："饭都吃不上了，还想守身如玉？"有时候还讲一些故事，说谁谁谁先干洗头房，什么都干，现在发了，自己包了一爿小店卖起了服装。"多少男人追，有钱呗！只要有了钱，谁也不会问你过去的事。照样爱你！你现在守着，为谁守？将来找了朋友，他就能给你那么多钱？"

张小菊听了这些话、这种故事，有时觉得是这么个理，也动心，但她还是不愿这样做。她还听雪儿说过，她有一个朋友，是同村的，和她一块出来打工，后来因干这事，被公安收了，至今还在里边。张小菊想，我要是出了这种事，哪还有什么脸活在这个世界上？种种原因，使张小菊没有放纵自己，没工钱就混口饭吃，混不下去了再说，反正老天爷饿不死瞎麻雀。

白天，洗头小姐头也不梳，脸也不洗，懒懒散散不像人，嗑瓜子，哼小调，看说黄不黄的盗版言情小说。可人家是想躺着就躺着，想站着就站着。张小菊不行。买菜、择菜、洗菜、烧饭、炒菜，她要忙上一个上午。

有一回，雪儿嫌土豆长肥肉，把她才烧好的一盘青椒土豆丝都倒在她的面前，还骂了她半天“傻×！”。这件事使张小菊非常生气，她跟雪儿大吵了一架。她是带着课本来江城的，那天翻看了一次以后，又勾起她的心事。她原想挣到钱后再去读书上学，现在，她觉得上学的想法很幼稚，读书的希望也很渺茫。有时候，特别是和雪儿吵过架后，她择着菜就想，当个穷人真不好，受人支使还挨人骂。拿钱少，挨人骂，这才是可耻！反过来，可耻的人也能欺负你，你不可耻有啥用?!

临近“十一”，街道上发了国旗，让插在门上。为此，家家门上都钉上了一个铁做的插旗用的插斗。张小菊把国旗插好，退了两步看着，心里就有了一种喜洋洋的感觉。她再举目一望，整个一条小巷家家门上都插着国旗，有的人家还把花盆摆到了门口，一盆盆红、白、黄各色菊花吐蕊争艳，开得花团锦簇。张小菊就想起自己的名字。她是阳历十月阴历九月生人，父母就给她起了这么一个名字，由名字她又想到，自己的生日就快到了，生日一过她就二十岁了。二十岁了，她长长地出了一口气，不知怎么忽然就想起听村口老奶奶唱过的一个小曲：

十七八的姑娘巧如仙，绣一对莲花出水冤家看，荷花爱藕藕爱荷，咱爱哥哥哟哥也爱咱，荷花爱藕心眼好，藕爱荷花出水那个出水鲜。

不知怎么就想起这支小调，她哼着就笑，最后，竟有点控制不住大笑起来，正好有几个行人路过，被她笑得不明所以，就都用一种惊异的目光盯着她看。连雪儿也被她笑了出来，一见她这样，又惊奇又好笑，骂了她一句："看你笑的，跟吃了马季肉似的。"说着就把她拉回了洗头房。就这样，张小菊在一家洗头房做了火头军。

直到有一天，她遇到了陆相。

二十三

凌菲这样火上浇油与陆相吵，完全有着自己的目的。

她与陆相的婚事虽说准备得差不多了，可船造好了，不想下水，她从心里不再愿意嫁给他。本来，事到如今，她的思想十分犹豫，顺水漂流也行，从此散伙也罢，好像没了主张，有点儿听天由命。可当她看着父亲与陆相一吵，忽然就想把事情弄大，把这个婚冲乌得了！所以，她就一点儿也不跌软，旗鼓相当地与陆相大吵起来，吵得老凌都觉得不对味。

自从那次中日排球赛上，郑海宁从她的手上抢走了国旗使劲挥舞，他们因此相识以后，她的心里就总是有着他的影子。后来他们在孔庙前街相遇，这使她多少感到有些意外和惊喜。没想到，他就在孔庙派出所工作，离她家不远，算得上是近邻。过去不认识，似乎没见过，其实是见了也没留意，现在认识了就仿佛低头不见抬头见，熟络得不得了。他们接着就有了交往，你来我往地几个回合下来，凌菲对郑海宁的认识就更上了一层楼。

有一次，他们在孔庙前相遇，他连喊了好几声好，对她说，太好了，太巧了！今晚请她参加一个“私人聚会”。看着他神神秘秘的样子，还说什么“私人聚会”，她就起了强烈的好奇之心。“聚会就聚会吧，还私人的？哪儿那么神秘？”她装作嗔怪地说，“你们那帮人，土匪似的，我才不去呢！”

“你要是不去，会后悔的。”

“你没读过这首诗吗？‘只许梅花相共语。’我只和高雅的人在一起玩。”

“那不就是我吗？”郑海宁指着自己的鼻子说。

“你呀，高衙内吧?”

郑海宁连忙表白说：“不是，不是。咱是劳动人民。真的！”

两人逗了半天贫，最后，郑海宁说了实话。原来，那一天，他警校的一个同学忽发奇想，打来电话说，几个哥们儿都有了“潘西”，今天搞一个成双聚会，来的人都要带自己的“潘西”，没有的，“那就老太太的棉裤腰——免（挽）了”。郑海宁也在被邀之列，但他没有“潘西”。

“这帮鸟人要是看到我没来，说不定多么得意忘形呢，不把我臭得热屁似的才怪呢！”听了他最后这句粗俗的话，凌菲皱了皱眉：“你想得倒挺美！我才不当假冒伪劣呢！”

别看郑海宁成天在孔庙街上训人，脸像门帘子，说挂下来就挂下来，可他见了姑娘却不敢。他见她死活不愿意陪他去，就转了一个话头央求她说：“要不这样，你只要陪我进去，立马找个借口走人。我单刀赴会，舌战群儒！怎么样?”

凌菲说不当假冒伪劣，其实是想给他垫个话儿，让他说出自己喜欢听的话来，比如，只要他说一句“没准我们还弄假成真呢！”之类，她都会以为自己在被他追求着，从而满足姑娘们都有的那点儿虚荣心，这本是所有的姑娘都会用而且喜欢用的小伎俩，可郑海宁全然不懂。太令人失望了！

郑海宁见凌菲不说话，低着头，脸色沉沉的像有心事，不免急了起来：“行不行啊？行不行啊?”他连问十问，口急气躁。见他这着急的样子，凌菲有些不忍，就装作冷眼横眉地问：“在哪儿？几点?”

郑海宁一见此事有缓，如闻大赦，连忙把时间地点一五一十地告诉了她。

“这样吧，你不要等我，我自己去，去了就去了，没去就是不去了。”

“那……”

“不同意啊?”

郑海宁真怕这个刁钻古怪的大学生再变卦，只好有些讨好地说：“同意，同意。”

凌菲很容易就找到了郑海宁那个警校同学的家。她故意晚到了二十多分钟，进来的时候，晚餐已经开始了。年轻的警官们坐着、站着，大口灌着啤酒，吸着烟，争论着哪个歌星更好，哪支足球劲旅更棒。屋里给他们搞得一塌糊涂，空气混浊，声音混乱。他们带来的女朋友，却一个个正襟危坐，比赛着贤淑。

郑海宁给她打开的房门，见她进来，就来了精神，一手还拉着门把，人就回过头去嚷着："你们不信？你们不信?！瞧瞧！来了！还想罚我？哼！罚！罚！"他跑过去给好几个小警察倒满了酒，要罚他们。

凌菲那天特意打扮了一下，她穿了一身湖蓝色的连衣裙，还略微化了一点儿妆，把自己收拾得光彩照人。她一进来，室内一亮，小警察们都直勾勾地看着她。

郑海宁不失时机地介绍说："这就是我朋友！凌菲！江城大学的大学生！"说得很自豪。

那时，警察队伍中的大学生还不多，一般都是警校毕业，算大专，警察能找到大学生的对象更是少有，何况这个大学生还这么漂亮，所以大家见了她都有点心帜摇动。于是，就有一个叫小吕的首先发难说："为什么要罚我们？来晚的才罚呢！"说着就端过来一杯酒。没想到凌菲很豪爽，她接过杯来说："怕什么？就是为了喝酒才来的！"说着，一仰脖就把酒喝了一个干干净净。

众人不见则已，见她竟这样喝酒，立马引为知己。凌菲也不见外，一点儿也不认生，叫喝就喝，让干就干，反把郑海宁给晾了。她还出主意搞一种灌酒的游戏，做了很多小纸片，分别写上喝或是唱，或是表演个节目，然后叫主人找来一个旧口罩，把底线拆开做成一个布袋子，把写好的纸条全放进去，让大家摸，谁摸到什么，谁就按他摸到的要求做。

这一下，引起了大家的兴趣，哄闹声掀翻了屋顶。大家玩得正起劲，忽然，停电了，屋子里顿时黑黢麻乌。不知谁立马找来手电，电筒光在屋里一闪一闪地滑过，这时又有人找来了蜡烛，点燃了，烛光摇摇晃晃。忽然，又有人唱起了歌，还有人用吉他伴奏。大家都跟着唱起来：

几度风雨几度春秋，风霜雪雨搏激流。……茫茫人海，终身寻找，一息尚存就别说找不到。希望还在，明天更好，历尽艰难

也别说经过了。每一次微笑都是新感觉，每一次流泪也都是头一遭……

乱词乱调，这一下，哄开了。警哥们更加豪放，他们带来的女朋友也不再淑什么鸟女。不知是谁提议，大家就开始跳舞，一曲又一曲的，你和我跳，我和你跳，跳得楼板“咣，咣”地响。正在这青春张扬，激情飞溅之际，凌菲借着晃晃的烛光，看到郑海宁正搂着一个姑娘跳舞。跳舞就跳舞，这本也没啥，可是他搂的方式不对了，他的手太靠下了，已经快摸到了那姑娘的屁股。她不高兴了，跑过去，一把把他拉出了跳舞的圈子。郑海宁被她拉得莫名其妙。

“你干吗?”“你说干吗?”

两人就这样争了起来，争了半天，郑海宁才知道，她是嫌他的手放得不是地方。凌菲正气凛然地纠正了郑海宁的舞蹈动作，纠正完了，就出门走了，和大家连个招呼也没打。郑海宁追了出来，连问十问，忙着赔笑脸，还一个劲地道歉。“你给我一点面子。你这样一走，人家还以为发生了什么事呢!”郑海宁像个小脚老太跟不上趟似的，紧捯着两只脚，追着她说。

但她就是不吭声，只是急匆匆地在前边走。后来，郑海宁就站下了。

凌菲那天一个人走回家，心里确实不高兴。她不愿意自己的人，跟别的姑娘近乎。可是，左想右想，忽然想到，郑海宁是自己人吗？他是你什么人呢？你有陆相，那是你主动追求才到手的，你曾为他不惜与亲朋闹翻，双方关系明确，世人皆知，有目共睹，大学毕业后，你将与他结婚。如此说来，你与郑海宁算怎么回事呢？想到了郑海宁，又想到了陆相，不自觉地，这两个青年人在她心里起了对比。

她觉着郑海宁是个傻哥哥，在他面前，自己可以由着性子来，可以发火，可以撒娇，可以笑，也可以闹个别扭，总之，可以为所欲为。你没看他那个傻样吗？给他垫话，他不懂，嘴上不好应允的事，你不明说，他就会真的急得面红耳赤，傻得可爱！但他也不是窝窝囊囊的软面团，他非常自信，时有豪情，动不动还有点忘乎所以。他杂七杂八看了不少书，读了不少诗词歌赋，还能背很多，和他在一起，会牵动你感情的舢板，在不知不觉之中驶向一个神圣的两个人的港湾，那里清风白月，林寒涧肃，“只有月色能如当初一样美丽”。

和陆相在一起就不一样了。他缺少诗意，也缺少包容，在他的嘴里，社会就是现实，生活就是现实，他自己也是现实。反过来说也一样，现实就是社会，就是生活，就是自己。他像一头还没长好角的牛，早早负重，他像是一只羽翼下坠上黄金的鸟，吃力地往家里飞翔，他疯狂地想过上一种令人羡慕的生活。他相信，在这样一个时代，鸡窝里能飞出金凤凰！

凌菲不知道他们哪一个更好。真的，她真的不知道。

过了大约一年，凌菲毕业来到孔庙工商所。这一下，她与这两个男人的距离更近了，他们之间的关系也更加微妙、更加复杂起来。她要代表国家执法，维护孔庙这块地方的经济秩序，郑海宁呢，也要代表国家执法，维护孔庙的社会治安。陆相就不一样了，他成了他们的服务对象，他要依靠良好的社会治安和经济秩序经商生存。服务与被服务，这本身就是一对矛盾，二者有着共存的关系，也有着斗争。他们彼此依赖，也时不时会发生一些摩擦。

凌菲就这样与他们交往着。不过，一开始，她感情的天平还大大地倾向陆相，可是，随着时间的推移，郑海宁这边的砝码就每天增重一点儿，渐渐地越来越重了。有时候，人们的生活就像是一道难解的几何题，郑海宁这边的感情砝码重了，她与陆相成婚的日子也到了。

有一天，凌菲与陆相买了一张大床，正往四号院里搬。凌菲一抬头，却看到郑海宁在一边冷冷地看着。四目相对，手下一软，她搬的这一头差点儿没翻下去。陆相连忙吆喝，叫她注意。这时，她看见陆相凶神恶煞地看了自己一眼，又看到他寻衅一样的目光，直往郑海宁身上射。她低下头不敢再看郑海宁，配合着他把床搬到自己家里。因为陆家地方小，他们的新家具都放在她家。她放置好了那张床，借故跑了出来，谁知郑海宁却早已不在了。她站在小巷中，好像被人抓住了骗人的把柄，又像被人看穿了隐私，更好像是在洗澡被人赤裸裸地偷看了，又羞涩，又惆怅，有心要向他解释明白，可又知道即使他不走自己也无话可说！

这天下午，郑海宁给她来了电话。先还平静，说自己是去找樊大妈落实组织老头老太巡夜值班的事。说着说着，那口气就不对了，连讽刺带挖苦，含沙射影，还念了一句诗说：“今古恨，几千般，只应离合是悲欢。”最后，竟祝他们在那张床上巫山云雨，幸福万年。如此等等，酸苦不耐！讽刺挖苦意味着心有不甘。凌菲静静地听着，最后问他：“你说完了没有?”就把电话撂了。

下了班，凌菲去找他，派出所里的人说，他摔伤住院了。凌菲问清了哪家医院，急忙奔了过去。一进外科病房，只见他吊着打石膏的右手正与病友瞎侃。凌菲见了别人床头柜上堆满了食品和鲜花，这才想起自己来得太匆忙了，竟然什么也没给他带。

病友们看到一个姑娘立在门口，都向这边看，郑海宁扭过头来，这才看见了凌菲。他立刻就要伸脚下地。凌菲赶紧上前拦住了他，体贴而又抱歉地说：“你这是怎么搞的? 瞧瞧，我一着急什么也没带。”

郑海宁伸过手臂给她搀扶，嬉皮笑脸地说：“没事，没事。脚还是整的，就是胳膊碎了。”病友们听了他的话都笑了。

凌菲把他扶下了床，两人来到医院的小花园中。凌菲见没了别人，把脸一变说：“你给我打那个电话是什么意思?”郑海宁看着远处黄昏中的隐隐青峰不说话。

“是不是这样做你就舒服了?”郑海宁还是不说话。

“你真缺德！把自己的快乐建筑在别人的痛苦之上！”凌菲说着眼泪都快流下来了。

“我没有。”郑海宁硬邦邦地说。“你到底想干什么?”她盯住他的眼睛问。

他把脸扭到一边，说：“我给你讲一个故事吧。”不待她回答，他就讲了起来。他讲起了他的父母。

他的故事一点儿也不生动，有的地方还讲得结结巴巴的。他说父亲对母亲如何好，有一次，他们吵了架，父亲气得摔了几个酒瓶，“你猜他是怎么扔的? 他把酒瓶装在一个包内，狠狠地摔在了地上。事后，我们都觉得奇怪，问他，他才说：‘那是怕碎玻璃扎了你妈的脚，完事你妈也好收拾。’哈，哈！”他讲完了，还笑了两声。笑过之后，他就问她：“你愿意让我做一个我父亲这样的人吗?”

凌菲听了，不知如何回答。本来，她来就是想问清楚他打电话的目的的，只要他说一句爱她的话，她就会立即答应，毫不犹豫，哪怕是跟他浪迹天涯。可是，当她真的听到了他的问话，却立即想起自己的婚事，她觉得自己就像一只被套住的兔子，挣扎不开而又茫然无助，一时呆了，片刻，眼泪不知怎么一下就流出来了。

“怎么啦? 怎么啦?”郑海宁急切地问。

“没事，没事嘛! 你问什么?”凌菲有些不好意思，把头扭到一边偷偷地擦了一把。

“好了，好了，都是我不好，你别生气呀!”他安慰她说，还轻轻地拍了拍她的肩头。这急切的傻相和温柔细腻的动作，使凌菲受到了更大的感动，她终于忍不住，“哇”的一声大哭起来。

郑海宁被她的哭声搞得不知所措，他在衣襟上狠狠地擦了擦左手，左右偷看了一下，就一把搂住了她的肩。此时，天幕低垂，晚风飒飒，夏天的夜就这样来临了。

过了几天，凌菲又犹豫了。她向郑海宁说了自己如何追求陆相，如何与父母亲友闹翻，她与陆相又是如何从小青梅竹马，现在都购买了多少家具，并且已经定下了日子，“十一”结婚，等等。郑海宁听了，就把她约到“in’100”。他想告诉她，什么是“不道德的婚姻”，没想到却让陆相他们几个给搅了。

事后，凌菲眼睁睁地看着郑海宁带走了陆相和他的那几个狐朋狗友，等刚才聚在一起的顾客都四下散开了，她才想起，自己老在这儿站着也不是个事，于是，她走了出来。

太阳虽说已经偏西，但大街上仍是热气烘蒸，被骄阳晒了一下午的柏油路仍很稀软，走在上面像踩着棉花。每一辆汽车驶过，车轮都像是粘在泥坑里的鞋，要用很大的劲儿才能拔出来，因此，每一辆车的马达都发出“轰轰隆隆”的巨大声响，车轮轧在柏油马路上也都发出独特的“嘎嘎嘎”的声音。

凌菲在江城七月的街上走着，地上烘蒸上来的热气让她晕头转向，身上的汗一刻也不停地出，她觉得自己背已经黏黏糊糊的了，很不舒服。

这件事向凌菲展示了一个新的郑海宁。她不由得联想起自己遇到的一件事。有一天，她坐3路公交车回家，有一个打扮时髦的年轻女人，上车不主动买票，下车时，售票员叫她买票，她说自己是月票，售票员叫她出示，她又说没带，还声称自己的老公是公安人员，“怎么？公安人员，还怕你吗？”她竟指着售票员的鼻子说。这时，一个男人挤了过来，看样子是她的老公，这人不但不批评她，而且对着售票员说：“干吗啊？有事到五处找我去！”说着掏出个小本向着售票员晃了晃，就拉着那个女人趾高气扬地下车走了。路人为之侧目！凌菲真想冲上前去同这两个人理论一番。但是，还没容她挤过去，那售票员就忍气吞声地关上车门，打铃让司机开车了。

这件事给凌菲深刻的印象，她那时还在大学读书，眼里揉不得一粒儿沙子，一腔热血，以天下兴亡为己任。她遇到了这样的事，觉得那个公安人员就像是米饭中的沙子，虽说千里挑一，万里选二，可却把人的牙硌得生疼。后来，她还对自己的一个学法律的同学说过，并且希望她能到司法局工作。同学不解地问她，她就狠声恶气地说：“管管那些坏警察！”

这件事给了她如此深刻的印象，以致时到今天，她看到了郑海宁的行为就一下子想起了它。她觉得，郑海宁才是真正的警察！他本该休息，却见义勇为。他是与她来谈恋爱的，可以这样说吧？反正他约她出来是谈与爱有关的事的，但却在见到有人破坏社会治安的时候，毫不犹豫地扔下她冲了上去。这件事使她看到了郑海宁身上的一种品质，那就是，急公好义！想一想，在当今这样的社会，做到这四个字是多么难啊！

凌菲停下了脚步，看了看直对着这条街的西天，夕阳在天边有力地挂着，天边一片流霞，霞光血红。凌菲的感情天平就这样倾斜着。但是，婚事却像是坏了闸的车，一个劲地往下坡冲。

终于快到“十一”了，凌菲也终于有机会与陆相大吵了一架，他们俩的婚事也终于被她吵黄了！

二十四

“以效鱼水之欢，以效鱼水之欢！”陆相说着就把张小菊按到床上了。张小菊不懂他这是什么意思，一边抗着他，一边问：“你说什么？你说什么？”

陆相不回答，只是奸笑，然后就开始热烈地吻她，手也放肆起来，在她的身上狠命探索，用手停留的部位及停留时间的长短来表达他对她身体上的那一部位的激赏程度。后来，她被他搞得也兴起来了，气喘吁吁的。于是，他们就都嫌衣服碍事了，开始宽衣解带。片刻就都把自己呈现给了对方。陆相热血沸腾，一下子进入到了她的身体之内。他左右翻滚，不知所措，千般不适，万种难耐，不停地抚摩她肉厚的地方，企求来自她那一方的刺激。

张小菊到底是第一次，她竭力想配合他，可身体却不听使唤，僵头僵脑，笨手笨脚，两臂平伸，双腿高举，嘴里“啊，啊”地干叫。

陆相却不以为意，他心想，太好了！他妈的太好了！多好呀！这比和陈蓉在一起还要好，和陈蓉在一起，要担心被人发现，陈蓉也像是怕吃亏，总是以此要挟他，时常向他发脾气，使性子，妈似的，弄得你只得央求，你得低声下气，一点儿男子汉的威风也没有了。比和凌菲在一起更好。和凌菲在一起就是他妈的兴奋不了，像有什么障碍似的，像他妈的阳痿！现在多好，干就是干，一点儿精神负担都没有，完全是两个人的事，完全是情投意合，完全是两个人共同创造的人间仙境。是不同啊！这是他妈的合法的呀！

这是合法的！这是合法的！他的心里就这样念叨，身子随着这句话上下地动，后来，“这是合法的！这是合法的！”渐渐成了“这是！合法的！这是！合法的！”他在念“这是”时做向后拔出的动作，在念“合法的”时做更猛烈的向前刺入，这一句话成了他动作的节奏与韵律！

张小菊不知他心中在念念有词，她看不见他的脸，只能见到他的眼，他的眉，他额前的一撮上下抖动的头发。她感到一股扎心的疼痛从下传上来，让她倒吸了一口凉气。接着，她开始感到一股难以言状的欣快，下身像中了麻劲不大的电，腿的中间好像有什么液体流了出来，轻轻地在往外流淌，里面让人痒得难受，腿根处也一抖一抖的，肌肉在痉挛。

不知过了多长时间，仿佛过了一个世纪，张小菊才像一个蛹完成了向蝶的转变。她赤裸着，浑身冒汗，头发精潮，歪在陆相的怀里，抬起眼睛用一种从来没有过的柔柔目光看着他，看着这个使自己破茧成蝶的人。

陆相也疲惫了，他光着身子，无力地靠在墙上，闭着双眼，胸腹随着深深的呼吸一鼓一瘪。他感到了她扎进了他的怀里，就伸出手来，搂住了她，轻轻地，一点儿也不像刚才那么粗蛮，倒像是搂住一个光滑圆润的瓷器，一不小心就会掉在地上摔破了似的。

张小菊仰看着他，很深情地说：“如果你有一天再叫人抓去，我就是死了也会救你出来！”

听了她的这话，陆相被感动了，他闭着眼说：“操，我会让你笑着死的！”

他们都不会说那种永生永世，海枯石烂的情话，他们都认为只有这样的话才能表达对对方的浓浓爱意。

后来，陆相怕她冻着，拉过来被子给她盖上了。他们就这样相拥着温暖地睡着了。

许多年以后，每当张小菊想起这一幕，她都会觉得，这是一种幸福。她觉得那一天，自己在陆相的怀里睡得是多么安详啊！从此，她没有在任何一个人怀里再这么安详地睡过。因为生活的烦恼，在以后的许多日子里，她还有过许多次的失眠，每一次，她都会不由自主地想起这一天。她明白了，一个人只有在爱人的怀里，才能得到安眠。那些患失眠症的人，和自己一样，吃了各种各样的药，求了各式各样的医，但是却痼疾难愈，为什么？因为没有爱人的相拥，因为没了爱！一个没有爱，没有爱人拥抱而眠的人，就会备受失眠的煎熬。这一点，不是所有的人都懂的。

陆相在卖过旧服装被查处后，没了翻本的财力，生意上一蹶不振，又因为语言上的不慎，被凌菲倚疯作邪，黄了婚事，他觉得自己真是背时、倒运，情场、商场没一个得意的，一把烂牌，一盘死棋，“操！‘一米多高了’！”街坊邻居都用一种特别的眼光看他，这种眼光他也明白，以前他曾经用这种眼光看过街上走过的残疾人。这是一种包含着惊讶、同情以及少许鄙薄的目光。陆相无所事事，每日里到处闲逛。那时，他虽然已经二十七八岁，也走南闯北好多年，但他还没有成熟，他还不能如一个四十岁以上的男人那样，在失意之时，能够很快地找到一种方式，自我排解。他像所有的小男人一样，在为情场、商场双份的失败而感到双倍的痛苦之时，尤需女人安慰。他在自己的想象中夸大着女人的作用，幻想着女人的温柔与体贴。他看过一部美国电影，名字叫《天使在人间》，他就把女孩想象成天使。有时在路上遇到陌生而漂亮的女孩，他就会掏出那部早已因欠费而停机的大哥大，对着话筒瞎说一气，有时真的引起女娃的注意，他就感到特别高兴，脸上就会露出无上光荣的笑意。其实，他那时根本不懂得女人，特别是年轻的女孩，他不知道，她们也是普通的人，因此有着自己的喜怒哀乐，这种喜怒哀乐有时并不顾及他人。或者可以说她们是凹，从这一生理特点来说，更不容易满足，永远有着物质与精神的更大要求，更需要填满，更需要男性的给予与付出。他不懂得这些，却急匆匆地开始了新一轮爱情。从这个意义上说，他的这场爱情与前一场爱情相比，没有什么实质上的区别，他仍然是盲目的，是企图占有的。因此，他表现得越挫越勇，像一股出山的泉水，遇到山石的阻碍反而会发出更大的声响，她一开始时的拒绝，不但没有让他罢手，反而激起了他攻占山头的雄心与斗志，“只有不快的斧子，没有砍不倒的大树！”“火到猪头烂，钱到公事办，工夫到了才让干！”他坚信成功。他怀着渴望，死缠烂打，终于把同样处在人生低谷的张小菊哄到了手。

有一次，他骑摩托带她去玩，回来的时候，他装作要扶她下车，试探地拉了她的手。她让他拉了。又一次，晚上他带她去听歌，分手之际，乘她不备，他匆匆地偷亲了她的脸，她红着脸瞪了他，却也没说什么。于是，他知道了，她愿意了！不过，他也知道，她虽然愿意了，但离洞房还有很远的距离。

他生活在江城的老城南，知道一旦左邻右舍都知道了她做这种工作时，会用一种什么样的眼光看他们，更为主要的是，人们会说，瞧，陆相这小子，找了个乡下二妹子就不说了，还是做那个的！他好不容易在孔庙地区树起的形象和价值就会因此而贬损，人们会说，陆相混得越来越不行了！

陆相偷亲了她以后，就忙着给她找新的工作。可是，她会什么呢？不会电脑，也不会财会，找不到轻松一点的事。刘煜倒是通过一个亲戚给找了一个，在新街口一家大百货商店里卖服装，可人家说，一个月只给两百元工资。两人一商量，都觉得太少了，就没去。

有一天，汤姆斯来了，陆相与他说起这事，仍然是一筹莫展，唉声叹气。汤姆斯就出了一个主意。陆相听了，有些不放心，问："行吗？"汤姆斯拍着胸脯说："包在我身上！"看到他那豪情万丈的样子，陆相就信了。

陆相管老子陆家良软磨硬泡、连吵带闹地要出了原先准备给他结婚用的那笔钱，把庙后街的一间洗头房给盘下了。这间洗头房原来是一个温州女人开的，位置不错，在一个小巷口，有点闹中取静的意思。汤姆斯为朋友两肋插刀，天天找一帮朋友去那里活闹鬼，硬搅人家的生意，最后，人家外乡人到底顶不住，就以五千元出手。汤姆斯就叫来陆相，把它盘下来了。从此，张小菊就在这里当起了老板娘。

陆相和张小菊就这样生活在这个七百多万人口的城市里。张小菊却觉得自己的生活发生了翻天覆地的变化。她没事的时候就让陆相骑着摩托带着她招摇过市，在小店里，她也可以一不高兴就把那些洗头小姐骂上几句，骂得人家都不敢吱声，她有时骂着还想，要是"雪儿"在这儿就好了，一定要骂她三遍"傻波依"，看她敢不敢还嘴！受过别人的欺负，反过手来就想欺负别人，就像鲁迅先生笔下的阿 Q，得意起来就打小 D，这就是中国人，当一个人有权欺负同类的时候，他才觉得自己活出了特别的滋味。

转眼就快到了元旦春节，张小菊就与陆相商量起婚事。这时，张小菊也不过二十岁，即使按中国习俗的算法，过了春节，她也不过刚刚二十一岁，远不够结婚的年龄。可是，她有自己的小心眼。她觉得，像陆相这样的城里男人，极不可靠，随时都会变心，自己又是一个乡下人，没有父母在此做主，没有兄弟一旁撑腰，孤零零的一个，人家要是欺负你，玩一样就把你给欺负了。于是，她就追着问，时不时地提起这档子婚事。

陆相也并不想有负于张小菊，与她在一起的新鲜感还没过去，更重要的是，与她在一起让他活出了人味！这种自豪，与陈蓉在一起时有吗？她就像对待一条狗一样把他呼来唤去。与凌菲在一起时也不像个人样，为了配得上这个大学生、国家干部，他得拼死拼活地干，可他们家还像吃了亏似的，别说对自己了，就是对老爸陆家良，他们一家人也从来不给好脸看。他一想到老爸陆家良对凌家那讨好的笑脸，心里就窝火，再一想到现在有了张小菊，立刻就有了一种翻身感！张小菊她依靠我，我不高兴了，她就得哭，我让她打狗她不敢轰鸡，她得看我的脸色过活。操！老子这一下真是从奴隶到将军，翻身农奴把歌唱了！

“结就结吧，我什么都有。”他很高兴地应允了。于是，他们就着手准备。首先是张小菊年龄不够，她就打了一封信回家，叫哥哥帮忙。不久，哥哥回了信，真的给她开来了证明。信上说，证明是找了一个在乡政府工作的亲戚给开下的。还说，办事前要告诉家里，现在农闲，都可以去参加他们的婚礼。她就按陆相的意思，写了回信去，说：“结婚时一定告诉你们，不过我们决定春节回家，到时全家热闹一下就可以了，城里人的规矩，不作兴大操大办。再说家里也不宽裕，哥哥和弟弟还没成家，该省的还是要省的。”不久，哥哥又回了信，把张小菊大夸了一番，说爹娘听了你的信是如何高兴，说你去城里也就一年多，时间不长却变得这么懂事，全家都很高兴。

拿着乡政府开具的假证明，陆相和张小菊在街道樊大妈的带领下，雄赳赳，气昂昂地到了办事处，顺利地领到了结婚证。领证回来，陆相把张小菊带到他的哥们儿刘煜住的地方。刘煜的父母也是个官，早就给他弄了一小套房子。在这所房子里，陆相把张小菊哄上了床。

那天，张小菊被陆相按到床上，两人鱼水欢娱过后，她觉得自己的心软软的，像是一块豆腐，提不起个来。一觉醒来，她就看见自己睡过的地方，有一块殷殷的血迹，她知道这就是“落红”，自己是破了瓜了。这块殷殷的血迹，瘦瘦的，一长一短，像个大大的红色感叹号，触目惊心！她看到了这块“落红”立刻羞红了脸，急忙拉过被角把它盖上了。

她呆呆地想了一会儿，忽然就哭了。她的哭声惊醒了陆相。他奇怪地看着她问：“怎么啦，你?”她把头扭到一边不理他。

她这样无端地苦恼，搞得陆相挺瘟的，他就坐了起来，不停地追问。经他一再追问，她才哭哭啼啼地说：“你骗了我！你骗了我！原来你是一个打流混事的，天天在洗头房这些地方钻来进去的！你专门会讨那些姑娘们的欢心！你讨我的欢心！我不是那种人，你、你这样对我，这、这、这叫我回家咋见人啊?!”说着还坐在那儿扭了几下腰。

陆相听了，就急赤白脸地替自己辩白，反复述说自己近来的状况是如何倒霉，生活是多么无聊，第一次到这种地方来完全是无意间的事，后来再来那可是目标明确，全为了她。“不是为了你，狗日的来！”他赌誓说。张小菊有点相信了，她掀起被子给他看那片“落红”：“我是你的人啦，你要对我负责！”

陆相看了，神色有些异样，他没想到被自己死缠烂打才搞到手的张小菊还真是个“处长”！这让他心里既得意又熨帖，像是小时候捡过一个破纸包，打开一看，那里边装的还真是几张钱！他摸了摸那块殷红的血迹，还放在鼻子上闻了闻，斩钉截铁地说：“操！老子证都领了，还能不负责！”

她听了并不放心，就撒娇，逼着他问：“你会娶我吗？会吗？你要娶我！”陆相亲了她一下说：“娶你！当然娶你！我不娶你娶谁呀！我跟你领了证再不娶你，那就是犯法，明白吗？现在我们这样是合法的，明白吗?”

张小菊听了愣愣地看着他，心想，那证真那么神奇吗？那不就是一张纸吗？你要是不干了，那纸真能管住你吗？在家乡，三媒六证也有管不住的！“操！你没有法制观念！”他又亲了她一下说，“娶你！娶过门来，我们天天以效鱼水之欢。”

于是，她就问他这话是什么意思。他就很耐心地讲起来，讲他小的时候，老爸如何带他去听书，说书的如何在说到男人和女人的事的时候，总是用这句把话遮过去。比如，说到西门庆央告王婆替他赚来潘金莲时，西门庆就说：“求干娘救小生则个，我与那娘子欲效鱼水之欢。”他如何问大人这话的含意，大人如何打他的耳光，他又如何用许多许多时日想这话的意思，最后才明白了，原来这话就是干那事的意思。

她听了就笑了，说：“还是有文化好。”

“好什么？”

“瞧瞧，能把那事说成这样。”张小菊低下头，玩着衣角，很扭捏的样子。

陆相觉得她这个样子很可爱，自己娶了她也不错，很配，又想很配也不对，应该是值！

接下来，他们就喜气洋洋地操办起来。在他们操办婚礼的日子里，她总是一有空就翻出那张红红的小纸卡，把它打开，看那张两个人的照片和那又红又圆的大印。她几乎不相信这是真的，有时会轻轻地摩挲，有几次还心里发酸，眼泪都上来了。

凌菲正式与陆相吹了以后，原先暂存于凌家的新婚用品，都退了回来。陆家的小屋也早已隔好，陆家良虽然还是要在新房里穿过，但张小菊不讲究这个，她就是讲究也讲究不起来，到底是农村来的，不比凌菲，她能在城里有个安身的地方就蛮不错了，“面包会有的”，陆相总是这么说，张小菊也相信这一点。想想自己来了这才一年多嘛，生活难道不是吃着甘蔗上样子，越走越高，越高越甜？自己在家的时候，连想也没想过会在城里找下人家！真是一个跟斗捡了个金元宝，运气来了挡不住！

可是，就在结婚的这一天，陆相死于非命！

二十五

张诗漪离开了黄玉萍，没回房间，从白云宾馆出来，发动了“赛欧”，开出去一段路，想想不知所向何去，把车停在路边，又一想，就给肖方全打了一个电话。可是，肖方全却关机了。这让张诗漪有点儿纳闷。他为什么要关机呢？他在干什么呢？张诗漪想起在酒席上听来的一个笑话，说男人只有三种情况下关机，一是睡觉，二是洗澡，三是干那事。肖方全不要是在和谁干那事吧？想到这个，张诗漪的心里不安起来。

张诗漪发动了车，可忽又想起，自己没有地方去，就又把火熄了。她坐在黑黑的车里，望着路灯下斑斑驳驳的树影，忽然觉得自己这一年多的生活就像这树影一样，黑暗斑驳，不实在，虚虚缈缈的。说起来，她自己也觉得自己现在的工作不是很重，没见到吗？那些初来乍到的打工妹，要比自己辛苦得多。有一天她在一家超市里见过，一个身体瘦弱的打工妹，从超市外的大货车上，拼命地往里扛着像口棺材似的大纸箱，上边写着什么牌子的方便面。她当时想，这一箱大约有二十斤吧？她当时很好奇就走近看了看，结果，那纸箱上明明白白地写着二十公斤！她当时心里就有一种酸楚，觉得这个瘦弱的打工妹身后，一定有着一段不凡的故事。人人都需要钱，钱多可以使你过上好的生活，反之亦然。因此，钱把人分成等级。有钱的王八大三辈呀！自己与肖方全在一起也是为了钱吗？

一想到这个问题，她忽然觉得自己活得不是味。今天幸亏是刘文蔚的家里找来了，要是肖方全的家里，自己岂不要受更大的难堪？听说他老婆是个粗人，当然不会像今天这位这么文雅，如果她找了来，撒泼犯浑，就地打滚，那该怎么办呀？自己这样跟着肖方全，非妻非妾，为了什么呀？

为了钱？也是，也不是。跟了他以后，确实，他也没让自己为钱而愁过，但他也没多给自己什么钱。和他一块花钱消费，行，让他除工资外多给一点儿，没有！也许刘文蔚说的对，有一次他对自己说过：“人是英雄钱是胆！”对了，这句话就是他们相识的那天他说的。

那一天，是一个闷热的夏天，天欲雨而云沉，人出气都不舒，浑身黏黏糊糊的。张诗漪才从狱中出来，租住在五台山路高坡上的一间小平房里。这间房子，房东每月要收租金两百元，可什么家用电器也没有。张诗漪热得不行，就出来闲逛。在五台山路口，她看到一个卖冰棒的。这个卖冰棒的与那些摆摊卖冷饮的不一样，他支着一辆自行车，车架上放着一个电视机大小的木箱子，那人用一块惊堂木，起劲地拍打木箱，伴着“啪，啪”的敲击声，不停地吆喝：“冰棒马头牌！马头牌冰棒！”

张诗漪闲里生事，走过去，说：“买一个‘冷狗’。”

那人就笑呵呵地从木箱中拿出一支“冷狗”，三下五除二，麻利地替她把纸剥下来了。

这时，张诗漪才有点儿傻眼，她没带钱。她出来的时候，原本没打算往远了去，天又热，就穿着一个圆口汗衫，浑身上下没有口袋，手里只拿了一串房门钥匙。

她愣了一下，吞吞吐吐地说：“不好意思，我……”

那人见她这样，有些恼怒，直愣愣地说：“不要了？我都剥开了，你不要了?!”

“对不起！我，没带钱。”

“你没钱买什么呀？没钱回家自己摸去！脏哄嘛！好玩啊？”

两人眼看着要吵起来。这时，旁边有人搭话了：“多少钱？一块五吧？给。”

张诗漪扭头一看，见插话的是个中年男人，他递给卖冰棒的一张五块钱。

“你要啊？”卖冰棒的问，接了钱把冰棒递给了他。

张诗漪心里很感激这个中年人。这个中年人就是刘文蔚。

刘文蔚把冰棒递给张诗漪。刘文蔚说：“你一定是想吃了，我不想吃，我只是看看。你不知道，我们江城好多年没人这样吆喝卖冰棒了，这是我们小时候每天都听到的，我听着亲切，就站在边上听听。你快拿着吧。”

张诗漪说什么也不要。临了，刘文蔚只得又买了一支。

两人一人一支，吃着“冷狗”，说了几句话。分手时，张诗漪无论如何请刘文蔚留下了电话，说：“我一定要还你一块五！”

刘文蔚就说：“算了！多大事啊！人是英雄钱是胆，一分钱难倒英雄汉。你呀，下次别再玩‘十根芝麻糖，两个干烧饼’就行了。”

张诗漪不懂。他就摊开手掌解释说：“就是两手空空呀，你看，十根手指，十根芝麻糖，两只手掌，两个干烧饼。”

张诗漪听了忍不住笑。他们就这样认识了。

以后，他们接长不短地见上一面。在这样的交往中，她知道了他的身份，知道他在江大教社会艺术学，是个副教授。她不知道什么是社会艺术学，也许那是一门高深的学问，只有像他这样的人才能学会，才能教给别人。自己有一桶才能倒给别人一碗，她上学时听老师这么说过。他懂得真是太多了，张诗漪特别喜欢听他说话，有什么烦心的事也愿意和他说说。说实话，她觉得他就像一个兄长，一个老师。今后有能力了，一定会帮他一把，比如说，自己有钱了，会帮他了却出书的心愿，给他一个支点，让他去撬动地球，拂去他身上的黄土，让久埋的珍珠，放出夺目的光彩！但是，和他上床，真是连想也没想过！

她知道他们之间有着天渊之别，在他面前自己要仰视。有那么一段时间，她不再与他联系了，那是她已经找到了工作，但还没有和肖方全上床的那段。她每天跑楼盘销售，整个江城来回乱窜。不过，她会时不时地想起他，有时，是坐在公交车上，看到追赶公交车的人群中有一个人怪像他的，有时，只是看着街上茫茫的行人，有时，是在自己睡前那么一会儿迷糊之中。她想起他的时候，心里会紧缩一下，轻轻地叹一口气，唉！不知他现在干什么呢。

终于有一天，他来了电话，问她近来怎么没了声音、图像，销声匿迹，人影子不见了猫顶子，约她出来。她在一间茶舍里见了他，在他的一再追问下，忍不住说出了自己住监狱的经过。也说，正是因为自己有这样的事，怕配不上他，影响他。其实，一个人的行为是受思想支配的，而支配一个行为的思想是非常复杂的，让人做出某种行为的思想，往往是综合很多因素而形成的。她不再联络他，不再见他，也有着许多原因，一言难尽，她当时这样说，只是想搪塞一下。他听了以后，丝毫也没有吃惊，很诚恳地说："谢谢你对我的信任！"说这句话的时候，他身子前倾，像是要隔着桌子伸过手来与她相握似的。不过，他也说了她，说她"片面"，说她只看到了他们间的差距，没有看到她给他带来的愉悦。他说，与她相识后，他好像回到了过去的时光，那时自己也不是什么教授，连一个出头露脸的工人都不是，默默无闻，但那时的生活却过得有滋有味。他说起了自己有着七个弟兄的家庭，说起那时家庭的贫困，说起自己在学校时常穿着张了嘴的鞋踢足球，还说起他们厂的一个发料员，是他的初恋，也是一帮工友弟兄们的初恋，大家都追逐她，为了武力取胜，他甚至还拜了城南的柳慕侠为师，每日里打煞力气，腾挪跳跃，学了一套《武松解铐》，这套功夫，全是模仿武松在飞云浦的英雄壮举，先是双手举于颌下，像是犯人戴枷，闪躲扫趟，全用腿上的功夫，然后，才猛地挣脱无形镣铐，手脚并用，白手夺刃，腾翻旋转，忽焉在前，瞻之在后，行云流水，妙不可言。自从学会了这一套功夫，他就每天都在材料库前的空地上打上一圈，于是，厂子里的人都说他"文武双全"。后来呢？后来？他眼中的光彩渐渐地暗淡下去，没说。过了很久，有一次他们又说到这个话头，他才告诉她，后来，自己的初恋成了别人的老婆，自己也娶了另一个姑娘为妻。唉！他轻轻地叹了一口气，说出一句使人心惊的话来："世间只有妈妈好！"她问他为什么这样感叹，他就深深地看着她，像锯木头一样，切切顿顿地说："没有一个人能像你妈妈那样爱你！"

过了好多时日，他对她说："我喜欢底层生活。"

又过了好多时日，他才告诉她："那个发料员长得很像你！"

张诗漪想到这儿，心里就有一股甜丝丝的感觉。

这时，她的手机忽然响了，原本非常好听的《雨中情》的曲调，在这静静的夜里，在她毫没预想到的时刻猝然响起，把她吓了一跳。电话是肖方全打来的，问她现在在什么地方，叫她赶快到江城大酒店来，"到2108

房间，就等你一个人啦！”他没说什么事，她也没问。这时她还不知道，当她走进这个房间后，会发生一件令她一辈子伤心作呕的混账事！

合上电话，她就发动车，打了一个弯，向江城大酒店驶去。

她走进江城大酒店的旋转玻璃门，穿过高大宽敞、灯火辉煌的大厅，有点急切地等了一会儿电梯。电梯来了，她和几个浑身散发着恶臭的外国男人一起走了进去。上了楼，走过长长的昏暗的走廊，她按响了2108房间的门铃。

给她开门的却是联合化工的那个处长。

张诗漪从他的身侧探过目光去，向房间内睃巡，问：“肖总呢?”

“哈，哈！”联合化工的处长笑了。

二十六

陆相没想到今天能这样碰上他们俩。

本来，在老船板巷四号这个越来越破落的院子里，遇上了也没有什么奇怪。陆相每次见了凌菲和郑海宁双进双出那亲密的样子，心里就抹不直，气也不打一处来！凌菲见到他的时候，把头一昂一偏，像是不认识似的就侧身走了过去，那个警察郑海宁虽说朝他咧了咧嘴，像是笑了一下，但那目光却特别深邃，像是在警告他不能轻举妄动！每次都是这样。有一次他回家，在院门前的老槐树下，看到一群老头老太正围着郑海宁听他脏吹。前边吹了什么没听到，他走过他们这群人时，就听郑海宁说："警察，警察，就是瞪着警惕的眼睛仔细地观察。"说着还斜了他一眼，说得那些老头老太都笑了起来。所以，陆相每一看到郑海宁的目光，就想起他的这句话，心里就会暗暗地骂一声，操！你观察个屁！

陆相觉得自己的落魄，完全是因为郑海宁出现的结果。如果不是他为了争夺凌菲给自己下绊脚、上烂药，怎么可能鸡飞蛋打一场空？现在他们俩真的搅在了一起，令人眼热，令人生气！看着他们两个燕子衔泥似的进进出出，他的脑海里甚至出现了自己与凌菲做爱时的场景，虽说当时自己不是太兴奋，有点儿勉强勃起的样子，可是，现在想来，却是那么的清晰，那么的刺激，好像他又把人家意淫了一次，那么过瘾！

今天，陆相看见他们与平时不一样，他俩不是出去，也不是进来，而是正齐心协力地往院里搬一架大床！

操！真是天翻地覆慨而慷了！陆相看到这一幕，立刻想到，就在不久前，搬床的那一头还是自己！一股鸟气堵上了心窝，心绪比以前见到他们更加恶劣。他愣愣地站在了那里，目光中满是恶意！

凌菲抬头看了他一眼，飞快地把眼皮顺了下去，而那个警察郑海宁却像压过母鸡的公鸡似的，头昂昂的，看着他似笑非笑的样子。

这时老言从院子里出来，他侧着身让着他们，有一搭没一搭地问，怎么把新床往这里搬？郑海宁告诉他说，买了房子了，龙湾小区，正装潢呢，床先找个地方放放。

龙湾小区，陆相听说过，新区，干部和有钱的人才买得起那里的房子。听他这么一说，陆相的情绪不由得心中更加恶赖起来。操！牛×什么呀？你们能住到那儿去，还不知那钱是怎么来的呢！陆相不想再看下去，家也不回了，掉头向张小菊的店里走去。

一连好几天，陆相心里都抹不直，凌菲和郑海宁“呼儿嘿哟”搬大床的这一幕，像是电影似的在脑子里挥之不去，就像小时候，忽然有一首歌的某一句会在脑海里冒出来，强逼你反复默唱似的，想不想都不成。

张小菊发现这几天陆相像换了一个人似的，整天默默无语，心事重重，以为他病了，可是，怎么问，他就是什么也不说。她把手放在他的额头上试，他还生气地拨开了。张小菊就担心了，怕他是不是变了心。于是，她就越发问，他就越发烦，最后，两人话不投机，语不对簧，竟吵了起来，吵了几句，陆相一生气，看了一眼小店里呆×日猴地坐在那里的另外两个洗头女，狠狠地把门一摔，扔下哭天抹泪的张小菊就走了。

陆相出去了大半天，傍晚才回来，进店来低眉顺眼的谁也不理，把手上拎的一个装服装用的鼓鼓囊囊的大纸袋顺手放在了门后，张小菊见了，不知里边装的什么，以为他悔罪赔礼，给她买了什么衣服，心里还暗暗高兴，想，是呀，结婚的日子不真的快到了？这么想着，就硬装作不往心上去的样子，也没多问。

张小菊看看天色不早了，就忙着做饭。陆相也不说话，出门去买回来两瓶啤酒，斩回来半只鸭子。

开饭了，张小菊与陆相从来都不与洗头女同桌吃饭。陆相来的时候，她与他在里边那间按摩间吃，陆相不来的时候，她自己在那里边吃，让另外两个丫头在外边吃，她觉得这才有身份。

两人在按摩间里吃着。陆相啃着鸭翅，灌了一大口啤酒，说："今天不开了，今天休息。"说着就放下杯子，站起来，也不听听她的意见就走过去，把小店门上那块小牌子翻到了"现在不营业"那一面，挂在门外的把手上，回来的时候还把按摩间的门从里边销死了！

看着他，不仅张小菊大惑不解，外间的两个丫头也都愣了。

"看什么看？一年到头，咱们就像蚂蚁，今天也该歇歇了。"

"现在生意好，我看……"

"你看什么？你看个屁！"陆相嘴里骂骂咧咧，"咕咚"又灌了一大口说："对了！我们他妈的就像蚂蚁！"

张小菊知道陆相的酒量原本很大，两瓶"马尿"在他就像玩一样，根本不可能醉，今天这一番，肯定是×里放屁，另有一股子邪气！张小菊想，这些天，不知他在哪儿找了不痛快，回到家里怪怪的，全不像"以效鱼水之欢"的那一天，让人看着就想亲热。张小菊不知怎么忽然想起表姐陈蓉的一句话，"按住脑袋抠住腮"，从开始就不能让男人长脾气，不然，婚后那日子就没法过！想到这儿，她就壮了壮胆，走过去把门开了，说："你不吃饭，我还要吃饭呢！"说着就要去弄门外那个小牌子。

外间的两个丫头，看到这个阵势，知道又有一场好戏即将开锣，小心地交换了一下会意的目光。

陆相烦不了那么多，一个箭步冲了上来，使了一股子蛮力，从后边抱住她，把她往里间拖。一边拖还一边骂："老子今天说了，不让你开就是不让你开！"

张小菊拼命挣扎着。可是越挣扎，陆相把她抱得越紧。她这才知道，干干瘦瘦的陆相竟有这么大的力气，好像一头疯牛！

挣扎之中，陆相把张小菊拖入里间，张小菊的力气渐小，陆相的蛮劲大增。陆相一使劲，张小菊一松劲，这样一来，就像人抱起一个没有估计的那么重的物体时一样，陡然一下，陆相竟把张小菊抱了起来，还差一点儿闪了腰。

陆相把她抱了起来，就在按摩间里睃巡，看看没有什么合适的地方，一举手臂，就把她扔到了窄窄的按摩床上了。

张小菊不知道他要干什么，第一次见他这样使蛮动粗，心里有点害怕，她尖叫了一声，挺重地摔了下去，眼中露出了很大的恐惧。

两个在外间等着看好戏的丫头，听到了她的尖叫，惊慌地从门边上伸进来脑袋看。

陆相看见了，骂了一声："滚!"吓得那两颗蓬松的人头立刻无影无踪。陆相使出一招"倔驴尥蹶子"，使劲向后一蹬，把按摩间的门蹬上了。

陆相收回了后蹬的右脚，双手刚好从她后背上抽出来，他把双手放到了自己的胸前，呈屈爪状。这样，本长得像猴子的他却玩出了一个熊扑的姿势，一下子就扑了上来。

张小菊这才有点儿明白，他是不是要干那事？于是，就一边推他，一边气喘吁吁："不能欢！不能欢！"她本想说"现在不能效鱼水之欢"，可是一着急，没说全。

陆相却不听这一套，把她的双手按在了头顶，空出一只手来就撕她的衣服，撕得很狂暴，扣子都崩掉了。

张小菊心想，这他妈的男人都是怎么回事？要起女人来就像是打土匪！照你说的话，我们证都领了，结婚办事跟眉毛似的就在眼前，猴急什么呀！这么想着就想动腿，想用腿把他蹬下去。可是此刻，她虽然有点埋怨，但看他这么爱自己，竟有点强暴的味道，心里还是高兴的，或者说，竟因此产生了很大的刺激感。这么一来，腿也不蹬了，力气也更加松弛，心想，随你吧，自己就瘫下来了。瘫下来是瘫下来，可还是警惕着，不停地仰起脸来看门，生怕那两个不晓事的丫头闯进来。

这一下使陆相抓住了战机，虽说是大冬天的，身上衣服多，可她还是被他三下五除二，把上衣撕撸下来，把毛衣剥扯下去，被他脱下的衣服，衣襟也破了，袖线也开了，像破抹布似的扔到了一边。陆相扔掉了她的上衣，像干完一件大事，长长地出了一口气，竟住手了！

张小菊已经闭上了双眼，心里认了，正等着由他的性子来。可是等了一会儿，没有动静，微微睁眼一看，却见陆相正在门后墙角弄他带回来的那个大纸袋。张小菊不知他这是干什么，就这样只穿着乳罩，一下子坐了起来，看。她感到有点儿冷，就抱紧了膀子。

陆相竟从纸袋里拎出一件军装！

“穿上！”他把军装扔过来，狠声恶气地命令道。

“你吃了狠人屎啦?!”张小菊嘴上骂着，一把拉下扔在她身上的军装。

“戴上！”陆相又从大纸袋里拿出一顶大盖帽，扣在了她的头上。

张小菊狠狠地摘了下来。军装和大盖帽拿在手里一看，张小菊才明白，这不是什么军装，而是一套警服！张小菊大惑不解。

“你要干吗?”她责问道。

“老子要让你当警察！”陆相有些色厉内荏，不敢正视她，但口气却还是硬硬的。

张小菊猛然明白了，他是想把自己当成警察来“欢”！

“变态！”张小菊忽然想到了这么一个词，就脱口而出。说完，她就捡起自己的棉衣，往身上一穿，摔门而去。

外间，那两个丫头不知听到了什么没有，早已经不见了踪影。

里间，留下了陆相，重重地低着头，坐在按摩床上，手里还拿着那顶大盖帽。

这件事，严重地影响了陆相和张小菊的关系，他们本早已定好的婚期也因此推迟了。

又因为他们婚期的推迟，陆相死于非命，而张小菊也彻底地改变了命运。

人生，白云苍狗，变幻只在瞬间！

二十七

张诗漪疯了！

她把车开得飞快，仿佛只有这样的高速才能减轻心中的愤怒。

知道江城有这么一句话吗？叫“发货”！这句话在江城的底层社会非常流行。它的意思是：转赠你熟悉的女孩。比如，你有一个女朋友，但她还不是你的爱人情侣，你的一个男朋友看上了，说出了想结识的意思，你把她介绍给了他。这就叫“发货”。

张诗漪做梦也没想到，今天自己让肖方全给“发货”了！

肖方全！你不是人！我操你妈！！张诗漪开着车，心里恶狠狠地骂。

她到了2108房间，联合化工的那个处长给她开了门。

处长满脸堆笑，把她让进门来。

她看肖方全不在，就问：“肖总呢?”

处长叫她坐下，还给她泡了一杯茶。处长把杯子端给她的时候，不知为什么，手有些抖，茶水差点儿洒出来。

张诗漪与这人不太熟，只是在一起吃过一两次饭，平时，他也没到工地或他们建筑队办公的那幢楼来过。与不熟悉的男人独处一室，张诗漪多少有点儿紧张。她很拘谨地坐着，脸上现出不自然的微笑。

“谢谢！”她挪了一下他放过来的茶杯，又问：“肖总呢?”

“啊，啊，他刚接了一个电话，说有点儿事。立马就来，立马就来。来，用茶。”

“谢谢，谢谢！”张诗漪不知自己该说些什么，只能这样几近无聊地应付。不过，听了他的话，她心里想，到底人家是处长，连说话都不一样，人家说“用茶”，听听！文雅极了。后来，不知怎么一来，忽然想到，小姊妹们管洗屁股的水叫“用水”，想到这儿，她差点儿笑出声来。她偷看了处长一眼，见他正盯着自己的胸脯看，心里暗骂了一声，就把目光掉到墙上的画上去了。

墙上挂着一幅仿明小品，黄绢纸，画着远山近水。她想，自己身后的墙上也应该有一幅，就回头看了一下，果然，那里真的也挂着一幅相类似的画。

处长第三次请她“用茶”。她不过意，就端起杯来抿了一口。

处长就问：“张小姐，什么地方人啊？”

张诗漪觉得眼前这个老眉咔嚓眼的男人，手段实在糟糕，这种开始，是那些街头打流混事的半大小子玩剩下的。记得自己年轻的时候，也与陆相他们去过几次舞厅，那些搂住自己的小男孩，事后都把怎样结识姑娘编成了舞步口诀：“家住在哪里，嘣嚓嚓，你叫啊什么，嘣嚓嚓，今年多大啦，嘣嚓嚓，明天休息吗，嘣嚓嚓，在哪儿见面呀，嘣嚓嚓……”他们常常这样搂着她，念着，跳着。她听了就“咯咯”地笑，而他们却一脸的正经，一副逗死活人不偿命的样子。

处长又问了一遍。

“江苏。”张诗漪回答。

“江苏哪里？”

“苏州。”张诗漪信口胡说。

她看着他那有些谢顶的脑袋，不知为什么又想捉弄人了。

“啊，好地方，好地方。自古苏州出美女，怪不得张小姐长得这么漂亮！”他赞美着，深深地咂了两下牙花子，咂得很响。

张诗漪听了，只觉得自己的牙槽后边直泛酸，嘴里就有点儿要吐的感觉。

“我不漂亮，外边漂亮的有的是。”

“哦，不，不。我说你漂亮就是漂亮，我说话还没得数吗？”处长好像对她的谦虚有点儿不高兴了。

两人孤男寡女独处一室，就这么聊着。张诗漪纯是应付。因为她知道，眼前这位中老年朋友，曾经给过他们工程做，是他们的上家，恩人，她不能不跟他应酬。而且，她负责的那个在联合化工修路的工程也快完工了，到时候索要工程款还得靠他。肖方全这家公司，本是借本做工程的，就是说，自己并没有合法手续，接工程都靠借朋友的证照，过去他们卖房子，也是受房地产开发公司的委托，替人家营销，并不是自己真的有那么多楼盘。所以，万一让这位中老年朋友一个不高兴，摆出公事公办的面孔，找一个什么理由，就说把钱打入他们借用证照的那家公司去吧，中老年朋友可一点儿都没错，但对于他们公司来说，那麻烦可就大了。总之，张诗漪虽说刚刚与不知从哪儿冒出来的“我是刘文蔚的爱人”发生过一场不愉快的龃龉，心情非常不好，但还得与眼前这个人应酬。

处长可真的有点儿急了。他今天是有想法的。处长今年已经五十多岁，确实进入了中老年行列。这个处长与别的官不大一样，很多官到了他这个年龄，都开始拼命敛财，准备后事，就是所谓的“五十九岁现象”。可他不是。青年时代，他曾经是个文学爱好者，喜欢吟诗，人也长得瘦瘦的，一副见花落泪，望月伤心，顾影自怜的模样。可后来却学了化工，日复一日，随着年龄的增大，职位的增高，腰身和兴致也一并渐粗。要命的是，这些变化，他在近些年才开始感到的，一旦感到，他的思想算是彻底被颠覆了！看惯了管道阀门的眼睛，开始搜索美感，安于家庭生活的心，开始寻找寄托。生命已经如长江大河即将驶进浩渺无涯的大海，百树杂花却一年一度地开得蓬蓬勃勃。生活是美好的，而人生的美，世间的一切美，最集中、最典型地反映在女性美上，具体地说体现在女性的人体美上，当然，年轻的女性人体要比年老的女性人体还美。于是，这位处长就开始觉醒，开始享受生活，同时他也开始沉醉，沉醉于年轻姑娘的肉体。好在现在色情场所、准色情场所也多，他又是管工程的，自然也有人请，不用他自己掏钱，所以自他觉醒以来，过得真是声色犬马，灯红酒绿。不过这种事，一次过后又想下次，旧人过后又想新人，这种花样过后又想另一种花样，不仅不满足，而且需要加大剂量。他欲大，欲大就追逐，追逐不煞渴，反使欲更大！

他在声色犬马中，忽然发现了张诗漪！他暗示，绕弯，装作无意谈起，就差明说了，才使肖方全懂了他的意思，他要与她上床。

肖方全真的不理解，你找什么样的没有？偏偏要她？一点儿面子也不给我留呀？不管怎么说，我和她现在还住在一起吧？这种虎口夺食，横刀夺爱，你他妈的也真做得出来？你以为你是谁？亲娘爹老子也不能让我让出女人吧？肖方全明白了处长的暗示以后，心里非常生气，觉得这个处长一点义气都不讲，纯粹是面条锅里下汤圆——浑蛋一个！但是，他又怕坏了这个关系，起初揣着明白装糊涂，回避这个浑蛋，见了面也不接他要请张诗漪的茬儿，常常王顾左右而言他，好几次扫了处长的兴，差点儿把这个好不容易维持下的关系给破了。

后来，肖方全接到一个莫名其妙的电话，是个女人打来的，她问清他就是肖方全后，对他说，她来过电话，打听过张诗漪这个人。不待他反应过来，她又请他转告张诗漪，刘教授说，她送给他的钱包很好，谢谢她。

肖方全接过这个电话，心里不踏实，他不知道张诗漪还有一个教授朋友，从来没有听她提起过。既然是教授，估计也在四十多岁上下，听电话里的口气，也许就是她的丈夫。肖方全是何等聪明的人啊！想着想着就明白了，操！别是让人掏了螃蟹吧？有了这个想法，他就暗中留了心。这一留心不要紧，还真发现了蛛丝马迹，比如，有一次，他乘她洗澡的时候翻看了一下她的手机，还真的看到了一个叫刘文蔚的给她的短信，短信说："谢谢最近较忙有空我约你。"他的心又不落实了，想，这"谢谢"后面一定有事，但那是件什么事呢？

后来，他就不猜了。他觉得自己有点儿亏。自己在这里长包房，一天就是二百六十元，一个月就是七千多元，一年就是七八万元，减掉自己消费的一半吧，那也是三四万块！三四万块钱却养了这么一个女人？这不是烧吗?！本来，自己让她来做联合化工的这个项目，一是能报答她的付出，二是能让她给那个浑蛋处长养养眼，那小子一高兴，自己工程上面的事就可能顺利一点儿，并没有给他"发货"的意思，想都没想过。就是让她去"养眼"这种想法，自己还把自己责怪了半天，觉得真是堕落，不可救药，硬是找了一个理由，用大江公司隋总的一句话"不能免俗"来自我开脱。可是，她竟然"有情况"！让一个穷教授掏了去，那我不成了"傻波依”了！

左思右想，他忽然想到了两个字——“利润”！怎样自己才能不吃亏呢？就是产出要大于投入呀！产出大于投入的那一部分不就是利润吗？你投入了那么多，要回报呀！要创造更高的价值，要产生更大的效益，要获得更多的利润！一句话，事到如今，一粒糠里也要榨出四两油来！

想到这儿，肖方全差点儿给自己一个大嘴巴，这么简单的事，过去却没看透！听人说过，爱情使人盲目，我他妈的这是怎么了？爱上这个小丫头了？屁话嘛！当真我能离了婚娶她？家里的那个鸟老婆是没文化，四十多岁的人长得像六十岁，邋邋遢遢，窝窝囊囊，可她却跟着自己吃了不少苦，家里的一切都是靠她，父母年迈得靠她，儿子年幼得靠她，圈里的猪靠她，看门的狗也得靠她，七大姑八大姨，春节清明八月半，礼尚往来，待人接物，没有一样不得靠她。这么些年来，没给她买过一身衣服，买过一件礼物，每次回家给亲戚朋友的礼都成山了，她也只落得两口吃的。我不能像扔洗脚布一样扔下她不管，就算是哪一天我真的与她离了，那也得让她后半生活得舒舒服服，妥妥帖帖，温温暖暖。肖方全昏头涨脑，心乱如麻，只觉得自己眼皮发肿，都快睁不开了。

这时，他接到了联合化工处长的电话。于是，他就应邀跑到江城大酒店，陪他，不，实际上是请他在江城大酒店那豪华的餐厅里喝酒。酒过三巡，人到半酣，处长就问起了张诗漪，说：“怎么没见张小姐？你是不是怕我见她呀？”

肖方全倒被问得不好意思起来，竟有些扭捏地说：“哪的话？多大点事呀！”

两人又干了一杯。肖方全再敬酒时，处长连推十推，有点佯装地说：“醉了，醉了。”

肖方全知道他的酒量，哪里相信？就说：“你的海量我知道，来，我‘打的’过来了。”说着，他站起来，举着酒杯，绕过桌子，站到处长身边说：“干！干！”

处长瞪着微红的眼说：“不行，不行，我真的不行了。肖总，我是属淳于髡的，你不知道。”

肖方全举着杯站在他身边，愣了。他真的不知道什么是“纯鱼鲲”。

处长就让他坐回去，讲给他听。原来处长说的是一位古人，这个叫淳于髡的人，最会喝酒，“你看看人家是怎么喝酒的，”处长说着就滔滔不绝抑扬顿挫地背诵起来：“赐酒大王之前，执法在旁，御史在后，髡恐惧俯伏而饮，不过一斗径醉矣。若亲有严客，髡帣鞴鞠跽，侍酒于前，时赐余沥，奉觞上寿，数起，饮不过二斗径醉矣。若朋友交游，久不相见，卒然相睹，欢然道故，私情相语，饮可五六斗径醉矣。若乃州闾之会，男女杂坐，行酒稽留，六博投壶，相引为曹，握手无罚，目眙不禁，前有坠珥，后有遗簪，髡窃乐此，饮可八斗而醉二参。日暮酒阑，合尊促坐，男女同席，履舄交错，杯盘狼藉，堂上烛灭，主人留髡而送客，罗襦襟解，微闻芗泽，当此之时，髡心最欢，能饮一石。”处长一边背一边解释，语言功底好，解得极透，肖方全总算是明白了，原来属“纯鱼鲲”就是喜欢喝花酒！有女人的时候就能喝，女人要是能看的，就喝得多，能握手调笑就喝更多，能上床，叫什么来着？“罗襦襟解”，那谁不爱呀？

“懂了吗？人家那才叫喝酒！”处长长叹了一口气，“唉！我们就只会瞎操了。”

肖方全让处长给说傻了，觉得还是人家处长有文化，现在满大街都是文化，甚至连茅房也有了厕所文化，席面上多少人一开口也是酒文化，可是有谁能像人家处长一样，把个酒文化真的说出道道来？操！处长到底是处长！

处长见肖方全半天不说话，就把话题转到工程上去了。渐渐地，肖方全听出点儿味儿来了。原来自己公司借照经营的事，人家处长早就知道，现在，工程快完了，处长挺为难，特意把他找来说说，这钱怎么支付。

肖方全全他妈的明白了！他二话不说，就给服务台打了电话，定好了房间，又把张诗漪叫来了。

给张诗漪打完了电话，陪处长进了2108房，小坐了片刻，算着张诗漪就要到了，肖方全就找了个借口要走。处长挽留说：“坐坐，你又没什么家务。一会儿小张就到了。”

“我看她不会来了。你也好好休息吧。跟你在一起，真的长知识，真的。我呀，也找个地方，那叫什么来着？‘罗襦襟解’？哈，哈！”肖方全说着，就出来了。

肖方全从这个电梯下去，张诗漪从另一部电梯上来。

孤男寡女，独处一室。张诗漪应付着，可处长却一阵比一阵欲火难耐。眼看时间一秒一秒地流失，处长终于按捺不住了。他往床上一倒，说：“哎呀！小张，我今天可真叫你们肖总给灌醉了。你能不能给我拿条毛巾来？”

张诗漪本不大情愿，但也不好硬硬地拒绝，想了想还是起身到盥洗室给他拿来了毛巾。

处长接毛巾的时候，紧紧地握住了她的手！

张诗漪惊恐地看着他，看见他的脸上，横肉在抖！

“来吧！别怕，肖总不会来了！”

“不会来了?!”张诗漪猛地抽回了手，吃惊地问。

“事到如今，我也不瞒你了，你到这儿来是他同意的。你来他闪了！你怎么到现在了还不明白？我真的好想你！”处长说着就欠起身子要搂抱她。

张诗漪听了他的话脑子里一时还转不过弯来，又见这位一向还令自己尊重的处长，一下子就失去了过去和蔼可亲的形象，变得无耻而大胆，一时不知如何是好。乘她发愣之机，处长已然坐了起来，一只手硬硬地搂紧她的腰，酒气冲天的臭嘴也凑了上来。

她感到右脸上一股黏黏的湿液滑过，腻腻的令人作呕，忍不住干呕了一下。

处长一愣，怕她呕到自己身上，让了一下。张诗漪借此机会，挣脱了他的搂抱，一掉屁股，跑了出去。

张诗漪飞快地开着车，恶心欲吐的感觉越来越大。她把车停在了白云饭店门口，飞快地跑上了楼。

可是，她打开长包房的门，向里只看了一眼，就软软地昏倒了！

二十八

自从发生了“穿警服”那件事，张小菊说什么也不愿意和陆相结婚了。她觉得，陆相这人“变态”，他和郑海宁的事，她也听说过，就算郑海宁抢了你的人，你也不能想出这样的损招来，操他你才惬意呀！退一万步说，他抢了你的人，可你不是有了我了吗？你把我当成什么了？你光说你爱我，要是爱我，你应该让别人变成我才对呀。想想这个念头好像也不对。反正就觉得他怪怪的，到底为什么，也想不明白了。

陆相却没觉得自己有什么错。那天，他和张小菊吵了几句，摔门而去以后，一直在大街上闲逛，东游西荡，走着走着，不知怎么就走到了军区被服厂门口。这里原来是个军工厂，戒备森严，很多年以来，一直有战士荷枪站岗，陆相小时候就见过。改革开放这二十几年来，这里岗哨不见了，高高的围墙也破开了，沿墙开了不少小店，除了一家卖盒饭，一家冲洗胶卷以外，一溜墙边，全是卖军警服装的。布的、皮的、单的、棉的、内的、外的、鞋帽、皮带、水壶、背包带，除了军衔、警衔、电棍，凡属军警服装，这里全有。陆相心里烦闷，想着凌菲低着头搬大床时有点儿不好意思的样子，想着郑海宁向老言吹嘘自己时的那张葵花向太阳似的笑脸，想着这张床本应由自己与凌菲在上边折腾，没想到一个不小心却换了主人，想着想着，他就真的有些难过起来，竟有点悲从中来，鼻子也酸了，眼眶也有些湿。

这时，他发现柜台里面有一个小姐在奇怪地看着他，他这才猛醒过来，装作沙子眯眼，低着头揉了一揉，然后，为了掩饰，指着一件军装随口问道：“多少钱？这件？”从这一句开始，他就与卖衣服的姑娘聊开了，先向这位姑娘讨价还价，接着又吹嘘自己在孔庙卖衣服卖得如何如何好，把人家吹得五迷三道的。吹着吹着，陆相的心情高兴起来，脸上有了笑意，嘴也甜了。这时候，姑娘开口了，叫他买衣服。陆相不好意思拒绝，就真的买了一身警服，还带个大盖帽。买到了手里，他才回过味来，操！原来人家卖衣服的听他脏吹也不是白听。

谁知就是为这个，张小菊不干了，要离婚！不对，不是离婚，是根本不与他结了。妈的，我这只是一个念头，一个个人的爱好，也没有什么了不起呀，好吧，不结就不结，老子看谁结，谁结谁是孙子！

“我是孙子，好吧？我是你们的孙子！”陆家良听说这个又要凉，气得全身直抖，他嘴里骂着，手在挥舞，看样子恨不得扇自己两个大耳光！“有他妈你这样的人吗？也不怕邻居笑话！也不怕亲戚指指戳戳，脊梁骨都待你捣通得了！日子都定了，又不结了，这是什么玩意头儿啊？我这是哪辈子做的孽，生养你这个不通情理的孽障！”

陆相的婚事，前歇后散的，陆家良觉得丢了大人！本来一个院住着，和和睦睦的，可现在见了人家凌老师一家却让人抬不起头来。虽然不是自己理亏，是你家凌菲变的卦，可越是这样，越让人不敢正眼看他们，生怕一个眼神不对，反引起人家于心不安。陆家良一辈子没这样对待过别人，因而特别累，心里总是想，还不如反过来，自己家对不起他们家呢！有心在凌家来买烧饼时，给他多上点儿芝麻，多上点儿油，可是，自打两个孩子不谈了，人家就不来买烧饼了。有一天，陆家良看到凌夫人护士长从炉前过，就笑笑地问了一声，说：“怎么不见你家老凌来买烧饼了？”人家护士长似笑非笑：“我家改吃肯德基啦！”说得陆家良差点儿没把脑袋伸进炉子里！当时，他就下了狠心，要把儿子和那个农村娃子的喜事大办特办一番，办出花儿来，让大家都看看，我们陆家也不是一般二般的！

陆家良让陆相这个小炮子子搞得没得办法，有一天，他就去找张小菊。张小菊不能对未来的老公公说“警服事件”，只是低着头不吭声。陆家良就劝，还许诺说，拼上老命，也要叫他们过上好日子。张小菊本来对他就有些怜悯，见到他老是联想起自己的父亲，还觉得他甚至比自己的父亲还要苦。她也隐隐约约地听说过，陆相的妈甩下他和年幼的陆相跟别人跑了，好歹自己的爹还有娘照顾。又想，说不结就不结了，行吗？自己已经是他的人了，生米煮成了熟饭，母鸡下了汤锅，以后就是能再找个男人，一上床也得露馅，还会有好果子吃？不跟他也不行了。再说，虽说三岁看大，七岁看老，但人也不是不可改变的，我张小菊连这点儿自信都没有，还在江城闯什么？

张小菊七想八想，想到木已成舟，想着船到桥头自然直，想到灯不拨不亮，树不修不直，想到自己有把握战胜“这个小炮子子”，所以，在陆家良追问她“你还有什么，你还有什么”时，她就低着头什么也没说。

陆家良明白她这是愿意了的意思，当下高高兴兴地回到了家，挡下正要出门的陆相，他口才不好，拙于表达，几句车轱辘话，把责备、恳求、央告、臭骂这些意思都说尽了。陆相也就没再说什么。

双方矛盾化解了，婚事又重新提到日程上来，可是屈指一算，春节却怎么也不赶趟了。算来算去，所有人都觉得下一个好日子是“五一”，陆家良不忘老传统，还说：“这个日子好！劳动人民嘛，当然要过‘五一’节。”这一下，来了一个问题。张小菊在江城既没有亲戚，也没有家，她从哪儿嫁过来呢？她的父母、哥哥也要来，哥哥在哪儿把她抱上轿子呢？就说现在不用轿子了，总得有个地方把她抱上花车吧？还有，她也总得有点嫁妆吧，从哪儿把这些嫁妆运到洞房去呢？说来说去是一个事，她要有一个婚姻起跑线，要有一个人生新阶段的出发点。

大家就这个问题商量来商量去，还有几次又差点儿吵窝子。最后，就把她那个洗头店当了她的娘家，决定届时张小菊从那里出发，嫁到老船板巷四号院里来。

“五一”这一天，江城天气晴朗，街上热闹非凡，男女老少喜气洋洋，连汽车的喇叭都响得像唱歌似的好听。陆相穿了一身笔挺的新西服，才将让篓子大叔给剃了头，连理带吹，还上蜡，一分没要。陆相照了照镜子，只见镜中人油光水滑，精神抖擞，都觉得不像自己了。

弟兄们早就来招呼着，在院里喝着茶，见他从屋里出来，知道吉刻到了，就簇拥着他走出院门上了花车。花车是刘煜给借来的一辆面包车装饰起来的，周遭围了好几道鲜花，迎头结了一个红绸大彩，车门上还贴了个斗大的红双喜字。

刘煜和汤姆斯自然是伴郎，穿着打扮得也是裤线笔挺，鞋能照人。两人陪着新郎钻进花车，汤姆斯随手关上了车门，刘煜扔给司机一包喜烟，说了声："师傅，走。"那车就响了两下，离开了老船板巷四号院的门口。

老船板巷离孔庙后街不远，穿过孔庙前街就到，走路也就十五分钟。花车开了没五分钟就停在了那个小洗头房门口。小洗头房今天歇了业，成了张小菊的娘家，她的父母、哥哥和那两个丫头在这里为张小菊忙着，给她做了个高绾的发式，上边插上流苏玉坠，替她描眉画眼，帮她换上火红的连衣裙，别好胸前的大喜花，把她打扮得喜气洋洋，就像一根燃烧着的红蜡烛。

听见车响，张小菊扑进娘的怀里大哭了三声，娘也抱紧她落下了眼泪，爹眼圈红红，别过脸去，哥哥就抱起她出了门。陆相这次也不像上次那么夹生了，老老实实走进屋去，拎起她的红色高跟鞋，跟在她哥的身后。哥哥把她放在车上，陆相也上了车，放下鞋。刘煜又给了司机一包烟，又说了那句："师傅，走。"花车就往回开来。张小菊的父母一会儿自会打的跟来。总之，事情到此，一切如仪，万般皆顺。

花车往回开，刚开进老船板巷，却被从另一条小巷过来的车给顶住了。

老船板巷进巷不到五十米，分出一条斜巷，叫个麻袋巷，当陆相的花车开进老船板巷后，另一辆车从麻袋巷里开了出来，狭路相逢，进退两难，两辆车就这样顶上了。

而且，从麻袋巷里出来的竟然是辆丧车！

凌菲是从言红那里听说陆相要结婚的。她虽然平时与言红没什么来往，以前因为陆相深更半夜到她家吵架的事，两人似乎还有着隔膜，但毕竟一个院住着，自己又是她爸言志平的手下，所以有时遇上她也聊两句。

那天，在金鹰购物，凌菲正在帮郑海宁试西装。上次，郑海宁因为帮一个居民取锁在家里的钥匙，从五层高的阳台上摔下来，摔成了右臂粉碎性骨折，因此立了三等功，局里决定在"五一"召开表彰大会，他是被表彰的对象之一。于是，凌菲提出要给他买一套西装。郑海宁听了直笑，说她根本不懂公安，局里开大会，那一定会要求我们穿警服的，根本用不着西装。凌菲却说，非买不可，反正结婚时，我不准你再穿什么警服，连想你也不要想！郑海宁拗不过凌菲，就跟她来到了金鹰。

凌菲就在这里遇上了言红。言红就对她说了："小炮子子（自从陆相到他们家吵闹过以后，她就这么称他）'五一'要结婚了。都定下来了，院里家家都在出份子呢。依我过去的脾气，就不给！老爸还把我骂了一顿！听说你家也给了，你怎么不知道？"

凌菲回到家，吃饭的时候就问她妈，她妈一愣，说："真不知道。"

凌老师接过话茬儿说："这份子一定要出的。过去，我们有点……"

凌菲打断了老爸的话说："出什么出？都是陋习。"

郑海宁在旁边插了一句："习俗是习俗，但陋不陋，那要看怎么搞，人家有喜事，大家热闹热闹，还有利于密切邻里的关系呢！"

凌菲笑他说："你是变不好了，骨子里就是警察，说出来还是警察。"

吃完了饭，凌老师就叫护士长把份子钱送过去了。

凌菲在屋里就跟郑海宁商量，说想"五一"旅游去。郑海宁知道她想躲，她的心情他也理解，毕竟她与小相谈过，也就同意了。两人一商量，决定到上海去，一来玩玩，二来也购买几件衣服，准备他们的婚事。

谁知到了"五一"郑海宁轮到值班半天，上海他们没去成，凌菲就到所里陪他。接班的是刘所，那天提前来了一会儿，见他们俩在这儿，就催他们早点儿回去。

两人从孔庙派出所出来，完全是按老习惯走，走着走着，就向老船板巷这边来了。时间还早，再说郑海宁也没必要天天往凌菲家跑，两人到哪儿逛逛不好，去龙湾小区看看房子装修得如何也好呀，可是，没有。两人就这么不知不觉地往老船板巷来了。

当他们走到弹弓架型三条小巷的交会处时，正好看到喜车顶着丧车，双方正在吵闹，各不相让。

谁死了？江城大名鼎鼎的柳慕侠！

柳慕侠在江城孔庙地区非常有名。当年他的父亲柳三爷挑着高箩从山东到江城投奔武术名家甘凤池，后娶了孔庙后街上许姓秀才之女，生下了兄弟二人，老大取名柳慕韩，老二就是这位柳慕侠。柳三爷出生在武术之乡，耳濡目染，自然好武，投奔甘大家以后，经名师指点，加上自己多年的勤学苦练，使得一手好拳棒。柳夫人自幼受秀才老爹熏陶，尚文，出嫁时已然是学富五车，才高八斗。因此，两个儿子，老大遂了夫人心愿，学文。老二，自然跟着柳三爷习武。俗话说，穷文富武，学文的老大柳慕韩贫穷一世，历经坎坷，直到改革开放后才在孔庙前街上开了店，凭着自己渊博的文化知识，成了行里闻名的古玩大家。老二柳慕侠却从二十岁起便在孔庙前街上撂摊卖武，广收徒弟门生，生活尚为无虞。解放后，政府收编，成了区武术协会主席。“文革”初期，虽受到一点儿冲击，但“破四旧”的风潮一过，经老大的指点，立即转为“逍遥派”，每日习武不辍，后见无人过问，竟明目张胆地继续设帐授徒。改革开放以后，因有一女徒远嫁日本，柳二爷的功夫竟为东瀛所知，不久应邀参加了中国武术代表团访问了日本，一时海内外名声大噪。知道的人都说，柳二爷那是甘家真传!

柳慕侠今年七十三岁，俗话说，七十三，八十四，阎王不请自己去。这年四月底的一天，好好的，因吃了一根刚上市的大棚嫩黄瓜，结果拉了两天，药石无功，一下子就宾天了。

噩耗传出，武林震动。各级体育组织、政府有关部门，上门亲吊的络绎不绝，花圈挽幛盈门塞室。柳二先生的弟子门生，远在外地包括海外的，有的亲自前来，也有的发来唁电，身在江城的，则无分男女长幼，一律从大街小巷四面八方赶到麻袋巷为师父发丧尽孝。一时间，麻袋巷中，柳门如雪，人群如潮。

中国人讲究红白喜事，老大柳慕韩一边抱拳作揖，谢着大家，一边说了这么几句：“孔子获麟，古稀有二，寿者万千，生不满百。将天比地，慕韩二弟乃是无疾正寝，正是白喜。”于是，大家一改戚容，丧礼跟着有了热气。

俗话说，林子大了什么鸟都有，柳二先生的弟子里，偏偏就有一个毛头星，名叫陈小毛，是江城锻铸厂的铸造工，五大三粗，吃不得一点儿委屈，加之炮仗信子的脾气，一点就着，曾为柳二先生闯下不少事端。为这，柳慕侠没少调教，好几次都把他赶出师门。但每一次他的师兄弟们都来说情，柳二先生不忍，重又收之为徒。这几天，这个油盐不进、荤素不吃的人正与自家哥哥闹房产，打了嫂子不说，还要锯哥家的房梁。哥哥就骂了他一句狠话，说，何时何时，就要让他开染坊，打他一个脑浆迸裂，双目失明！这小子本是练家，听了这话就上了心，不论什么时候，也不论干什么，怀里总揣一把牛耳尖刀！

《孙子兵法》云：“兵者，凶器也。”朗朗乾坤，熙熙闹市，怀刃横行，自古就被认为是不端之举，不祥之兆。因为这怀刃者，特别是那些血气方刚而又自恃会武能练的年轻人，一旦遇事，好逞匹夫之勇，必会出刃伤人，正如宋大学士苏东坡所言：“匹夫见辱，拔剑而起，挺身而斗”，不仅害了别人，害了自己，也牵连上家人。故，有家教的良民，从来不让自己的子弟青天闹市，怀刃出行。可是，这个毛头星陈小毛却从来不懂这个，又忍不下一点儿气，素来将粗鲁视为豪爽，把轻率当成勇敢，三个不来就挺身而斗，全然不顾后果。

此时见有一辆鸟婚车挡了师父的灵柩，不由分说，冲上前来，嘴里骂骂咧咧，要与鸟婚车上的人论理！

婚车上的汤姆斯也是在外混事的，说得不好听，整个就是一个活闹鬼，阵仗也见过几个，但却根本不明白中国做人的道理。

中国人的事是死者为大！按理婚车应该让丧车。可汤姆斯不懂这个，不吃这套，在朋友面前他跌不起软。所以，陈小毛嚷着过来时，他就来了个鸟不柔，跳下车来就与他争开了。

俗话说，伤人无好拳，骂人无好言，两人争着争着就都出了格。双方也都不能认㞞，虽也有劝的，但终是参加骂仗的人多，声音越吵越高，什么脏话都骂出来了。毛头星陈小毛终于不忿了，他向怀里一探手，白晃晃地拔出一把利刃来！

大家大惊失色，正待要劝，说时迟，那时快，刀光一晃，这利刃就向汤姆斯扎来！

千钧一发之际，只见有两个人分开众人冲了上来。一个是新郎陆相，他不能让自己的弟兄吃亏，而且他离得较近，一冲上来，用身子一挡。这时，陈小毛的右边又冲上来一个，这就是警察郑海宁。他冲上来时，只见陈小毛的这一刀正好刺了过来，所以他又朝陆相前头一挡，这一下，陈小毛的刀正好到了，一下子刺中郑海宁的腹部！陆相看见陈小毛动真的了，怒从胆边生，他把靠在他身上的郑海宁往旁边一推，上去就去夺陈小毛的刀。陈小毛毕竟是练过武的人，武器就是生命的意识特别强，岂容他夺刀而去？一个反手猴攀，复又一刺，把陆相也当胸刺中了！

一对情敌，两条生命，顷刻之间，血溅街头！

与这两条生命血脉相连的两个江南柔弱女子，一瞬间改变了命运！

现实如此之残忍，生活如此之现实！

二十九

张诗漪躺在医院里，呆呆地望着白白的天花板。

怀孕了！

张诗漪这一天经历得太复杂、太纷乱、太险恶！她觉得自己都要崩溃了！

似笑非笑、充满讥讽的是黄玉萍的脸，眼睑下的横肉不停地抖动、满脸堆着讨好与淫邪的是处长的脸，熟悉得已经想不起来的是肖方全的脸，脸上闪着一对黄疸病患者一样的眼睛，肖方全和一个雪白肉体在床上的搏斗与挣扎，这双眼正惊讶地回眸以望，这些画面，像电影一样在她的脑海里轮现、叠映，变幻成诡秘的、令人不可理解的图案，像一个巨大而沉重的噩梦，魇住了她的灵魂与肉体。

怀孕了！

从遥远的地方，远得不知是什么地方的地方，又传来了天籁似的告念。这告念是无声的，是从一个不知道的地方传来的，她听不到，却能清清楚楚感觉到它。她明白，这是真的。

那天回到白云饭店的长包房里，张诗漪打开房间的门，立刻就呆住了！只见肖方全光着身子，双手撑床，正回过头来看着她，惊讶得连嘴都张开了。他的身下，一个雪白的女性的肉体无耻地展开着，肉体的上面，那个被蓬乱的长发蒙住的脑袋，像一个长满黑毛的足球，这个足球上，也射出两道惊恐的光。

张诗漪呆住了。她呆住了是因为她一路狂奔，心里只想着自己被肖方全“发货”了，她骂他，啐他，在心里把他杀了好几回！可是，她万万没想到，进了房间，会看到这样的事！这事始料未及，骤然面对，她不知自己该怎么办。这时，她的脑子里飞快地出现了一些女人临危晕倒的画面，这些画面来自她看过的电视剧和她阅读范围内的书刊，她本能地觉得自己应该晕倒，于是，在呆愣了三秒以后，她就向后轰然而倒！

她倒在地上，后背重重地拍打了地面，后脑勺也挺响地磕了一下。她闭上了眼，听着他们紧张的、像鼠语一样细碎而恶毒的埋怨，听着他们手忙脚乱地着衣着衫，听着他们的脚步，一个慌慌张张，沉重而急切，另一个像黄花鱼一样，溜着边轻轻滑过，可以想象，她恐惧地盯着倒在地上的自己，正如见到一条拦路横卧的毒蛇。

她一动不动，先是绷紧自己的身体，后来想想，不对，将死之人应该是软绵绵的，于是，就放松自己的肌肉，这时，她感到肖方全强有力的臂膀正把自己抱起。她仍是一动不动，任凭自己的手臂自然垂下，听任他抱着，出门、上下电梯、穿过店堂，把自己放到他的车上，一直向医院开去。

后来，她实在忍不住了，当车到医院时，她睁开了眼。

肖方全停住车，绕过后门来抱她时，看到她醒了。

她恐惧地向后缩着，乱挥着手，拒绝他的搂抱。

肖方全还是不顾一切地把她抱起来，跑进急诊室。

医生给她做了全面的检查，听说她后脑勺还磕着了，有呕恶感，还让她做了CT。

到了凌晨三点多，一切检查完毕，张诗漪躺在观察室的病床上，听医生告诉肖方全说："没什么大事，怀孕了。"

"怀孕了?!"肖方全几乎不相信自己的耳朵，"怎么可能呢？我们不是……不是……"他期期艾艾地说。

"你是不是还想说这孩子不是你的?!"张诗漪不依不饶，直视着他的眼逼问。

"啊，不，不。我怎么会那样呢？我只是，只是，啊，有点，奇怪。"他咽了一口吐沫，掩饰地想掏烟，但又想起是在医院，就把右手停在口袋里了。他就这样一只手插在口袋里，歪坐在她的病床边，那姿势挺奇怪的。

张诗漪看着他，看到他的目光中竟然满是关切，心一下子就酸了，泪水禁不住流了下来。肖方全最怕女人哭，见了她的眼泪一时不知所措，拉起被角想给她擦。她倔犟地把头一扭，闪开了。

"唉！"肖方全叹了一口气，"哭什么？别哭，别哭。"他有点哄她，"我……我他妈的我！这是……"

"你不是人！"张诗漪大声地骂他。

"小点儿声，小点儿声。"他小心翼翼地向两边看看，又抬起手腕看了一下表，"都三点多了，你休息一会儿。"说着把她的被角掖了掖，显得好不关爱。

"一边去！你让我恶心！"她抽泣着说。

"是呀，连我自己都恶心我自己。"肖方全掏出口袋里的右手，捶了一下头，"唉！妈的！真不应该干这行。"

张诗漪不想理他，翻过身去，对之以背。

第二天，医生给她转到了妇科病房。一连几天，张诗漪都感到头昏恶心，一从床上下来，就感到天旋地转，非立即扶着床沿不可。这些天，肖方全一有空就跑来，先是吞吞吐吐，解释他与那个女人上床的事，后来越说越溜，动员她把孩子打掉。

原来，让他压在身下的那个女的，是他的老班长索超的女儿。二十多年前，索超在部队对他不错，他早就有心找到他，重述战友之情。在部队时，他就知道索超家里很贫苦，世上三般苦，撑船、打铁、磨豆腐嘛。他觉得现在自己的条件好了，找到老班长，看看他的现状，放屁吹灰，也许能帮他做点儿什么。江北联合化工那个工程拿下以后，肖方全经常到江北来，过大桥时，他总是想起老班长，因为老班长是个渔民，生活在江上。经常过江，经常想起，这促使他下决心行动。没想到，正如人们常说的，要想找一个人其实很容易，一下就找到了。现在，江水污染，鱼少了，打鱼已经不能为生，老班长开了一个小店，凑合着。老班长的女儿索静，高中毕业在家，帮助看店。索静是个不安分的孩子，老是吵着要到城里打工。因为城里太乱，放心不下，老班长没有同意。找到老班长的这天，请他喝了酒，分手时问他有什么困难，老班长就说出了这桩心事，让他把索静带走。肖方全觉得这对自己来说不是什么太难的事，顶多是多付出五六百的工资。于是，就答应了。这样，索静就到了他的公司。

索静来了以后，肖方全让她干张诗漪原先干的那份工作，接接电话，送送报表什么的，钱虽不多，但却轻松，一个建筑行业，这就算最好的工作了。可是，她没文化，看来高中毕业全是混的，这工作她干不好，干不了。肖方全就给她换了几次，一会儿让她跑售楼，她来的时候，那些受人委托代卖的房子还有几套没有卖出去，一会儿又让她联系业务找熟人，拉关系。这些事对她来说一个比一个难，不知听谁说的，这是肖总开人的一招。"肖老板让人走路，从来不明说，专门出难题给你做，做不了你自惭形秽，主动走人。"索静不知听谁说了这话，还特别相信，害怕肖总开她，就对肖方全说了。肖方全听了，觉得好笑，这纯属吃芦苇拉席子——现编，于是就反复给她解释。可她说什么也不信。最后，竟然说："你只有做一样事，我才信。"说这话的时候，羞答答的，低着头。肖方全追问了好几遍，她都不再应。后来，肖方全不知怎么来了灵感，一下就想明白了，她这是要与他上床！

肖方全嘴骂十臊地讲了一大套，然后正大光明地说，"我是可怜她。你不知道，一个农村姑娘多固执，就像秋菊似的，不管怎么说，她都要讨个说法。不然，就怀里揣兔子，不安生，也不让人安生！"

"哼！"张诗漪心里冷笑一声，眼中也射出冷冷的光。她才不相信他的话呢！你对我这样说，没准对她会说另一番话，会说，为了你，我让张小姐挪窝了！你老牛吃嫩草，连你老班长的女儿都搞，真是连蚊子都不叮的人，没人味！

肖方全不理会张诗漪的神态，继续他的陈述。"咱们现在连个住的地方都没有，而且也不合法，再说，你现在身体也不好，我看孩子还是想个办法为好。"他小心翼翼地看着她的眼说。

半天，见她不搭茬儿，又说："我也不是铁打钢铸的，这你知道，我们这种经营方法，共产党不查罢了，一查，全是罪！光给这些头头送了多少？黑账太多！你真想让我们的孩子过没爹的日子？"说着，露出满脸戚容，好像进去之前的临别。

张诗漪仍然不搭腔。

“我想起来了！我想起来了！我们每次都用套，那是最好的套，怎么会怀孕？一定是你做了手脚！你是不是把那天我们用的套扎了小洞？啊？没错吧？你他妈的为什么要这样做？想讹赖吗?!”

张诗漪真没想到他想象力竟然如此丰富！“缺德！”她轻蔑地说。

他为此吵闹了好半天，见没什么结果，就瞪着黄眼说：“不是？真的不是你？那是谁？噢！”他一副恍然大悟的样子：“那我知道了！那我他妈告避孕套厂！告他妈的经销商！”没辙了，他就央告说：“唉！还是听我的，把孩子做了吧？啊？做了我会给你、好好地给你补偿！从此以后，我会改邪归正，只爱你一个。真的，再不拈花惹草，他妈的回归自然，内外兼修！”

张诗漪觉得这话从他嘴里说出来十分可笑，刚拎起裤子就内外兼修，回归自然了？说话不怕闪了舌头？不怕掉了下巴砸着脚面?!我看就是后边这两句文绉绉的话大概也是从酒席上学来的。

张诗漪不听他这一套，住院的这些日子里，只要他一来，就对着前面的墙壁缄口不语，心想，熬呗，你总有走的时候，活人不开口，神仙难下手，我就是不说话，看你怎么样?

其实，张诗漪早已有了自己的主意。

三十

张小菊无论如何也没想到，陆相死后，自己会被判刑入狱三年。

“五一”节老船板巷和麻袋巷交叉口凶杀案很快就告破了，经过公安机关的调查取证，陈小毛犯杀人罪，被依法逮捕。郑海宁见义勇为，市局、省厅均已上报公安部为之请授公安部一级英模光荣称号。事虽至此，但并没有完。

郑海宁的光荣称号还没有批下来，法院刑事审判却开庭了。当法庭宣判陈小毛死刑以后，法警押着戴着手铐脚镣的陈小毛走向法庭大门的时候，一个女人发疯似的斜刺里冲了上来，她从怀里掏出一把利刃，不顾法警的阻拦，刺向罪犯陈小毛，把他的右臂刺伤了！

这个女人竟是大学毕业生、孔庙工商所的干部凌菲！谁也没料到会发生这样的事，谁也没想到这样一个知识女性、国家干部会做出这样的事，敢做出这样的事！连押着罪犯陈小毛往门口走的两个人高马大的法警也因为事出突然，没有阻拦住。

事后，凌菲为此被判刑三年。知道的人都替她惋惜。一个知识女性应该懂法，用法律来讨还公道，不应该与这样的社会渣滓同归于尽。知道的人也都为此而赞叹。这真是江城的烈女！现在竟还有如此伟大爱情！

不过这些事，张小菊并不知道。因为凌菲出事之前她就已入狱。

张小菊入狱全是汤姆斯搞的鬼。汤姆斯打流混事，在街面上走动不是一天两天，人虽年轻，二十多岁不到三十岁，却是江城人所讲的“老屁眼儿”，精得“一米多高”。鬼影子似的，什么事都是跟在后边，让别人去火中取栗，他专门拾漏。万一出了事，他就一推六二五，比没事人还没事人。

自从听说陆相敢打工商所长，敢跟派出所警察脏哄，他就生了一个心眼，想把陆相推出来当老大，替他遮风挡雨。所以，他渐渐地接近这个早已疏远了的中学同学，像接近羚羊的猎豹，匍匐着，悄没声地向他的身边前进，日益讨好他，跟个贴身保镖似的，不离他的左右。陆相失意时所作所为，他不仅全知道，而且不少是他的鬼花招、坏主意。

陆相一死，汤姆斯心眼就活泛起来。他想得到的就是张小菊那个小小的洗头店。

张小菊还有什么狠的？守寡了！无依无靠！陆相在世时，尊你一声嫂子，给你张罗婚事。现在，猪八戒摔耙子，不侍候了！说我挖绝户坟，踹寡妇门，说我缺大德，都行，我也要活呀，要养家糊口，要应酬朋友弟兄，要过上人一样的日子！今天我收拾你，就疼了，当初收拾别人不是一个个乐得像小孩人来疯似的？风水轮流转嘛，凭什么你就老在尖上？

他先是与张小菊正面交锋，提出出五千让她把这个店转让给自己。那天他站在张小菊的小店门口，歪着肩膀说：“这个店当初是我给盘下来的，现在温州人找了朋友，要动武了。我这是给你报个信，你做好准备。”

张小菊看着他，犹豫不决地说：“这个店要是让出去，我怎么活？”

他淫邪地打量着她说：“凭嫂子的模样还能没法活？”

张小菊就知道他的恶意了，说什么也不放手。

此后，小店前就开始出现一些怪事，比如，客人放在店门口的自行车常被人扎了车胎，门锁的眼常被人用火柴棍塞死，弄得不是进不去就是出不来。两个本来还算老实的丫头，竟也放肆起来，来不来就不听话，说一下就翻白眼，原来也只限于让客人搂搂抱抱，现在却敢与客人胡调，奶子都让人摸去了。

有一天，半夜快关门了，来了一个客人，二十多岁，仪表堂堂，要做按摩。张小菊就让小一点儿的那个丫头给他做，两人就去了里间。十分钟不到，忽然冲进来三个警察叔叔，直奔里间，一下就抓了个现场直播！两人从里间走出来的时候，裤子还没提上呢！

警察叔叔进来时，张小菊并没有害怕，她还对警察叔叔嚷，说什么自己是守法经营。可是，人家不理她，直奔里间而去，一下子逮个现的。张小菊这才傻了眼。

事情闹大了，小丫头在里边脏讲，说在这里做了多少多少次，还说都是老板娘指使。嫖客和小丫头被判各罚五千，交了钱人就放了。张小菊可就进去了，罪名是组织卖淫嫖娼，一审判了三年！

后来，陆家良来监狱看过她一次，告诉她说，汤姆斯给她送来五千块钱，还说那个店现在汤姆斯开着。张小菊那时连自己怎么进来的都还没想明白，听了这话更是云里雾里。后来，她把这些事与一个狱友说了，那个女人可是个曾经沧海饱经风霜的，她就帮她一件一件地捋。经她这么一说，算是明白了，一定是汤姆斯为了谋取小店，做了个套给她钻，先买通了嫖客和小丫头，然后报警，把自己给玩进来了。

张小菊在监狱里，度日如年。一开始，她非常抵触，死的心都有。在干警的教育下，她明白了许多道理，也学到了一定的知识，还学会了操作织袜机。当然，监狱也不是那么好住的地方，她也尝到了失去自由的滋味。

漫长的三年。这三年中她想了很多，想得最多的是出去以后怎么办。想来想去，她没有什么具体的办法，能想通的就是，再也不能像以前那样活，与色情沾边的地方打死也不去！还能想到的就是要远离小人，不是受小人的害，自己怎么会到这个地步?!

出来以后，她真的洗心革面了。也是天赐良机，有一天，她找工作无果，一个人鬼使神差来到老城墙外，在一片青菜地里，她捡了一张上面沾着已经晒干了的粪水的身份证，这准是被小偷扔到厕所里，又被环卫工人拖到这里，被农民浇到菜上的。她当时还这么想。就在她扬手想扔掉的时候，她发现这个人是个女的，除名字与自己不同以外，出生年月、出生地竟与自己相仿，就连长相也好像是亲姊妹。好吧！我不回去，就用这张身份证骗一骗江城人吧！不，不！这可不是骗人啊！这是新面貌！看看，这个名字多好啊！张诗漪！自己的爹妈能想到这么好的名字吗？从今而后，就叫它吧，我应该有一个这么好的名字！

回到租住的小平房中，她把那张身份证反复刷洗，洗一次闻一次，洗得干干净净。

张小菊开始以这个名字在江城到处找工作。

张小菊没有了，不见了，蒸发了！

张诗漪诞生了！也许在中国的某一个角落还生活着另一个张诗漪，那也烦不了了！

“你别是想死吧?”见她总是不说话，肖方全竟有些担忧起来，有一次，他不无诚恳地这么问。

我才不会去死呢！也不是花店中的那些花，见见风，落点雨就蔫了。张小菊，什么是小菊？就是“打碗花”，俗名“死不了”！她想起自己小时候曾经问过爹，爹就是这么跟她说的。爹还说，咱土命人，命贱，凡是命贱的都好活。我就不信，在监狱里我都过来了，现在的日子却没法活！我不仅要活下去，还要有一个自己的家，一个墙能漆成淡蓝色的家，床上能铺上淡蓝色床罩的家，有淡蓝色台灯的家，就像雪地上的灯光一样，想起就令你温暖的家，就像一松手就飞得高高的一堆五颜六色的气球一样，见了就让人高兴的家，我的家，我在江城的家！我的孩子也要生下来，活下去，活成城里人，活成大学生！活他个娶妻生子，儿孙满堂，活出个味来！从此而后，我的后代再没有农民，再不要吃农村的苦，再不要受种地的罪，世世代代都成了穿皮鞋的城里人！

她不说话，但是，她知道自己绝不会死。

肖方全感到麻烦了。

三十一

也许处长觉得对不起她，也许肖方全又使了什么鬼伎俩，江北联合化工的筑路工程一通过验收，该付的工程款人家就一分不差地拨了下来。张诗漪坐在联合化工那间办公室里，看到账面上的钱，心里别提多高兴了，就连李顺利、李顺焕哥俩的矫情，她也没往心里去，只是嘴上说了他们俩几句。

李家兄弟见钱眼开，七算八算地要加工钱。张诗漪一开始不同意，在他们报的账里，七扒拉八拣给剔出去好几万元。这一下，哥俩不高兴了，嘴上骂骂咧咧，一个唱红脸，一个唱白脸，闹了起来。李顺利一反常态唱起了红脸，说："你不仁，我们就不义！你们也是非法的，你们搞房地产，怎么还能造路？还不是借人家的证照？闹到哪儿咱陪着！"原来的那句口头禅"咱说着玩玩"再也不见了。平时总是不大说话的李顺焕此时也跟着唱起来，说："哎，哥，别发火，别发火，张小姐这儿说不清，不是还有肖总吗？我们认肖总说话。"两人左一枪右一箭的，一个吹笛，一个捏眼，该高的时候高，该低的时候低，吹的吹，唱的唱，挺和谐的。

张诗漪一言不发地看了他们半天。她知道兄弟俩这样翻脸无情都是钱闹的。钱的威力她知道，生活中的教育来得个深刻，她还听刘文蔚说过莎士比亚的那段名言，钱能使什么变成什么，什么变成什么，一大套，说不来，总之，钱能使世界翻个儿。但是，今天她才算见到了，钱还能使人翻脸，能使这样一个貌似忠厚的人露出真面目！

一言不发，这是她经过那倒霉的一天，悟出来应付难缠人和事的法宝。通过跟肖方全的较量，她渐渐地明白这个法宝的威力，你不说话，他就急，他一急就会说出他的主意，他的目的也就会暴露无遗。这样，你才能“按住脑袋抠住腮”，克敌制胜，这就像地道战，既保护了自己，又消灭了敌人。

所以，对这两个大男人这样无理取闹，张诗漪不动声色。她双手抱胸，往椅子背上一靠，冷冷地盯着他们。

后来，她又吊了他们几天，这才学着肖方全的样子，多少又给他们添了一些，总算把这事给平了。

张诗漪在把钱交给肖方全之前，从账面上取出了四万元现金。她依稀记得自己曾经对刘文蔚说过，一旦自己有了能力一定要助他一臂之力。她不知道肖方全发现了会怎么反应，暴跳如雷还是强饮苦酒，不重要了。

那天早上，她睡了个懒觉，醒来时已经快中午了，肖方全什么时候走的她都不知道。她把长包房里自己的东西整理出来，装入一个红色的正方形的旅行袋，把四万元钱装入自己随身的小挎包，肩背手拎，离开住了一年多的长包房。

她把那辆“赛欧”开到公司的楼下，停好锁上，连楼都没上就离开了。

她一手拎着旅行袋，一手紧紧地抱着那个小包，挤上了公交车。车到了山西路，她下来，走进了邮局。她向工作人员要了一个特快专递的信封，把“赛欧”的钥匙装了进去，封上口，在上面写了公司的地址和肖方全的名字。

她在山西路找到早就听说过的“老希饭店”，这家饭店做酸菜鱼在江城最为有名。饭店不大，能摆十几张桌子，后边灶间的烟火都飘进来了，人一进去就被呛得直咳嗽。就是这样一个小店，吃他们的手艺还要等翻台，人都等到外边街上去了。她不着急，排在人群后边等，反正离下午三点还有漫长的时间。

昨天，想好了这一切后，她给刘文蔚打了个电话，约他见面。他先说自己最近没有空，口气冷冷的，后来听她说有事才勉强说，下午三点以后有点儿时间。

好不容易轮到她，坐下后点了一小盆酸菜鱼。

不一会儿，盆端了上来，冲腾着的热气差点儿让她打喷嚏，忍了半天才忍住，却憋出了一眼的泪水。她连忙伸手拿过桌上预备好的卷纸，撕了一块，擦眼，擦完向盆里一看，啊！墨绿的酸菜，白生生的鱼片，红油油的汤，看着就满口生津，馋涎都差点儿滴下来了。

她夹了一块鱼，嫩嫩的，好像进嘴就化了，只觉舌下生出一股鲜味，若不是嘴里留下几根刺，真觉不出吃的是鱼。

江城的酸菜鱼是有讲究的。这道菜起自20世纪90年代中期，一开始在城西一带兴起。因为价廉物美，很快就风靡了整个江城。就连吃惯了大鱼大肉、生猛海鲜的大款，有时也会上这儿过一把瘾。张诗漪想起，自己第一次来这儿，是肖方全带着来的。

张诗漪吃完了饭，又到街上逛了一会儿，看看两点四十五了，她就走进了与刘文蔚约好的“炊烟缕缕”茶舍，就是十月间，她撞车以前与刘文蔚泡过，送给他一个钱夹当生日礼物的那家茶舍。茶舍不大，站在门口，一眼就能看全，只有两桌坐着人，其他的桌子都空着。刘文蔚还没来。她找了一个不被人注意的角落，坐下来，点了雨花茶，等着。

他会不会来？给他打电话时，听他那口气有点不情愿似的。她不知自己为什么会这样惦念他，会送钱给他。为什么呢？她反问着自己，开始给自己的这种古怪的行为寻找借口。但是，似乎没有借口。

这些年来，刘文蔚是唯一一个对她没有非分之想的男人，他的眼睛里没有那种贪婪的东西，他与她说话时，他的眼睛清澈而明亮，总是平静地看着她，一点儿杂念都没有，与他那平缓而低沉的语调相得益彰。他也没对她说过一句挑逗性的话，有时说到敏感的地方，他总会找到一个代用词，比如说，有一次他们不知怎么说到了夫妻关系，他不说“性”，而是说，夫妻要是没有“那个事”就算完了。她知道，这是文明习惯。他们甚至于连手也没握过，有一次她向他伸出了手，他却把一个小小的绒毛熊就势放在了她的手上，好像她伸过来的手本来就是接这份礼物似的，自然得没有让她产生丝毫的尴尬。他们见面总是互相点点头，然后就相伴而行，到要去的地方。

张诗漪想到，自己又不是百万富翁，也不是富得流油，干吗要送钱给他呢？这钱得来不易！说起来，它并不是合法所得，肖方全还不知道。他知道了会怎么样？难道这不是他应该付的？这一年多来，白让人陪着？这钱当然是应付的同居补偿啊！“同居补偿”？想到这儿，她为自己竟能想出这么一个词而笑了一下。当然，也不全是，它还是自己的劳动所得。她想起自己每天起早贪黑在江北工地上忙活，想起李家兄弟给自己出的难题，想起在高高的烟囱上的那种吓得要死的感觉，难道不该得这笔钱吗？此外，它还是情感的赔偿。她从医院回来以后，就没让肖方全再碰过，她嫌脏。本来，她想立即离开他，只是联合化工那边的钱还没下来，她必须等，只有等到钱来了，她才能实现自己的计划。她回到长包房后，第一天，她都把被子铺到地板上了，她不能与他同床共枕！他却拦住了她，让她睡到床上去，他睡地板。后来，他就不常回来了，有时回来也是取取衣服什么的。这些天，他们一直是这样过的。她随便他什么时候回来，都很少与他说话，继续对他采取无言战术，他们的关系进入了冰点。

就因为这是自己应该得的那份？就因为肖方全伤害了你？也是，也不全是！她想起一件事来，那是多么遥远的事了！为了救出陆相，她请凌菲喝茶。那时自己什么也没有，连茶钱都没有，可还是这么做了。老家的人不是都会这样做吗？故乡的人情就是这样，你为别人挺身而出，别人也会为你两肋插刀，一方水土养一方人，乡风乡情铸就性格。那么，今天的行为是自己的性格决定了的？

张诗漪看看门口，街上的树影已经照进门来了，刘文蔚还没来。

也是，也不全是。她扭回头来又想。她听老师说过，性格决定行为。她能这样做，就因为她是张小菊！张小菊就是这样一个人，穷得身上抓虱子，抓住了也忘不了给朋友一条腿！刘文蔚说起来真不是一个一般二般的朋友，他是自己心里的一种依靠，像风筝的线，又像海中的岛，想到他，就会觉得不再飘摇，就会觉得在这个陌生的城市里，在人海茫茫中能够脚踏实地。有时半夜想起他来，她会睡得更踏实，更安稳。可是，他到底算自己的一位什么朋友呢？连手都没握过。君子之交淡如水？

她望了望杯子，绿绿雨花茶像一条条海带，一根根的都立着，像一片水中的森林。看着杯里的绿茶，她想起一句云南民歌，前边的她忘了，还是多少年前那个叫白雪的姑娘唱的，对了，就是那年“十一”她挂了国旗以后，看着国旗想起奶奶唱的歌，笑得跟疯子似的，被白雪拉进了屋里，白雪问她笑什么，她就对她说了奶奶的那首歌。于是，白雪也唱了起来。她唱的就是这首云南民歌。对了，她不叫白雪，叫雪儿。“哥有意，妹有情，冷水泡茶慢慢浓。”

她终于想到了那个伟大的词：爱情！想到这个词，她就像被开水烫了一下似的，一下子跳了起来！她张皇地四下看看，没有人注意她的举止，她重又慢慢地坐了下来，再一次确认，自己刚才的的确确想到了这个词，难道爱上了他?!

爱情，亘古以来，人们用最美的语言歌颂赞美它，用最大的智慧追求探索它，却让张诗漪困惑，一个人在真爱的时候，竟想不到自己是爱着对方？张诗漪心潮澎湃，她终于明白了自己为什么愿意为刘文蔚做一切事，因为，他就是另一个自己，是自己想成为的那种人，是最能体现自己价值的那个人，他的身上寄托着她的未来与希望啊！她愿用自己的一生默默地注视着他，关爱着他，让他生活得更好，更骄傲！她甚至想到自己的不相配，想到这份爱的绝望，想到自己并不能和他终生厮守。但是，她还是愿意这是真的，愿意他也明白这一点，希望还有那些看似平淡的、隔三差五地见上一面的日子，希望他的书早日出版，她会对认识的人说，这个作者我认识，这就是最大的满足了！她想着这些从来没有过的心事，心潮起伏，呼吸急促，两腮通红，像得了肺结核的病人。

这时，她看见，从门口走进来刘文蔚，他的身后还跟着一个，那是——他的夫人黄玉萍！

她几乎不相信自己的眼睛！

他们很快地发现了她，不顾小姐的招呼，径自走了过来，站在了她的面前。黄玉萍看看她，眼睛里充满胜利的喜悦，接着又用这样的眼光看着丈夫。于是，刘文蔚说话了：“你好！”

事后，张诗漪想，这种时候，他竟然没有忘了问候！妈的！

“你好！”他说，语调有些慌乱，“这是你给我的钱包，谢谢你的好意，我有，有钱包。”说着他就掏出上次她送给他的那个钱夹，递给了她。张诗漪被他的这个行为打懵了，一时不知该怎么办好。她仰起脸看着他，眼光中竟然全是哀求和乞告！

他看了她一眼，又一次把手中的皮夹向前伸了伸。这是怎样的一种眼神啊！张诗漪事后曾想，这一眼就足够了！这一眼中充满了轻蔑、嫌恶、埋怨与责备！让人心惊肉跳，让人五黄六月打寒战，这一眼杀死了张诗漪的全部爱情！

张诗漪接了过来。事后，她曾想，自己当时不应该接过来，应该当即扔在他的脸上！但当时，她真的不知应该怎么办，人家让她干什么，她就干什么，像是在一场噩梦中。

她接过了这个皮夹，他们就走了。走了几步，黄玉萍又回过身来，看也不看地对她说："还记得我让你猜的谜语吗？"不待她回答，接着说："乳罩。打一现代流行语。猜得到吗？包二奶！我们家老刘可不做那种事。那是犯法的。明白吗？"

张诗漪被她说愣了，半天也没回过神来。当她抬起头来看时，他们已悄然无声地走到茶舍门口了。张诗漪又想呕吐。这时她才想到自己是怀孕了！

"别走！"她站起来大喊一声！

三十二

几个月以后。

张小菊挺着大肚子骄傲地走在大街上。

这是一个早晨，是一个夏季的早晨，太阳正当头照着，街两边，伞盖一样的法国梧桐树上，深密的叶子闪着湿润润的光晕。树下，行人匆匆，路上，车如流水马如龙，喇叭在欢快地唱。

这是江城的中山东路，是江城最为笔直的一条东西向的宽阔大街。

张小菊抬起了头，一轮红红的太阳正从树隙间放出千万道光来！张小菊眼前一片金光闪耀，闪得她立即眯上了眼。她轻轻地抚摩自己的肚子，这里面是她的宝宝，已经像孙悟空一样，在肚子里使棒打拳了！她朝妇幼保健院那边走去。还有两个月孩子就要出生了，她要好好做一次围产期检查。

她迎着太阳走着。

她终于离开了肖方全。

她离开了肖方全以后，在临江门那边租了一间屋子。租房子的时候，她用了自己的本名。她想从此以后还是叫这个名字吧，她觉得经历过种种磨难之后，自己不需要再去冒充任何人。这个名字不好听，有点儿土，但一叫起来，她就会立刻想起路边田埂上的“打碗花”。这种花在她们家乡又叫“死不了”。它们不需要人侍候，只要有点儿水土就能发芽，到了秋天就会开花，黄黄的，二分钱那么大，开在田野里，像一颗颗碎星。在家乡，小孩不许摘这种花，据说，摘下了它们会失手打破碗的。但是，小孩们总是不听父母亲的话，常常无缘无故地摘上好多，扎成一把举着在田埂上奔跑。“它们命贱，命贱的都好活。”爹说过这话。难怪它们又叫“死不了”。这样说来，张小菊这个名字有着这么多的讲究，有着这么好的意思，就叫张小菊，什么名也不改了！

她没有去工作。现在，与从狱中出来时不一样了，她手中有了四万多块钱。这钱够她把孩子生出来的。这钱本来是想送给刘文蔚的。

那天，张小菊从“炊烟缕缕”茶舍出来，忍不住“哈！哈！哈！”地大笑了三声。一种报仇雪恨的快感从心头涌起，弥漫全身，让她身子发软，头晕目眩。

她从那家茶舍出来以后，怀着这种不可名状的快感去找房子。找到后又买来一些床上用品，当她把自己的小窝铺得松松软软、舒舒服服以后，她一下子就扑倒在床上，放声大哭起来。哭了个昏天暗日，好像连脑浆都顺着鼻子眼睛流了出来。当她止住哭的时候，感到自己头疼欲裂。一连几天，她把自己关在屋子里，不吃不喝，不思不想，总是盯住天花板上的一处水渍发呆。有时会把它想象成一个烂了的苹果，有时会把它看做是一个大海中的孤岛，有一次，她忽然觉得那处水渍竟像是一个孩子的小脸蛋儿！

于是，她由此想到了肚子里的孩子。真傻呀！差一点儿就把钱给了他！天下没有比我更傻的了！张小菊想。如今这个世道，什么都可以送人，只有一样不能送，那就是钱！

那天，她在茶馆里朝他们的背影喊了一声：“别走！”事后，她曾经问过自己为什么要喊这一声，她自己也不明白。

听见她的喊声，那夫妻俩收住了脚步，回过头来。

在他们回过头来的时候，张小菊从自己坐着的沙发上把小包拿上来往茶几上一顿，拉开包让他们看着，大声说道：“我带钱来了！我带钱来了！”

夫妻俩向包内张了一眼，脸上不约而同地露出疑惑的神情。

张小菊看也不看黄玉萍，只盯住刘文蔚说：“大哥，这钱是我带给你出书的！”

听了她的话，夫妻俩急速地对视一眼，脸上的表情更加疑惑了。

"大哥，这是我的劳动所得，是我该得的那一份。我记得以前你曾经对我说过，出你的书要三四万块。这是四万块，我给你带来了。今天，我约你来就是想把它交给你。可是，你让我失望！"她怨毒地说。

"我们，我们……"黄玉萍急于解释，却一时没有更好的说辞，竟致口吃起来。

"实话实说吧，"张小菊不理她，径自说下去，"我在你眼里是什么人呢？是一个农村人？一个劳改释放犯？"她又转过眼去问黄玉萍："我在你眼里是个什么人呢？是个第三者？成天想着与你的丈夫上床？是不是？你们把我想得太下作了！告诉你们吧，因为你的思想下作，才会把别人想得那么下作！"

刘文蔚脸上挂不住了："你别这样说，你别这样说。你这样说话太过了。"

"一点儿也不过！"张小菊有些大义凛然的样子，"不错，你是给了我很多教育，给我很多知识，和你在一起，我就是大学里不交费的学生。我也非常佩服你。可是，菩萨越高，倒下来砸人越重！你们这样兴师动众，这样对付一个我，你们才是太过了！你们应该想一想你们自己了！如果你们生活得很正常，用得着这样草木皆兵吗？你们把自己想得太高了，把我们想得太低了。我不是像你们想的那种人，不是那种不知足的人，更不是那种拆人家、找垫背，只顾自己过上好生活的人！大哥，你知道你今天这个样子会打碎什么吗？你们生活在城里，高楼大厦，灯红酒绿，是比我们农村强多了，可你们夫妻互相猜疑，人人互相利用，谁都能蒙谁，在这阳光之下，你们还有什么是真的?!"

"你！"黄玉萍气得脸色涨红，伸出手指着她，一时说不出话来。

张小菊轻蔑地看了她一眼，非常恶毒、非常怨恨地叫了一声："大哥！以前我为你骄傲，现在我为你羞耻！"

"这都是你一手导演的喜剧！"黄玉萍忍住气说，"你把我们叫到这儿来就是要羞辱我们！走！不理她！"她拉起刘文蔚就走。

"别这样！别这样！"刘文蔚两边劝着，"有什么话，我们好好说嘛！"

张小菊"刷"的一声拉上了小包："谢谢你们！你们教育了我。我可以生活在这个城市，但我绝不会再用钱来买别人对自己的重视和尊敬！”说完她大胆地、肆无忌惮地看着那个女人。她看见那个女人，那个好看的女人，那个是刘教授妻子的女人，脸上竟然露出一股说不出的神情。呆头呆脑的表情，使她本来十分好看的脸显得那么——愚蠢！张小菊又用同样的目光看看刘文蔚。他的脸上写满懊恼、自责与委屈，原来与她在一起时的那种温和与宽厚、那种睿智和狡黠一点儿也没有了，显得那么——猥琐！她就这样看看他们俩，然后拎起小包，背上红色旅行袋，把头一扬，气宇轩昂地走了出去。

张小菊在茶馆门口大笑了三声！

从打第一次帮表姐骗人，她开始感到城里与家乡在做人上的种种不同，到这些年来自己在城里的种种遭遇，种种不满与不平，今天全都借题发挥，一股脑倒在了刘文蔚的头上，倾盆大雨，兜头而下，这让她心里非常痛快！她就这么大笑起来，笑得路人侧目，笑得太阳惨白。

这天，她走在中山东路上的时候，她的心潮早已平复，心情好得不得了，就像树梢上那大大的太阳。

她迈着有些艰难的步履走上了一座过街天桥，有点儿累，就趴在桥栏杆上歇脚。她往下看，无数车辆在她的脚下往来穿梭，路上的行人也是熙熙攘攘。她又环视了一下桥两边的高楼大厦。这时，她感到肚子里的小娃在拳打脚踢，那动静闹得她又疼又幸福。她笑了，用手轻轻地抚摩着肚子，心里暗暗地对孩子说：“别闹了，宝宝，我会让你过上比所有人都好的日子，让你成为城里人，让你上大学，让你留洋，让你有个好媳妇，让你的子子孙孙填表都填江城人！”说完了这些话，她又想，孩子会生下来，会长大，自己也会活下去，会变老。她忽然发现，自己从来没有这么想过，把自己的变老与孩子的长大想到一条道上。这是一条什么样的道路呢？“从东方升起，向西方落下，太阳划出的轨道，我们叫做岁月。我要用自己手中的油漆，让岁月变成彩霞！”她忽然想起自己作文中的这句话。又想到老师把这句话中的“手中的油漆”改成了“青春的光彩”，把“彩霞”改成了“长虹”，重重地画了圈，还在班上宣读。自然，她也想起自己“小秀才”

的外号。她再一次笑了。她笑着眺望四周，俯视脚下，心里下定了决心：也许我在这里做不出什么轰轰烈烈的大事业，但我还是要在这里重新拼搏一场。为了孩子，也就是为了希望！

2004 年 4 月 26 日第一稿
于南京龙江小区碧树园